KB088613

붕　괴

다음, 작가의 발견
7인의 작가전

진실은 무너진 건물 안에 있다!!

COLLAPSE

정명섭 장편소설

담

차 례

세화병원 붕괴 13시간 전, 사전 통보 리스트

차재경: 세화병원 이사장. 병원 붕괴 하루 전 사전 통보

김진수: 애인 주미애의 생사확인을 위해 붕괴된 병원으로 잠입

주희섭: 주미애의 오빠. 동생의 〈엑토컬쳐〉 실험 승인

이대백: 권투선수 아들의 상대선수 심민수의 생사확인 위해 붕괴된 병원으로 잠입

이정자: 뇌사판정을 받은 권투선수 심민수의 어머니. 아들의 〈엑토컬쳐〉 실험 승인

김슬기: 연인이자 경쟁자였던 박희우의 〈엑토컬쳐〉 실험 승인

나정현: 하나뿐인 아들 휘와 아내 영은이 붕괴된 건물에 갇혀 있음. 아내가 아들 휘의 〈엑토컬쳐〉 실험 승인

최민우: 여자 친구 한나가 붕괴된 건물에 갇혀 있음. 〈엑토컬쳐〉 실험 승인

이무생: 공업사 사장. 단골 다방의 주인 신송자가 붕괴된 건물에 갇혀 있음. 〈엑토컬쳐〉 실험 승인

이형주: 이대백의 아들, 평소 신송자를 간호 중인 다방 종업원 이은혜의 생사확인 위해 붕괴된 병원으로 잠입

이유리. 김원섭: 아들이 붕괴된 건물에 갇혀 있음. 이유리가 아들의 〈엑토컬쳐〉 실험 승인

김달호, 윤삼식: 땅벌파 행동대장과 행동대원. 두목이 붕괴된 건물에 갇혀 있음. 〈엑토컬쳐〉 실험 승인

세화병원
8월 19일 오후 4시 붕괴

제1장

균

열

균 열

– 붕괴 1년 전

신원기는 양쪽 팔을 꽉 붙들고 있는 두 사람을 번갈아 쳐
다봤다. 오른팔을 붙잡고 있는 파란 등산 점퍼의 짧은 머리
사내는 이빨도 들어갈 것 같지 않았고, 왼팔을 잡은 안경잡
이 역시 만만치 않아 보였다. 횡단보도 건너편에는 신촌 지
구대가 있었다. 그곳으로 끌려들어 가서 신원 조회를 당한
다면 그동안 수배당한 거며, 기소 중지한 자잘한 것들이 낱
낱이 까발려질 것이 뻔했다. 마른침을 삼킨 신원기는 파란
불로 바뀐 건너편 신호등을 보자 아찔한 현기증을 느꼈다.

앞쪽으로 쏠리는 힘을 막기 위해 엉덩이를 뒤로 뺀 신원기는 다급한 목소리로 두 사람에게 애원했다.

"이보게들, 감정이 앞서면 일을 그르쳐. 원래 사업이라는 게 실패하면 쪽박에 사기꾼이고 성공하면 사장님 소리 듣는 거 아닌가? 자네들도 그때 서해에서 캐낸 석유 봤잖아. 시추를 다시 하면 된다고, 다시 할 수 있어."

"헛소리 좀 그만해요. 정유소에서 빼낸 원유 가지고 사기 치는 거 다 알고 있으니까."

파란 등산 점퍼의 목소리에는 한 점의 감정도 실려 있지 않았다. 차라리 화를 내고 길길이 날뛰었다면 그나마 빠져나갈 구멍을 찾아보겠지만 이런 상태라면 희망이 없어 보였다. 두 다리로 버텨봤지만 젊은 사람의 완력 앞에서는 속수무책이었다. 신원기는 마지막 수단으로 왼쪽에 있는 안경잡이의 발등을 힘껏 밟았다. 갑작스러운 아픔에 놀란 안경잡이가 손을 놓자마자 신원기는 파란 등산 점퍼의 손등을 힘껏 깨물었다. 그리고 빨간색으로 신호가 변한 횡단보도를 냅다 뛰었다. 바로 그 순간 옆에서 들려오는 브레이크 소리에 고개를 돌렸고, 급정거한 파란색 시내버스에 부딪쳤다. 몇 미터는 족히 날아가서 도로 위에 쓰러진 그는 배달시간을 맞추기 위해 과속으로 달리던 중국집 오토바이에 다시 치이고 말았다.

– 붕괴 10개월 전

자기, 안에 있는 거 다 알아. 또 불 꺼놓고 무슨 짓을 하려는 거야."

도어락 버튼을 누르는 소리와 함께 주미애의 목소리가 들려왔다. 붙박이장을 등진 채 서 있는 김진수는 목이 긴 부츠를 벗기 위해 한쪽 발을 들고 있는 그녀에게 다가갔다. 신발장 모서리를 잡고서 부츠의 지퍼를 내리던 그녀는 다가오는 김진수를 보고는 웃음을 참지 못했다.

"오늘 약속 취소해서 삐졌어? 갑자기 회사로 들어오라고 하지 뭐야."

주미애의 쾌활함 앞에서 김진수는 억지웃음을 지었다.

'빌어먹을, 아버지, 아버지… 그 많은 빚을 남겨 놓고 자취를 감추시면 대출 보증을 서 준 아들은 어떻게 하라고요.'

굳은 미소와 함께 마지막 고민을 털어 버린 그는 신발을 벗은 주미애에게 손을 내밀었다.

"그냥, 기분이 좀 꿀꿀해서. 좋아하는 된장찌개 끓여 놨어."

"정말! 울 자기가 결혼식을 앞두고 있더니 더 착해졌네. 앞으로 살림 열심히 해야 돼."

알코올 향이 살짝 얹힌 그녀의 목소리를 들으며 김진수는 어금니를 깨물었다.

'내가 고작 네 년 살림이나 해 줄 사람으로 보여? 아버지가 사고만 치지 않았으면 넌 그냥 잠깐 데리고 놀다가 치워 버릴 수준도 안 되는 년이야.'

김진수는 버스를 타고 녹번역까지 가 CCTV가 없는 허름한 마트에서 사 온 부엌칼을 단단히 움켜쥐었다. 그리고 부엌 식탁에 차려진 음식들을 보고는 감탄사를 연발하는 그녀의 뒤로 조용히 다가갔다. 칼날이 주미애의 등 뒤로 파고들었다. 주미애는 차가운 칼날이 갈비뼈 사이를 파고들자 숨을 들이켰다. 팔로 그녀의 목을 감싼 김진수는 그녀의 옆구리에 연거푸 칼날을 쑤셔 넣었다. 바닥으로 쏟아진 피가 원목 무늬 장판 위로 퍼져 나갔다. 버둥거리던 그녀의 몸이 차츰 늘어졌다. 피가 가득 고인 바닥에 그녀를 떨어뜨린 김진수는 미리 밸브를 열어 두었던 가스를 켰다.

'그 다음은? 맞아. 119.'

김진수는 속으로 중얼거리며 전화기 쪽으로 움직였다. 그런데 죽은 줄 알았던 주미애가 발목을 잡아당기자 기겁을 하고 말았다. 발을 뽑아내기 위해 버둥거리다가 피에 미끄러진 김진수는 그녀의 옆에 쓰러지고 말았다. 핏물에 잠겨 있던 그녀의 눈이 김진수에게 물었다.

'사랑한다며?'

간신히 그녀의 손길을 떨쳐 버린 김진수는 그때까지 쥐고 있던 칼로 그녀의 목을 꾹 눌렀다. 서걱거리는 소리와 함께 벌어진 목으로 또 다른 피가 터져 나오자 그녀의 눈빛도 바람 빠진 풍선처럼 꺼져 버렸다. 몸을 일으킨 김진수는 식탁 위에 올려놓은 스마트폰을 들고 119를 눌렀다. 신호가 끝나고 남자 목소리가 들리자 그는 다급한 목소리로 외쳤다.

"사람이 찔렸어요. 빨리 도와주세요."

김진수는 주소를 묻는 목소리를 뒤로 하고 붙박이장의 문틈에 피 묻은 칼의 손잡이 부분을 조심스럽게 끼워 넣은 다음 그대로 몸을 던졌다. 으드득거리며 뼈가 긁히는 소리와 함께 몸속으로 불길이 파고드는 것 같았다. 아픔을 털고 칼날에서 몸을 빼낸 김진수는 생각보다 상처가 깊어 보이지 않자 다시 한 번 몸을 날렸다. 아픔에 온 몸이 오그라드는 것만 같았다.

'이 정도면 충분하겠지?'

떨리는 손으로 피 묻은 부엌칼을 뽑아낸 김진수는 가스레인지의 호스를 끊어버리고 미리 가져다 놓은 분리용 쓰레기봉투의 쓰레기들 사이에 칼을 쑤셔 넣었다. 움직일 때마다 몸이 부서질 것 같은 통증이 일어났다. 억지로 참고 쓰레기봉투 주둥이를 묶은 다음 피를 대충 닦아내고는 안방 창문 아래로 쓰레기봉투를 떨어뜨렸다. 내일은 아파트 단지의 일반쓰레기를 수거하는 날이고, 창문 아래에는 청소 용역회사에서 미리 가져다 놓은 쓰레기 컨테이너가 세워져 있었다. 아파트 단지 입구에 있는 쓰레기 분리수거장까지 가기 귀찮은 주민들이 그냥 컨테이너 안에 쓰레기를 던져 놓는 경우가 많았기 때문에 아무도 이상하게 생각하지는 않을 것이다.

강도의 소행처럼 안방의 화장대와 서랍장을 꺼내 내동댕이친 그는 식탁 옆 피웅덩이 속에 누워 있는 그녀의 곁으로 돌아갔다. 한쪽 손을 배 위에 올린 그녀는 초점 없는 눈으로 천장을 올려다보고 있었다. 김진수는 미끈한 피가 고인 바닥에 누워 부엌칼과 함께 구입한 지포 라이터 뚜껑을 열었다. 다른 건 다 예측과 계산이 가능했지만 가스가 얼마나 큰 폭발력을 가질지는 몰랐다. 제대로 불이 붙지 않으면 현장의 허점이 고스란히 남을 테고, 심하게 터진다면 자신도 함께 죽거나 심한 화상을 입고 평생 고통을 받아야 할지 몰랐다.

마지막 주저함은 사이렌 소리가 점점 더 가까워지면서 끝이 났다. 지포 라이터의 불을 켠 김진수는 가스레인지 위로 라이터를 던졌다. 푸른 불꽃이 퍼지면서 싱크대 위로 번져가는 걸 본 그는 그녀 옆에 누워서 손을 꼭 붙잡았다. 부엌 커튼을 타고 천장으로 올라간 불길이 파란색 벽지를 잡아먹으며 퍼져 나갔다. 아름다운 푸른 불길을 넋놓고 바라보던 김진수는 현관문을 다급하게 두들기는 소리를 마지막으로 눈을 감았다. 그 다음의 기억은 혼돈과 아수라장이었다.

경찰이 문을 부수고 들어온 것과 폭발이 일어난 것은 거의 동시였다. 김진수는 119 구급대의 들것에 실려 나가면서 어두운 세상을 향해 날름거리는 푸른 불꽃을 바라보았다. 기운 내라는 여성 구급대원의 말을 들으며 김진수는 속으로 중얼거렸다.

'이제 새로 시작하는 거야.'

같은 앰뷸런스를 타고 세화병원으로 이송된 두 사람은 그곳에서 헤어졌다. 김진수는 응급실을 거쳐 중환자실로 올라갔고, 그녀는 본관 뒤편의 영안실로 향했다. 두 사람의 결혼식을 일주일 앞둔 밤에 일어난 일이었다.

– 붕괴 4개월 전

"인생은 아름다워 노래해~ 헤이~ 헤이헤이헤이~"
"슬픔은 모두 버려 헤헤~ 모두 굿바이~"

이성찬은 좋아하는 가수의 노래를 부르며 새벽안개를 뚫고 안양천의 조깅트랙을 달렸다. 어제 저녁에 내린 비 때문인지 조깅용 트랙은 흠뻑 젖어 있었다. 트랙 한가운데 끝없이 이어지는 하얀 줄을 내려다보며 묵묵히 달리던 이성찬은 어느덧 그날의 링 위로 돌아가 있었다.

**

"잽을 계속 날리면서 치고 빠지다가 스트레이트로 저 녀석 가드를 벌려. 그 다음에 어퍼컷으로 턱을 박살내면 게임 끝이야."

어느새 음악은 사라지고 관중들이 내는 소음과 미지근한 땀내의 열기가 그를 감쌌다. 트레이너를 자청했던 아버지의 말대로 이성찬은 가볍게 잽을 날리며 경기를 풀어나갔다. MBC 신인왕 출신의 아버지는 집안의 반대로 결국 권투 글러브를 벗어야 했지만 권투를 향한 열정만큼은 놓지 않았다. 그래서 아들이 권투를 하겠다고 했을 때 온 집안의 반대를 막아 주었다.

이성찬은 물안개가 피어오르는 안양천을 따라 아버지와 함께 달리는 아침 조깅이 너무 행복했다. 링 위에 올라가면 아무도 두렵지 않았다. 약간 막히는 상대라고 해도 매의 눈을 가진 아버지는 상대의 약점을 꼭 집어주었다. 아버지의 눈은 한 번도 틀린 적이 없었다. 그날도 마찬가지였다.

신인왕전 8강전에서 맞붙은 상대는 심민수라는 이름의 복서였다. 주로 스파링 파트너만 하던 친구였는데 그 체육관의 출전 선수 중 한 명이 개인 사정으로 불참하는 바람에 링 위에 올랐다는 소리를 듣고는 다음 상대를 머릿속에 생각했었다.

1라운드 시작종이 울리자 경쾌한 스텝을 밟으며 상대에

게 다가가던 이성찬은 속으로 당황했다. 상대가 야무진 눈빛으로 잽을 받아넘기며 오히려 기습적으로 파고들었기 때문이다. 키에 비해 긴 리치를 가지고 있던 이성찬의 장점을 단숨에 집어삼킨 심민수는 폭풍우 같은 좌우 연타와 어퍼컷으로 이성찬을 비틀거리게 만들었다. 당황한 그는 클린치를 걸어 겨우 위기를 넘겼다. 클린치가 풀리고 다시 맞붙었을 때에도 마찬가지였다. 잽을 무시하고 파고드는 심민수의 저돌적인 스텝에 밀린 이성찬은 다시 코너에 몰려 연타를 허용하고 말았다. 빠져나가면서 옆구리로 날아든 펀치에 호흡이 흩어졌다. 어떻게 1라운드를 끝냈는지 모르고 코너로 돌아온 이성찬에게 아버지가 귓속말로 외쳤다.

"어퍼컷, 어퍼컷!"

짙은 화장을 한 라운드걸이 내려가고 2라운드가 시작되었다. 한층 뜨거워진 숨을 토해내며 상대에게 다가간 이성찬은 스트레이트를 옆으로 흘리면서 안으로 파고들어갔다. 적절한 클린치와 버팅으로 상대의 공간을 뺏은 이성찬은 벌려진 가드 틈으로 어퍼컷을 쏟아 넣었다. 밀리는 상대를 쫓아가며 펀치를 퍼부어대던 이성찬은 상대방의 눈에 독기 대신 물기가 어려 있는 것을 보았다. 고통 때문일까? 로프까지 밀려난 상대를 쫓아 악착같이 훅을 꽂아 넣은 이성찬은 1라운드에서 당했던 고통을 고스란히 돌려주었다. 일방적으로 두들겨 맞은 상대방은 공이 울릴 때까지 버텼다. 2라운드 공이 울리고 코너로 돌아온 그에게 아버지가 말했다.

"다음 라운드에 쇼부를 봐. 두들기다가 체력이 다운되면 오히려 밀린다."

3라운드가 시작되자 이성찬은 상대를 쏘아보며 링 가운데로 나갔다. 흐느적거리며 다가오는 상대방에게 툭툭 잽을 던지며 좌우로 돌던 이성찬은 상대의 가드가 열려진 틈으로 스트레이트를 던져 넣었다. 적지 않은 타격을 받았는지 굳건했던 가드가 활짝 열렸다. 긴 스텝을 밟으며 공간을 만든 이성찬은 짧은 어퍼컷을 상대의 턱 한복판에 명중시켰다. 펀치에 맞은 턱이 탁 소리를 내며 튕겨 올랐다. 이 정도면 분명 다운이나 최소한 그로기까지는 갔어야 했는데 상대방은 비틀거리기만 할 뿐 넘어지지 않았다. 그러다 마지막 어퍼컷이 턱보다는 목에 가깝게 명중했다. 링에 튕긴 상대가 앞으로 넘어지면서 피 묻은 마우스피스를 바닥에 떨어뜨렸다. 잔뜩 긴장해 있던 온몸의 근육들이 일시에 풀어지면서 콕콕 쑤시는 듯한 통증이 찾아왔다. 물러나라는 레퍼리의 손짓에 이성찬은 자기 코너로 돌아오면서 아버지에게 물었다.

"제 펀치 어땠어요?"

하지만 아버지의 굳은 시선은 링 건너편으로 향해 있었다. 여전히 의식을 차리지 못한 듯 바닥에 누워 있는 상대 선수 주변으로 레퍼리와 링 닥터, 그리고 상대 선수 스텝들

이 몰려들었다. 그들이 중간중간 내뱉는 혼수상태나 구급
차 같은 말들은 알아들을 수 있었다. 놀란 이성찬이 아버지
를 쳐다보았다.

"아버지!"

"어서 대기실로 돌아가. 대오야! 얘 좀 빨리 데리고 들어가.
빨리!"

이성찬은 아버지의 후배인 대오에게 등을 떠밀리면서도
계속 링 쪽을 쳐다보았다. 서로의 얼굴을 쳐다보며 영문을
몰라 하던 관중들도 하나둘씩 링 주변으로 몰려들었다.

그날 저녁, 이성찬은 텔레비전 뉴스에 심민수라는 권투
선수가 뇌사 상태에 빠졌다는 세화병원 관계자의 인터뷰
를 보았다. 그리고 악몽이 시작되었다. 아무리 술을 마시거
나, 쓰러질 정도로 운동을 해도 마지막 펀치가 꽂히던 그
순간이 뇌리에서 떠나지 않았다.

**

한동안 악몽에 시달렸던 그는 정신을 차리자는 뜻에서
새벽 조깅을 나왔다. 깊이 잠들어 있는 아버지를 차마 깨우
지 못한 그는 혼자서 뛰었다.

그렇게 안개 속을 한참 달리던 이성찬은 이때쯤이면 나
타났어야 할 농구 코트가 보이지 않자 당황하기 시작했다.

뜀박질을 멈추고 뒤를 돌아봤지만 역시 아무것도 보이지 않았다. 몇 년 동안 새벽마다 뛰던 곳이라 어디쯤에 뭐가 있는지는 잘 알고 있었지만 오늘은 눈에 익숙하던 것들이 마치 안개에 집어삼켜진 것처럼 사라져 버렸다. 조깅 트랙 위에 멈춰서 후드를 벗은 이성찬은 주변의 안개가 갑자기 사라지는 것을 보고는 중얼거렸다.

"뭐야?"

사라지는가 싶었던 안개는 십 미터쯤 앞에서 거대한 장막처럼 펼쳐졌다. 그리고 그 속에서 누군가가 뚫고 나왔다.

"너, 너는…"

안개를 뚫고 나온 것은 심민수였다. 그는 붉은색 권투 글러브를 낀 손을 치켜들고는 어깨를 가볍게 흔들며 접근해 왔다.

– 붕괴 하루 전

사고가 난 지 1년이 넘었지만 꿈은 그녀를 항상 사고의 순간으로 데려다 놓았다. 김슬기는 어쩔 수 없는 사고였다고 중얼거렸다. 그날 바다는 잔잔했고, 안전요원들도 낙산 해수욕장 곳곳에 배치되어 있어서 사고가 나도 즉각 조치가 가능했다. 아니 그렇다고 믿었다. 1.5킬로미터의 로열코

스 수영은 물론 4킬로미터에 가까운 킹 코스의 수영도 너끈히 해내던 그가 발에 난 쥐 때문에 익사할 것이라고 그 누가 상상이나 했었을까? 흐르는 땀 위로 쓴웃음이 묻어나왔다. 사망사고의 파장은 어마어마했다. 잘 모르는 언론은 주최 측의 안전소홀을 물고 늘어졌다가 죽은 그를 비운의 운동선수로 몰고 갔다. 사고 당시 가장 가까이 있었던 김슬기는 그 무수히 많은 이야기들 속에서 진실과 가까운 것이 하나도 없다는 사실에 적잖이 놀라면서도 안심했다.

박희우, 연인이면서 경쟁자. 사랑하면서도 넘을 수 없었던 벽 같던 존재. 맨살을 맞대며 사랑한다고 속삭이던 밤이 끝나면 냉정하게 돌아서서 운동을 하러 나가던 사람, 100일·생일·1년 같은 기념일을 잊지 않고 챙겨주면서도 정작 사람들 앞에서는 둘 사이의 공개를 꺼려하던 사람, 모순과 긍정이라는 두 종류의 거울을 번갈아 비추어대며 그녀를 가지고 노는 것 같은 알 수 없는 사내였다.

**

시작부터 치고 나가 나란히 선두에 나섰던 둘은 앞서거니 뒤서거니 하면서 바다를 갈랐다. 김슬기는 어떻게 해서든 박희우를 이기고 싶었다. 그리고 그 대회는 절호의 찬스였다. 다들 모르고 있었지만 그는 사이클 훈련 중 넘어지면서 오른쪽 허벅지에 타박상을 입었다. 상처 입은 다리 근육은 일정한 피로가 쌓이면 급격히 무거워져 후반부에 스퍼트를 낼 수가 없다. 걱정하는 김슬기의 눈길을 무시한 박희우는 상처를 숨기고 출전했다. 그런 그의 뒷모습을 보면서 김슬기는 회심의 미소를 지었다. 간발의 차이로 앞서가던 박희우를 앞지를 때만 해도 김슬기는 행복했다. 그리고 그 순간 절박한 박희우의 목소리가 첨벙대는 물소리 사이에서 들려왔다.

"슬기야! 나 좀 잡아줘. 다리에 쥐가 난 것 같아."

'내가 왜?'

그녀는 본능적으로 부르짖었다. 그동안 박희우에게 쌓여있던 감정들이 그녀를 곧장 앞으로 나가게 만들었다. 어차피 안전요원들도 많이 있고, 다리에 쥐가 났다고 해도 박희우 정도면 알아서 바닷가로 나올 수 있을 거라고 생각했다. 그녀는 물속에서 제일 먼저 나와 사이클을 탔다. 우승을 확신했을 때, 경기 도중 사망사고가 발생해 경기가 취소되었다는 방송이 들렸다. 타고 있던 사이클을 돌려 돌아온 바닷가는 그야말로 아수라장이었다. 하얀 천이 덮인 들것 바깥쪽으로는 박희우가 항상 신던 파란색 아쿠아 슈즈가 튀어나와 있었다.

"아이고, 경기를 하다가 이상하면 곧장 신호하고 포기하지 왜 미련스럽게 계속 헤엄을 친 거야?"

"그러게, 세 번이나 우승했으면서 또 무슨 욕심을 내서는…."

혀를 끌끌 차며 돌아서는 협회 임원과 심판의 대화를 들으며 김슬기는 그대로 주저앉았다. 한참 울고 있던 김슬기는 누군가 어깨를 건드리자 왈칵 짜증을 냈다.

"건드리지 마. 저 사람이랑 나 아무 상관도 없단 말이야."

그러자 다른 공간으로 옮겨진 듯 낯선 공기가 흐르면서 무미건조한 박희우의 목소리가 들렸다.

"너 때문이야."

깜짝 놀란 김슬기는 고개를 돌리려고 했지만 앞쪽으로 못 박혀 있던 시선은 움직여지지 않았다. 김슬기는 겨우 입을 열었다.

"그게 왜 내 탓이야?"

"물에 빠져 죽는 건 끔찍한 일이야. 공기가 있어야 할 폐에 차가운 물이 들어가면 어떤지 알아?"

"난 잘못한 거 없어. 이기고 싶었을 뿐이라고."

"죽은 다음에도 한동안 영혼은 몸속에 머문다는 거 알아? 자신의 죽음을 곁에서 지켜봐야 하는 건 죽는 순간만큼이나 끔찍해."

"나한테 이러지 마. 넌 항상 혼자서 결정하고 판단했잖아. 경기만 포기했어도 넌 살 수 있었어. 왜 나한테 자꾸만 이러는 거야. 나도 힘들어. 나도 힘들단 말이야!"

어느덧 낙산 해수욕장에서 알 수 없는 공간으로 바뀌어 버린 곳에서 김슬기는 절규했다. 눈물과 콧물 범벅이 된 얼굴을 손으로 감싸 안고 있던 그녀의 귀에 박희우가 속삭였다.

"우린 곧 다시 만나게 될 거야. 베이비."

**

항상 잠자리에서 박희우가 이름 대신 불러주던 베이비 라는 단어를 끝으로 꿈은 막을 내렸다. 땀에 젖은 이불을 움켜잡은 채 꿈에서 빠져나온 김슬기는 야트막한 조명이 켜진 원룸 안 구석구석을 눈길로 더듬었다. 침대 옆 탁자에 놓인 디지털시계는 이제 막 새벽 세 시를 가리켰다. 약국에 서 받아온 수면제를 몇 알 털어 넣고 생수를 들이킨 김슬기 는 꿈의 파편이 남아 있는 머리를 털어냈다.

"이건 그냥 꿈이야. 언제까지 이러고 살래."

이불을 다시 당겨서 침대에 누운 채 수면제가 다시 이끌 어줄 새로운 잠을 기다리던 김슬기는 건너편에 있는 컴퓨 터의 모니터에서 환한 빛이 나오는 걸 보고는 다시 몸을 일 으켰다.

'분명 잠들기 전에 꺼 놨는데?'

비틀거리며 의자에 앉은 김슬기는 컴퓨터 화면 한쪽에 자리 잡은 1이라는 숫자에 눈이 갔다. 무심코 마우스를 당 겨 클릭하자 새 메일이 한 통 온 게 보였다.

"안내문?"

딸깍거리는 마우스 클릭소리와 함께 열린 안내문은 짧고 간결했다.

세화병원 이사장 차재경입니다.

존경하는 가족 여러분께 머리를 조아리고 아뢸 말씀이 있습니다.

8월19일 오후 4시경 세화병원은 붕괴됩니다.

이는 〈엑토컬쳐〉 실험이 실패로 돌아갔다는 것을 의미하며 모든 책임을 저 차재경과 실험에 동의한 여러분이 져야 할 짐이라 여깁니다. 이에 입원 환자 및 의료진은 8월 18일 자정을 기점으로 퇴원과 휴가 조치를 내릴 예정입니다.

가족 여러분께서는 8월 19일 오후 4시까지 세화병원 후문에 있는 가구점 근처에 모여 계셨다가 붕괴 직후 구조대를 조직해 들어갈 예정입니다. 한때 우리의 소중한 혈육이었으며 친구와 애인이었던 그들이 사회의 악이 되지 않도록 한 분도 빠짐없이 참석해 주시기를 바랍니다. 조사에 필요한 기본 장비는 제가 준비하겠으나 기호에 따라 식음료 및 안전 장비를 소지하실 수 있습니다. 어린아이는 동행할 수 없으며 지병이 있거나 신체허약자는 참여하지 말아 주십시오.

부득이한 사정으로 참여가 어려우신 분은 미리 연락을 주시면 엑토컬쳐 살해동의서를 보내드리겠습니다만 위약금이 발생할 수 있다는 점을 알아주십시오. 날인하지 않은 서류는 무효처리 되오니 이점 양해해 주십시오.

감사합니다.

"이게 무슨….."

영문을 몰라 하던 김슬기는 알아들을 수 없는 어려운 말을 하면서 서류를 내밀던 병원장의 얼굴을 떠올렸다. 지쳐 있던 김슬기는 무료로 장례를 치러준다는 말에 내용을 제대로 읽어보지도 않고 서명을 해버렸다. 다시 한 번 안내장을 읽던 김슬기의 귓가에 축축하게 젖은 목소리가 들렸다.

"베이비."

오싹한 목소리에 놀란 김슬기는 등 뒤쪽을 쳐다보았다. 집 안에는 아무도 없었다. 고개를 갸웃거리던 김슬기는 귀밑머리를 살짝 흔들고 지나가는 작은 바람을 느꼈다. 바람 속에서는 짠 바다 냄새도 함께 느껴졌다. 김슬기는 바람에 끌려 천천히 창문 쪽으로 다가갔다. 창문을 덮고 있던 블라인드는 그녀가 다가가자 나지막하게 들썩거렸다.

'여긴 14층이야. 그리고 저건 열리지 않는 창문인데?'

떨리는 손으로 블라인드를 끌어올린 김슬기는 창 밖에

서 명멸하는 불빛들과 그 안에 갇혀 있는 자신을 보았다. 유리에 비친 자신의 모습을 물끄러미 바라보던 그녀는 침대로 돌아가기 위해 몸을 돌렸다.

첫 번째 발걸음을 내딛는 순간 발바닥에 축축함이 느껴졌다. 놀란 그녀가 거실 등을 켜자 물 묻은 발자국이 침대 머리맡에서 창가까지 이어져 있는 것이 보였다. 겁에 질려 있던 김슬기는 창가를 똑똑 두드리는 소리에 고개를 돌렸다. 블라인드가 걷혀진 유리 너머에 두 개의 시선이 이글거리고 있었다. 두려움에 갇힌 그녀를 한참 동안 지켜보던 창밖의 시선은 날갯짓을 하며 사라져 버렸다.

제2장

붕

괴

붕 괴

– 붕괴 5분 전

오후 네 시가 가까워지자 출출했다. 무엇을 먹을지 크게 고민하지 않았다. 나정현은 전기 포트를 기울여 컵라면에 물을 부었다. 뜨거운 김에 못이긴 컵라면 뚜껑이 살짝 말렸다. 나무젓가락으로 주둥이를 누른 그는 어깨를 펴고 기지개를 켰다. 그가 하루 24시간 내내 생활하는 당곡 24시 편의점 안은 빠져나가지 못한 눅눅한 공기들로 가득했다. 오전부터 내린 비가 유리창을 타고 흘러내리는 게 보였다. 흘러내리는 빗줄기 사이로 길 건너편에 휘황찬란하게 빛나는 편의점 간

판이 보였다. 입맛을 다신 그는 젓가락을 뜯어 면발을 휘휘 저었다. 그러다 음료 냉장고 위에 올려져 있는 사진첩을 집어 들었다. 병풍처럼 접었다 펼 수 있는 작은 사진첩에는 지난 세월이 고스란히 담겨 있었다.

대학시절부터 매달렸던 고시 공부를 포기했던 것은 팔 년 전인 서른두 살 때였다. 이차 합격자 명단에 이름이 없는 걸 확인한 그는 그날 밤새 술을 마시고 고시텔로 돌아와 법전을 모두 쓰레기통에 쳐 넣었다. 판사나 검사, 못해도 변호사 자식을 기대하던 부모님의 주름진 얼굴이 떠오르자 질끈 눈을 감은 그는 텅 빈 책장에 머리를 찧으며 울부짖었다. 잠이 깬 그가 본 것은 고시텔 여자 총무인 영은이었다. 걱정스러운 얼굴로 자신을 내려다보는 영은의 팔을 움켜잡은 그는 한참 동안이나 서럽게 울었다. 그녀는 다 이해한다는 듯 두 팔로 그를 안아 주었다.

그해 겨울, 두 사람은 양쪽 집안의 반대를 무릅쓰고 결혼을 감행했다. 못마땅해 하는 부모님들을 양쪽에 두고 활짝 웃은 영은의 뱃속에는 두 달 된 아이가 들어 있었다. 그리고 그는 아내와 아이를 먹여 살리기 위해 생활 전선에 뛰어들었다. 보험 외판원과 정수기 외판원을 거쳐 단과 학원 강사를 전전했다. 그를 딱하게 여긴 부모님이 토지매입 보상금이라며 돈을 내민 건 결혼한 지 6년이 지났을 무렵, 둘 사이에 태어난 아들 휘가 다섯 살 때였다.

부모님이 주신 돈으로 재작년에 마련한 것이 지금 이 당곡 24라는 편의점 아닌 편의점이었다. 처음에는 그럭저럭 되던 장사가 주변에 하나둘씩 대기업 편의점들이 늘어나자 매출이 반 토막 나버리고 말았다. 그래도 어떻게든 살만했다. 그와 영은이 대부분이던 사진첩은 어느 틈엔가 점점 커가는 휘가 차지했다. 늘 활짝 웃던 아이였는데, 마지막 두 장의 사진에서는 침울하고 차가운 표정으로 카메라를 응시하고 있었다.

초등학교에 들어갈 무렵 급성 림프구성 백혈병이라는 듣도 보도 못한 병에 걸린 게 확인된 이후 아이는 늘 병원에 있어야만 했다. 가족 중 골수가 맞는 사람이 없어 일본에 있는 골수은행에서 조혈모를 이식받았다. 골수 이식을 받으며 고통스러워하는 휘를 보며 나정현은 울고 또 울었다. 하지만 그가 할 수 있는 것은 병원에 입원한 아들과 간호를 하는 아내를 다독이면서 이 낡고 좁은 가짜 편의점을 지키는 일뿐이었다.

눈물을 훌쩍거리던 나정현은 컵라면 국물에 담긴 젓가락을 휘휘 저었다. 어쨌든 살아남아야만 했다. 통통 불어서 뚝뚝 끊어져 버리는 면발을 입 안에 한 가득 털어 넣었다. 배를 채운 그는 냉장고 위에 올려져 있는 텔레비전의 채널을 돌렸다. 아내에게는 비밀이지만 그는 첫사랑과 닮은 여배우가 나오는 일일드라마를 꼭 챙겨 보았다. 출생의 비밀과 계모의 학대라는 뻔한 스토리 속에서 허우적대던 여배우는 자신이 좋아하던 남자가 배다른 오빠라는 사실을 알고 절규하고 있었다. 제법 감정을 잡는 여배우의 모습을 보던 나정현의 시선이 화면 아래 갑자기 나타난 뉴스 속보라는 굵은 글씨로 옮겨졌다.

아무 생각 없이 집에서 가져온 보리차를 마시려던 그는 뒤이어 나타난 "세화병원 붕괴"라는 글씨에 넋을 잃었다. 세화병원은 올해 초 아이가 옮긴 병원이었다. 벌어진 입을 다물지 못하고 있는 사이 화면이 변했다. 잔뜩 찡그린 얼굴을 하고 있던 앵커는 큐 사인을 뒤늦게 받았는지 허둥거리며 화면을 응시했다.

"긴급속보를 말씀드리겠습니다. 오늘 오후 4시경 세화종합병원이 갑작스럽게 붕괴되었습니다. 현재 인근 소방서의 소방차와 구급차가 긴급 출동해 구조작업을 펼치고 있지만 워낙 갑작스러운 붕괴라 사상자들이 많이 발생했을 것 같다는 추측이 잇따르고 있습니다. 현장 연결해 보겠습니다. 김보성 기자!"

또 다시 바뀐 화면은 혼돈 그 자체였다. 소방차에서 뿌려대는 굵은 물줄기가 무너진 병원 위로 쏟아져 내렸다. 마구 흔들리던 카메라는 인근 아파트 단지에서 쏟아져 나온 주민들을 비춰 주었다. 이어서 카메라는 바바리코트 차림에 마이크를 든 기자를 잡았다.

"현재 정확한 사고 원인과 피해 규모는 밝혀지지 않고 있습니다만 붕괴가 워낙 일순간에 진행되었고, 붕괴 직후 빠져나온 사람들이 없다는 증언을 종합해 볼 때 삼풍백화점 붕괴 이상의 사상자가 나올 가능성도 배제하지 못하고 있는 상황입니다. 반면, 얼마 전부터 본관의 신축 공사를 진행하기 위해 내부를 비웠다는 얘기가 들리고 있어서 사상자는 의외로 적을 수도 있다는 희망적인 관측도 있습니다. 잠시 목격자의 증언을 들어 보겠습니다. 사건 당시 어디에 계셨습니까?"

기자는 옆에 서 있던 50대 중반의 아저씨에게 마이크를 넘겼다.

"저기 병원 앞 가게에서 열심히 구두를 닦고 있는디, 갑자기 천둥소리 같은디 들렸는디, 맑은 하늘에 무신 날벼락인가 혀서 고개를 빠끔이 내밀어 봤는디, 글씨 병원이 그냥 와르르 무너져 내리고, 내 평생 이런 일은 첨이였지요."

이마가 벗겨진 50대 중반의 아저씨는 흥분했는지 연결되지 않는 말들을 내뱉었다. 아저씨에게 갔던 마이크를 도로 당겨온 기자가 다시 물었다.

"혹시 병원이 붕괴되기 직전 이상한 징조 같은 것은 느끼지 못하셨습니까? 예를 들면 건물에서 이상한 소리가 났다든지 하는 것 말입니다."

"어린 사내애가 무너진 병원 위를 날아 댕겼습니다."

"네?"

놀란 기자의 반문에 대머리 아저씨는 확신 가득한 얼굴로 다시 말했다.

"예닐곱 살쯤 된 계집처럼 예쁜 사내애였다니까요. 가가 폭삭 내려앉은 병원 위를 나비처럼 날라 댕겼어요."

"아니, 그런 거 말고요. 뭐 건물에 금이 갔다든지 아니면 지반이 내려앉았다든지 하는 그런 징조 말입니다. 주민들 말로는 한 시간 전쯤에 병원 쪽에서 큰 소리가 났다고 합니다만."

당황한 기색이 역력한 기자의 말에 대머리 아저씨는 화를 냈다.

"삼화 연립 사람들은 입만 열었다 하면 다 거짓부렁들이여. 이 배대식이가 이 앞에 터를 잡고 구두를 닦은 지 딱 삼십 년이여. 삼십 년⋯."

대머리 아저씨의 횡설수설에 놀란 기자가 황급히 고맙다는 말을 하며 마이크를 거둬들였다. 카메라 화면 바깥에서 들어온 팔이 대머리 아저씨를 잡아당겼다. 바깥으로 끌어가려는 팔을 뿌리친 아저씨가 화면에 대고 소리쳤다.

"이거 왜 이려! 분명히 내 눈깔로 똑똑히 봤다니까, 어린 사내애가 무너진 병원 위를 날아 댕겼어. 히죽거리면서 말이여."

참다못한 기자가 대머리 아저씨를 화면 밖으로 밀어버

렸다. 떠밀린 아저씨의 팔이 화면 끝에서 한두 번 허우적거리다가 사라져 버렸다.

뉴스를 보던 나정현은 벌떡 일어났다. 저 거대한 건물의 잔해 아래 사랑하는 아내와 아들이 갇혀 있다는 생각이 뒤늦게 든 것이다. 지갑과 휴대폰을 챙기고 셔터를 내린 그는 가게 밖으로 뛰쳐나와 큰 길로 내달렸다. 비가 내리는 거리는 한산했지만 빈 택시는 눈에 띄지 않았다. 무작정 달리면서 빈 택시가 오는지 뒤를 돌아보던 그는 결국 신호등 앞에 멈춰 서 있는 택시에 올라탔다.

"세화병원이요!"

시트가 젖는다는 택시 기사의 툴툴거림을 무시한 채 나정현은 두 손을 꽉 모으고 기도를 올렸다. 올해 초 아내가 갑자기 세화병원으로 아들을 옮기자고 했을 때 별 생각 없이 승낙을 했던 기억이 떠올랐다. 아내가 이런저런 이야기를 했지만 건물 주인이 갑자기 임대료를 올려 달라고 하는 바람에 머리가 아팠던 그는 대충 고개를 끄덕거리고 말았다.

"제발, 하나님"

**

멀리 세화병원이 보이는 사거리에서부터 교통 통제가 시작되었다. 하얀 우의를 쓴 경찰들이 붉은 경광등을 흔들며 차들 사이를 뛰어다녔고, 길게 멈춰선 차들은 경적을 울려댔다. 더 이상 못 갈 것 같다는 기사의 말에 나정현은 돈을 내고 택시에서 뛰어내렸다. 그리고 차량 사이를 뛰기 시작했다. 한껏 달궈진 자동차의 보닛에서 피어오르는 수증기들이 빗줄기 사이를 뚫고 하늘로 역류했다.

병원으로 올라가는 좁은 오르막길은 구급차와 소방차에 방송국 차량들까지 바늘 하나 꽂을 틈 없이 빼곡하게 들어차 있었다. 다들 자기 할 일들로 바쁜 탓에 오르막길은 어렵지 않게 지날 수 있었지만 커다란 병원의 철제 대문은 이미 경찰들이 통제하고 있었다. 방패를 든 전경들이 겹겹이 막아서서 사람들을 차단하는 중이었다. 그 앞에는 병원의 환자 가족들로 보이는 사람들로 가득했다. 지위가 있어 보이는 경찰 한 명이 확성기를 들고 사람들에게 소리쳤다.

"현재 구조작업이 진행 중입니다. 여러분 심정은 이해하고 있습니다만 자칫 또 다른 인명사고로 이어질 수 있으니 통제에 따라 주십시오."

하지만 나정현은 그 말을 듣지 않고 병원으로 들어가려고 했다. 어떻게든 병원 안에 들어가서 가족들의 생사를 확인해야만 했다. 저 많은 잔해들 속에서 아내와 아이를 어떻게 찾을지 엄두가 나진 않았지만 맨손으로 잔해를 긁어내서라도 구해 낼 생각뿐이었다. 옥신각신하던 와중에 휩쓸린 그는 전경들에게 밀려 파란색 트럭이 세워져 있는 골목길로 밀려났다. 비에 젖은 골목길에는 바깥의 소란에는 아무 관심도 없다는 듯 앞발을 핥고 있는 고양이 한 마리가 있을 뿐이었다. 골목길 바깥의 소란을 피해 더 안쪽으로 숨어든 나정현은 뜻밖의 광경과 마주쳤다.

셔터가 내려진 가구점 앞에 십여 명 남짓한 사람들이 조용히 비를 맞고 서 있었다. 보통 때라면 한 번 흘끔거리고 지나갔을 풍경이었지만 그들이 입고 있는 하늘색 비닐 우의의 등 한복판에 박혀 있는 한국인명구조협회라는 굵은 고딕체 글씨가 눈길을 확 잡아끌었다. 한편에는 미처 우의를 받지 못한 사람들이 가구점 앞에 서 있는 사내에게 넘겨받는 중이었다. 저들과 함께라면 안으로 들어갈 수 있다는 생각에 나정현은 그쪽으로 다가가서 물었다.

"저기 혹시 남는 우의 있으면 하나 받을 수 있을까요?"

대답 대신 돌아온 것은 싸늘하고 의심에 가득 찬 시선들이었다. 그는 겁이 났지만 가족들을 생각하며 용기를 냈다.

"제 가족도 저기 안에 있습니다. 들여만 보내 주시면 시키는 대로 다 하겠습니다."

"여긴 아무나 낄 수 있는 데가 아닙니다."

주저하던 사람들 틈에서 한눈에도 조폭같이 보이는 험악한 사내가 말했다.

"그럼 그냥 비옷 하나만 주세요. 전 어떻게든 저기 들어가야만 합니다."

"귓구멍은 있는 것 같은데 왜 말을 못 알아들어? 여긴 당신이 낄 데가 아니라고 했지."

손가락 하나를 곧게 세운 상대방이 그의 가슴을 꾹꾹 찌르며 욕설 섞인 말들을 뱉어냈다. 그 역시 지지 않고 상대방의 가슴을 밀쳐냈다.

"내 가족이 저기 안에 있다고 말했잖아요. 인명 구조를 한답시고 모인 사람들이 이런 식으로 말을 해도 되는 겁니까?"

"이거 참…."

어이가 없다는 표정으로 목을 한 바퀴 돌리는 사내의 목에서 우두둑거리는 소리가 들렸다. 그를 제지한 것은 또 다른 사내였다.

"삼식아. 그만해라."

"아따, 형님도 참…."

우의 속에 감춰져 있던 짧은 머리를 손바닥으로 한 번 쓱 훑은 사내가 불만 섞인 표정으로 뒤로 물러났다. 사내의 위협이 사라졌어도 나정현은 사람들의 엉킨 시선을 다시 한 번 받게 되었다. 그때 가구점 앞에서 우의를 나눠주던 사내가 다가오더니 하늘색 우의를 건넸다. 그러자 먼저 우의를 입은 사람들 속에서 불만이 터져 나왔다.

"이봐요. 저런 어중이떠중이들까지 우리 팀에 합류시키면 난장판이 될 겁니다."

등 뒤에서 불만 섞인 소리가 들려왔지만 사내는 밝은 표정으로 대꾸했다.

"진수 씨. 나정현 씨는 어중이떠중이가 아니라, 원래 우리 구조대에 합류할 분이셨습니다. 안내장을 열어보지 못해서 오늘 일정을 알지 못하셨던 것뿐입니다."

진수라고 불린 넓적한 얼굴의 사내가 마지못해 고개를 끄덕거리고는 입을 다물었다. 나정현은 우의를 건넨 사내가 어제 편의점에서 담배를 한 갑 사갔던 손님이었다는 사실을 깨달았다.

"다, 당신….."

"시간이 없습니다. 어서 옷 입으세요. 차차 설명하지요."

그의 말대로 시간이 없다는 걸 깨달은 나정현은 서둘러 비옷을 입었다. 손목시계를 통해 시간을 확인한 사내가 골목길에 모여 있는 하늘색 우의들을 향해 소리쳤다.

"자, 다들 주목! 지금 시간이 4시 40분입니다. 이제 계획했던 대로 민간구조단체로 위장해서 병원 안으로 잠입할 겁니다. 누가 물어보면 그냥 한국인명구조협회 회원이라고만 하면 됩니다. 질문 있습니까?"

사내 앞에 모여든 하늘색 우의 차림의 사람들은 무겁고 복잡한 표정으로 서로를 흘끔거렸다. 뒤쪽에 있던 안경 쓴 청년이 손을 번쩍 들었다.

"그곳까지는 어떻게 갑니까?"

"원래 통로는 무너졌겠지만 그에 대비한 비상통로가 몇

군데 있습니다. 그중 상태가 양호한 곳을 이용해 진입할 겁니다."

한쪽 구석에서 서로 손을 잡고 오들오들 떨던 중년의 부부들 중 약간 더 나이를 먹은 남자가 물었다.

"그곳에 내려가서 우리가 직접 가족들을 구출하는 건가요?"

"만약 살아 있다면 만날 수 있을 겁니다."

사내의 설명이 채 끝나기도 전에 젊은 여인의 목소리가 튀어나왔다.

"이건 다 하나님의 뜻입니다. 세상의 모든 죄악을 짊어지고 가신 하나님께서 우리들에게 내리신 새로운 세상을 향한 신호라고요. 우리 모두 기도해야 합니다. 거짓되고 타락한 거짓 종교를 버려야만 진실한 뜻을 받들 수 있어요. 우리 모두 기도해요."

테 없는 둥근 안경을 쓴 여인의 가슴에는 이유리라고 적힌 명찰이 달려 있었다. 그녀는 남편으로 보이는 이의 손을 꼭 붙잡고는 기도를 올렸다.

"가지가지들 하는군."

당장이라도 뿔뿔이 흩어질 것 같은 어수선한 분위기였지만 아무도 자리를 뜨지는 않았다.

"그만들 하고 어서 움직이죠. 여기서 이렇게 모여 있다가 다른 사람들 눈에 띄면 골치 아파질 수도 있습니다."

아까 난장판 운운했던 그 목소리였다. 후드에 가려진 눈은 보이지 않았지만 적당한 살집이 붙은 턱과 약간은 위쪽으로 휘어진 입술로 봐서는 아직 세월에 활력을 빼앗기지 않은 삼십대 중반쯤의 남자로 느껴졌다.

"알겠습니다. 아까 나눠드린 명찰을 모두 목에 걸고 저를 따라오십시오."

가구점 앞에서 내려선 사내가 코팅된 명찰을 목에 걸었다. 사내의 명찰에는 차재경이라는 이름이 쓰여 있었다. 그가 손짓으로 나정현을 부르더니 우의 주머니에서 다른 명찰을 하나 꺼냈다.

"혹시 몰라서 준비해 두길 잘했군요. 제 옆에 바짝 붙어서 따라오세요."

엉겁결에 명찰을 받아든 나정현은 그에게 물었다.

"대체 뭐하는 사람들입니까? 민간구조대는 아닌 것 같은데요."

"자세한 건 7번 병동 로비에 도착해서 알려드리겠습니다."

"힘깨나 쓸 것 같은데 이리 와서 이거나 좀 드쇼."

사투리가 섞인 걸걸한 목소리가 영문을 몰라 하던 나정현을 잡아끌었다. NAVY SEAL이라는 미 해군 특수부대 이름이 박힌 푸른색 모자를 쓴 늙은 노인은 낚시 가방같이 길쭉한 가방을 건네주었다. 무심코 받아든 가방은 쇳덩이라도 들어 있는지 꽤나 묵직했다. 이무생이라는 명찰을 가슴에 단 노인은 잔뜩 찡그린 나정현의 표정을 보고는 재미있다는 듯 옆에 있는 짧은 머리의 청년에게 말했다.

"내가 저 나이 땐 쌀 석 섬을 지고도 뜀박질을 했는데 말이다. 요즘 사람들은 애 어른 할 것 없이 죄다 약골들이니 이거야 원…."

"아버지야 평생 공업사 일을 하셨으니까 그렇죠. 제발 아버지 기준으로만 세상을 보려고 하지 마세요."

이무생은 뜻밖의 타박에 입만 쩝쩝거렸다. 나정현은 자신까지 포함한 이 엉성하고 이상한 구조대가 리더 역할을 하는 차재경을 포함해 모두 열네 명이라는 사실을 깨달았다. 그가 포함된 행렬은 비에 젖은 골목길을 돌아나갔다. 약간 넓어진 골목길에는 상가와 가정집을 겸한 이삼 층짜리 집들이 어깨를 나란히 하고 있었다. 망한 닭갈비집 앞에서 담배를 나눠 피우고 있던 전경들이 갑자기 나타난 사람들을 보고는 황급히 담배를 껐다.

"통제구역입니다. 더 이상 들어가시면 안 돼요."

제일 고참처럼 보이는 전경이 최대한 공손한 말투로 제지했다. 제일 선두에 있던 차재경이 싹싹한 말투로 대답했다.

"비 오는데 고생들 많으십니다. 우린 한국인명구조협회에서 나온 자원봉사자들입니다. 조금이라도 도움이 될까 해서 이렇게 달려왔습니다."

"추가 붕괴 위험 때문에 아직까지는 출입을 통제하고 있습니다. 정문에 가서서 별도로 출입허가를 받으셔야 합니다."

"이거 말인가요?"

차재경은 비옷 안에서 서류 한 장을 꺼내 보여주면서 말을 이었다.

"이걸 보여주면 들어갈 수 있을 거라고 하던데요. 정문 쪽이야 우리말고도 전문가들이 많이 있을 테니까 후문 쪽으로 진입해서 구조작업을 진행해 달라고 해서 이쪽으로 온 겁니다."

차재경의 그럴 듯한 설명에 제지하던 전경은 고개를 갸우거리고는 무전기를 가득 꽂고 있던 다른 전경을 손짓으로 불렀다.

"아직도 호출 안 되지?"

"롱 안테나 세웠는데도 안 됩니다. 비도 그렇고 전파가 워낙 많아서 튕겨나가는 것 같습니다."

"휴대폰도 먹통이고 미치겠네."

축 늘어진 무전기들을 원망스러운 눈길로 내려다 본 전경이 고개를 절레절레 흔들었다.

"비가 오면 부상을 입고 쓰러진 사람들의 체온이 급격히 떨어져서 쇼크가 옵니다. 한시라도 빨리 부상자들을 찾아야 합니다."

병원 안에 있는 사람들이 염려된다는 차재경의 말에 전

경들은 서로의 얼굴만 쳐다보았다. 그러자 차재경이 목소리를 높였다.

"입장은 알겠는데 이러다 구조가 늦어져서 사상자가 발생하면 누가 책임질 겁니까? 진입을 불허할 거면 책임자 이름을 알려줘요. 나중에 문제 생기면 누구 탓인지는 알아야 할 것 아닙니까!"

약간은 격앙된 차재경의 말에 상대방은 코끝을 찡그렸다.

"그럼 일단 신분증을 맡겨 놓고 들어가세요."

"제 걸 대표로 맡기겠습니다. 그럼 들어가도 되겠습니까?"

품속의 지갑에서 주민등록증을 꺼내 건네준 차재경이 앞장서자 일행도 차례로 병원 안으로 들어섰다. 나정현은 붕괴된 병원을 가까이서 보고는 입을 다물지 못했다. 예전에 아내와 함께 왔을 때 보았던 20층짜리 본관 건물은 맨 아래층 몇 개만 남겨 놓고는 회색빛 부스러기로 변해 있었다. 동원된 중장비들이 조심스럽게 붕괴된 조각들을 걷어내는 뒤로 야간에 쓸 조명등을 설치하는 모습도 눈에 들어왔다. 나정현은 아내와 아들이 그 안에 있을지도 모른다는 생각에 저도 모르게 발걸음을 옮겼지만 몇 발자국 걷기도 전에 억센 팔에 붙잡혔다. 차재경이었다. 그는 팔을 잡은 차재경에게 말했다.

"놔 주세요. 제 아내랑 아이가 저기 있을지 모릅니다."

"당신 가족들은 저기 없습니다."

"당신이 그걸 어떻게 압니까?"

"난 이 병원의 이사장입니다. 당신 부인 윤영은 씨와 아들 나휘 군은 본관 건물에 있지 않았어요."

점점 더 알 수 없는 말이었다. 무너진 병원 이사장이라는 사람이 온갖 잡동사니 같은 사람들을 이끌고 자기 병원으로 숨어들어 왔다고? 차재경은 하얀 목장갑을 낀 손으로 어딘가를 가리켰다.

"당신 가족들은 저쪽 7호 병동에 입원해 있었습니다."

그가 가리킨 곳은 무너진 본관 뒤편에 있는 3층짜리 건물이었다.

"저 건물에 제 가족들이 있었다고요? 지난주에 왔을 때는 본관 13층에 있었는데….'

"그 병실은 당신이 오면 보여주기 위한 가짜 병실이었습니다. 나휘 군은 저곳에서 치료를 받다가 당신이 온다는 연락을 받으면 그 병실로 옮겼던 겁니다."

"대체 왜 그런 짓을…"

"당신 부인이 그걸 원했으니까요. 나머진 차차 알게 될 겁니다."

뜻 모를 말을 남긴 차재경은 그쪽으로 일행을 이끌고 갔다. 그 사이 아까 기도를 하자고 했던 여인의 남편으로 보이는 사내가 어색한 웃음을 지으며 다가왔다. 김원섭이라는 이름의 명찰을 목에 건 사내는 멋쩍은 웃음을 지으며 아내를 턱으로 가리켰다.

"원래 저 정도는 아니었답니다. 불임이라서 인공수정에다가 체외수정을 해서 낳은 아이가 심장에 이상이 있다고 하니까 하루아침에 변해 버리더군요."

한숨을 내쉬던 김원섭은 무너진 시멘트 더미를 넘어가기 위해 잠깐 멈춘 행렬에서 눈을 돌려 무너진 병원 건물을 쳐다보며 중얼거렸다.

"정말 이해할 수 없는데요."

나정현이 고개를 돌려 물었다.

"뭐가요?"

"저기 아래 보이시죠. 건물이 붕괴되는 가장 큰 원인은 건축물의 하중이 기둥이나 벽면으로 지탱할 수 있는 한계중량을 초과하기 때문이죠. 저 건물은 원래 12층짜리 건물 위에 새로 8개 층을 올린 겁니다. 물론 설계 전에 한계중량을 면밀히 검사했고, 안전성 체크도 엄격하게 실시하고 있었습니다. 아! 저 건물 증축설계를 제가 맡았거든요. 저거랑 뒤편 7번 병동을 이어 주는 브리지까지 한꺼번에요."

조각난 시멘트 사이로 구부러진 철근들이 못처럼 튀어나와 있었다. 철근들을 피해 조심스럽게 걸어가던 나정현은 김원섭에게 물었다.

"그래서 무너질 이유가 없는 건물이 무너졌단 말입니까? 당최 무슨 얘긴지 모르겠는데요."

김원섭은 답답하다는 듯 약간 목소리를 높였다.

"그게 아니고 저걸 보세요. 저기 아래층 세 개는 멀쩡하잖아요. 하중 문제 때문에 붕괴되었다면 제일 아래층이 가장 크게 파손되었어야 했습니다. 근데 아래층 세 개는 멀쩡하잖아요. 저건 건물이 하중 때문에 붕괴된 게 아니라는 뜻입니다."

"그럼 뭐 때문에 주저앉았다는 말입니까?"

"확답을 드릴 수는 없지만…."

주변을 한 번 쓱 돌아본 김원섭이 나지막하게 말했다.

"9·11 테러처럼 건물 상층부에 어떤 충격을 받고 붕괴된 겁니다. 하중 때문에 주저앉았다면 아래층이 저렇게 온전할 리가 없죠."

나정현은 김원섭의 진지함에 잠깐 귀를 기울였지만 곧 흥미를 잃고 말았다. 가족의 생사를 모르는 판국에 건물이 무너진 이유 따위야 아무래도 상관이 없었다. 나정현이 아무 대꾸도 하지 않자 헛기침을 한 김원섭은 부인에게 돌아갔다. 가까이서 바라본 7호 병동은 병원이라기보다는 옛날 교회처럼 보였다. 야트막한 대리석 계단 위에 자리 잡은 현관문은 두꺼운 쇠사슬이 달린 자물쇠로 채워져 있었다. 빗속을 뚫고 걸어온 일행은 현관 근처에 아무렇게나 주저앉아서 숨을 헉헉거렸다. 비닐 우의를 벗어던진 차재경이 점퍼 주머니에서 꺼낸 열쇠로 현관문을 열었다. 누군가 켠 플래시가 병동 안을 비췄다. 80년대 고등학교처럼 턱 없이 큰 거울과 도자기로 만든 커다란 화분들이 사열을 받는 병사들처럼 줄지어 늘어서 있는 게 보였다. 다들 침묵을 지키는 가운데 차재경이 앞장서서 안으로 들어갔다.

**

차가운 발자국소리가 메아리치는 으스스한 복도를 한참 걷던 나정현은 벽에 붙어 있는 시계를 보았다. 굵고 짧은 바늘은 6에 조금 못 미쳤고, 좀 더 가늘고 긴 바늘은 정확히 10을 가리켰다.

"5시 50분…."

병원이 붕괴된 지 2시간이 조금 모자란 시각이었다. 나정현은 자신이 2시간 전만 해도 장사가 안 되는 조그만 편의점을 지키던 평범한 가장이라는 사실이 믿겨지지 않았다. 그런데 지금은 정체를 알 수 없는 자칭 구조대라는 사람들 틈에 껴서 경찰을 속이고 도둑처럼 병원에 잠입하고 있었다. 지금이라도 이 얼토당토않은 괴상한 일행과 헤어져서 혼자서라도 가족들을 찾고 싶다는 생각이 굴뚝같았다. 하지만 자칭 병원장이라는 차재경의 말이 사실이라면 아내와 아이는 이곳에 있는 게 분명했기에 일단은 따라가기로 했다.

좁고 낮은 복도를 지나서 도착한 곳은 넓은 로비였다. 교회에서 볼 수 있는 긴 의자들이 한쪽 구석을 차지하고 있었고, 녹색 셀로판지를 붙여서 안쪽을 들여다볼 수 없게 만든 약제실들이 맞은편에 자리 잡고 있었다.

"워메, 옛날에 집사람이 아플 때 왔던 병원 같은디? 귀신이라도 나올 것처럼 을씨년스럽네."

그에게 무거운 가방을 넘겨주었던 이무생의 능치는 말투가 사람들 사이의 정적을 깨트렸다. 여기저기서 가방을 내려놓는 소리가 들리자 나정현도 어깨를 짓누르던 가방을 떨어뜨렸다.

"이제 어떡해야 합니까?"

젊은 남자의 목소리가 들리자 우두커니 서 있던 사람들은 차재경을 바라보았다. 벽 쪽에 서 있던 차재경은 대답 대신 스위치를 올렸다. 딸깍거리는 소리에 로비의 형광등이 일제히 켜졌다. 환하게 터진 빛의 세례를 받은 사람들은 눈을 껌뻑거렸다.

"일단 장비부터 나누겠습니다. 이무생 씨?"

"자자, 남자들은 다 이리 오시오. 선생님이 시간만 쪼간 더 줬으면 더 멋진 걸 만들었을 텐디, 우선 아들놈이 가지고 있는 가방 안에는 안전모랑 헤드램프가 있을 거고, 헤드램프는 방수도 되는 좋은 거여, 빳데리는 다 새 걸로 끼우고 확인했응께, 하루쯤은 너끈할 겨."

이형주라는 명찰을 목에 건 청년이 한쪽 무릎을 꿇고 검은색 가방의 지퍼를 쭉 잡아당기자 공사장에서 쓰는 하얀색 안전모와 밴드가 달려 있는 헤드램프가 보였다. 사람들은 이형주가 나눠준 안전모와 헤드램프를 신기하다는 듯 만지작거렸다.

"무슨 동굴탐사라도 하러 가는 겁니까? 안내장에는 이런 장비가 있어야만 한다는 얘기는 없었는데요."

아까 어떻게 해야 하느냐는 물음의 목소리가 다시 차재경에게 향했다. 이형주 또래의 젊은 청년이었는데 몸통이 너끈히 들어갈 정도로 통이 큰 힙합바지에 알아들을 수 없는 영어가 적힌 하얀 반팔티를 입고 있었다. 차재경은 차분한 목소리로 설명했다.

"여러분의 가족과 친구들이 입원해 있던 임상실험센터는 이 건물 지하에 있습니다. 본관 건물이 붕괴된 여파로 임상실험센터 내부의 전원과 동력이 모두 차단되었을지도 모르기 때문에 준비한 겁니다."

차재경의 설명에 다들 고개를 끄덕거렸다. 그러자 잠시 입을 다물고 있던 이무생이 다른 가방을 열면서 떠들기 시작했다.

"이건 위험하니까 남자들만 챙기셔. 손 안 다치게 조심들 허고, 형주야. 그렇게 서 있지 말고 사람들한테 어떻게 쓰는지 설명해 줘."

두 번째와 세 번째 가방에서 나온 것은 끝에 검은 천이 씌워진 하얀 알루미늄 봉이었다. 이형주가 가운데 레버를 돌려서 확 잡아 뽑자 어른 키보다 조금 짧았던 봉은 단숨에 두 배 가까이 늘어났다. 그리고 끝을 덮고 있던 검은 천을 벗겨내자 어른 손바닥보다 조금 더 긴 삼각형 창날이 보였다.

"이건 창이여, 창, 요기 창날은 자동차 범퍼를 짤라다가 만들어서 가볍지만 탄탄혀. 아래쪽에 붙은 날은 피가 튀거나 창날이 너무 깊이 박히지 않게 하려고 만든 것이고, 요기 이건 플래시여, 플래시. 요기 중간에 있는 빨간 스위치를 누르면… 짠 허고 빛이 나와."

헤드램프를 쓰고 창을 든 채 로비 구석으로 걸어간 이무생은 거울에 자신의 모습을 비춰보다가 거울에 창을 겨누었다.

"이렇게 싸우다가 위기에 처했다. 그럼 빨간 스위치 옆에 있는 검은색 스위치를 눌러. 그럼…"

경쾌한 소리와 함께 창대에서 튕겨 나간 창날은 요란한 소리를 내며 거울에 박혔다. 부르르 떨리는 창날을 따라 길고 가는 금들이 거울 구석구석까지 퍼져 나갔다. 놀란 여자들의 비명소리가 들리자 이무생이 히죽 웃었다.

"소심들 허기는… 그럼 창날이 빠진 창대는 그냥 버리느냐? 그러지 말고 여기 위쪽 봉을 쑥 잡아 뽑으면 다른 날이 요로코럼 숨겨져 있어. 머시냐, 형주야. 그 영화가 머라고 했지."

"슬레이어요."

심드렁한 아들의 대꾸에는 아랑곳하지 않고 신이 난 이무생이 떠들었다.

"그 영화 보면 흡혈귀를 사냥하는 사냥꾼들이 이런 걸로 사냥을 하는 장면이 나와."

이무생의 이야기를 듣던 짧은 머리의 젊은 여성이 물었다.

"그럼 이걸로 사냥이라도 해야 한다는 거예요?"

그러자 하얀 머리의 중년 사내가 대꾸했다.

"일단 들어봅시다. 저 아래 어떤 위험이 있는지는 아무도 모르지 않습니까."

그 사내의 명찰에는 이대백이라는 이름이 적혀 있었다. 신이 난 이무생이 가스토치 같은 걸 손에 들고 설명했다.

"요기 이건 화염방사기여. 뭐 대단헌 건 아니고 가스토치에 살충제를 연결혀서 만든건디 제법 불이 잘 붙지. 다들 비켜보셔. 생각보다 멀리 나가니까."

이무생이 다음 가방에서 꺼낸 것은 갈색 플라스틱 손잡이가 달린 가스토치였다. 권총같이 생긴 가스토치 아래에는 둥근 휴대용 가스와 다른 통이 하나씩 붙어 있었다. 권총 손잡이쯤 되는 위치의 노란 레버를 돌리자 쐬아 하는 소리와 함께 끝에서 파란 불꽃이 터져 나왔다. 호기심 넘치는 사람들의 시선 위로 불꽃을 돌린 이무생이 신이 난 듯 덧붙였다.

"요기 보면 철사로 만든 방아쇠 비슷한 게 있어. 일단 가스토치에 불을 붙이고 요걸 누르면…"

펑 소리와 함께 붉은 불꽃이 가스토치 끝에서 터져 나왔다. 먼지 낀 천장 구석의 거미줄이 순식간에 끊어져서 바닥에 떨어졌다.

"창은 남자들이 쓰고 요건 여자들이 가지고 댕기셔. 그리고 선생님. 총도 나눠줍니까?"

"총?"

총이라는 말에 사람들의 웅성거림이 한층 더 커졌다. 사람들의 불안감을 흠뻑 만끽한 이무생이 능글거리는 말투로 입을 열었다.

"아따, 놀라기는… 내가 명색이 공업사 사장이여. 쇠랑 공구만 있으면 비행기랑 항공모함 빼고는 다 만들 수 있당께."

"잠깐만요. 구조를 하러 들어간다고 해놓고는 얼토당토않게 무기를 들고 가라는 건 무슨 소립니까?"

아까보다 좀 더 우려하는 목소리가 들렸다. 비에 젖어서 헝클어진 머리를 신경질적으로 털어낸 30대의 사내가 사람들을 헤치고 앞으로 나왔다. 사내의 가슴에는 김진수라고 적힌 명찰이 심하게 흔들렸다. 차재경이 차분한 목소리로 사람들에게 말했다.

"짐작하신 분들도 계시겠지만 여러분의 가족과 친구들

이 입원해 있는 임상실험센터는 아직 공인되지 않은 시약을 이용한 실험을 하던 곳입니다. 1차로 동물들에게 투약을 했고, 투약된 동물들도 저 아래 환자들과 함께 있습니다. 실험결과가 피상적이기는 하지만 약을 투여받은 동물들에게서 공격적인 성향이 증가하고 있다는 보고를 받았습니다."

"그럼 그 약을 제 아들에게도 투약했다는 말인가요?"

작은 체구의 중년 부인이 떨리는 손을 가슴에 모은 채 물었다. 손에 눌린 명찰에는 이정자라는 이름이 적혀 있었다. 차재경은 무겁게 고개를 끄덕거렸다.

"주로 동물실험을 하긴 했지만 환자 가족들의 동의하에 소생 가능성이 없는 환자들에게도 일부 투약을 했습니다. 예컨대 주미애 씨라든지…."

"제 약혼녀는 강도에게 죽었단 말입니다. 그런데 무슨 투약을 했단 말입니까?"

아까 이야기했던 김진수라는 사내가 황당해 하며 말했다. 그러자 뒤에서 굵은 목소리가 들려왔다.

"미애는 안 죽었어."

목소리의 주인공은 김진수 또래의 사각턱을 가진 사내로 주희섭이라고 적힌 명찰을 목에 달고 있었다.

"형님. 같이 확인까지 해 놓고 그게 또 무슨 말입니까?"

김진수가 어금니를 지그시 깨물었다. 하지만 주희섭은

단호하게 말했다.

"병원장님께서 식물인간 상태이긴 하지만 분명 살아 있다고 하셨어. 아직 공인되지 않은 시약을 가지고 투약을 하면 희박하지만 소생할 가능성도 있다고 말하셨지. 안 그렇습니까? 선생님."

주희섭의 질문을 받은 차재경이 차분하게 대답했다.

"직접 보고 판단하라는 말밖에는 못 드리겠습니다. 이런 결과가 나와서 심히 안타깝기는 하지만 어떻게든 우리 손으로 마무리를 해야만 합니다."

차재경은 이무생에게 계속하라는 턱짓을 했다. 나정현이 내려놓은 가방을 연 이무생은 안에 들어 있던 접혀진 창들 사이에서 단단하게 묶여 있는 검은 비닐봉지를 꺼냈다.

"시간도 없고, 화약도 많이 못 구해서 많이 맹글지는 못한 거여. 짜잔, 요거시 바로 이무생표 권총이여."

비닐봉지를 이빨로 뜯어낸 이무생이 자랑스럽게 보여준 것은 짧게 자른 쇠파이프에 나무로 만든 권총 손잡이를 붙인 사제 권총이었다.

"볼트를 깎아서 만든 총알이 들어있는 거여. 요기 뒤쪽을 살포시 잡아 빼고 요기 종이로 싸여진 걸 안에 넣은 다음에 찰칵 하는 소리가 나도록 닫으면 장전 완료여. 방아쇠를 진짜 권총처럼 댕기면 약실의 뇌관이 화약을 쳐서 볼트가 날아가는 겨. 참, 요거시 참으로 민감혀서 그냥 총알을 낑겨놓으면 제멋대로 발사될지 모르니까 보통 때는 총알은 항상 빼 놔야 혀. 모두 여섯 자루 만들었는데 누가 챙길껴? 아들이랑 내가 한 자루씩 가져야 하니까 네 사람만 나오셔."

신이 난 이무생의 말을 듣던 사람들은 서로를 흘끔거리기만 했다. 주춤거리던 사람들 중 제일 처음 사제 권총을 받아든 사람은 김진수였다. 주희섭이 두 번째 권총을 챙겼다. 세 번째 권총을 받기 위해 앞으로 나온 것은 뜻밖에도 젊은 아가씨였다. 김슬기라는 이름을 가진 아가씨가 손을 내밀자 이무생은 허허 웃었다.

"아이고, 색시는 총소리만 들어도 오줌을 찔끔거릴 거 같은디?"

김슬기는 이무생의 말을 무시하고 권총을 낚아챘다.

"철인 3종 하기 전에 근대 5종 경기도 잠깐 했어요. 총소리 들어도 오줌 안 싸니까 제가 가져갈게요."

원래 있던 자리로 돌아간 김슬기가 입고 있던 트레이닝복 상의 안주머니에 권총을 쑤셔 넣었다. 그런 그녀를 동그랗게 뜬 눈으로 쳐다보던 힙합바지의 청년이 흐느적거리는 걸음으로 나섰다.

"저도 하나 주세요."

"군대는 갔다온 겨?"

"면제에요. 권총은 LA에 유학 가서 몇 번 쏴 봤어요. 기관

총이랑 샷 건이 더 화끈하기는 했지만요."

오른손으로 권총 모양을 만든 청년이 침을 튀기며 총 쏘는 흉내를 냈다. 고개를 절레절레 저은 이무생이 청년을 무시하고 한켠에 서 있는 두 덩치들을 바라봤다. 아까 나정현의 가슴을 찔렀던 덩치의 이름은 윤삼식, 그리고 그 옆에서 그를 만류했던 또 다른 덩치는 김달호라는 명찰을 가지고 있었다.

"어쩌, 권총 쓰실려우?"

"저 안에 뭐가 있는지는 모르겠지만 우린 이거면 됩니다."

짧게 대꾸한 김달호가 가죽 재킷 안쪽을 드러내자 사람들은 숨을 죽였다. 재킷 안쪽에는 크고 작은 사시미 칼들이 줄줄이 꽂혀 있었다. 곁에 있던 윤삼식도 사시미칼과 접이식 전기 충격봉이 달린 허리띠를 보여줬다.

"우리 형님은 소싯적에 날리던 권투 선수였죠. 요즘도 일주일에 두 번씩은 복싱도장에 나가십니다."

윤삼식의 이야기에 조용히 서 있던 이대백이 불쑥 말했다.

"그렇게 배운 복싱으로 조폭 노릇이나 하는 거야?"

짧고 하얀 머리를 한 이대백의 말에 김달호가 대꾸했다.

"링 위는 공평한 줄 알았는데 그게 아니더군요."

쓸쓸한 웃음을 지으며 이야기한 김달호는 가죽 재킷의 옷깃을 매만지면서 차재경을 쳐다보았다.

"이런 식으로 하면 오늘 밤을 다 새도 임상실험센턴가 7호 병동인가 하는 곳에 내려가지 못하겠습니다. 못 내려가 겠다는 사람은 여기 남겨 놓고 나머지만 들어가면 안 되겠습니까?"

"그려, 그려, 입만 사는 놈들은 아무짝에도 쓸모 없당께. 안 그러냐, 형주야?"

"아버지는 나서지 좀 마세요."

짜증 섞인 말투로 아버지를 쏘아붙인 이형주는 자기 몫의 창과 총을 챙겨들고는 다른 사람들 틈에 섞여 버렸다. 소란스러운 상황을 지켜보던 차재경이 모든 상황을 정리했다.

"김달호 씨 말대로 여기서 갑론을박을 벌이는 건 사태를 해결하는 데 도움이 안 됩니다. 지하 병동에서 현재 정확히 어떤 일이 벌어지고 있는지는 확인되지 않고 있습니다. 확실한 건 우리가 시작한 일인 만큼 우리가 끝을 내야 한다는 겁니다. 시간이 없습니다. 이제 내일이면 본격적인 구조작업이 진행될 것이고, 그렇게 되면 우리가 원하지 않는 상황이 벌어지고 말 겁니다."

다들 차재경의 말에 고개를 끄덕거리고는 그를 따라갔다. 엉겁결에 건네받은 창을 한 손에 들고 잘 맞지 않는 안전모를 한쪽 손으로 누른 나정현 역시 그들의 뒤를 따랐다. 뒤에 있던 이유리는 이럴 때일수록 성경을 읽어야 한다며 남편 김원섭과 옥신각신했다.

앞장선 사람들이 멈춰선 곳은 로비의 넓은 중앙계단 옆에 있는 엘리베이터 앞이었다. 파란색으로 칠해진 세 개의 낡은 엘리베이터들은 계단과 큰 화분들에 가려져 바깥에서는 보이지 않았다. 제일 안쪽의 엘리베이터에는 폐쇄라는 큼지막한 글자가 붙어 있었다.

"여기가 출입구인가요?"

김슬기의 물음에 차재경이 고개를 끄덕거렸다.

"원래 출입구입니다. 자동 출입 장치가 본관 건물의 붕괴 때문에 고장 났을 것 같지만 수동으로 열 수 있습니다."

그러고는 호주머니에서 긴 줄이 달린 열쇠를 꺼내서 엘리베이터를 열었다. 칙 하는 소리와 함께 열린 엘리베이터는 화물용인 듯 일반 엘리베이터보다 더 넓고 깊어 보였다. 엘리베이터 옆에 붙은 패널을 살핀 김진수가 말했다.

"지하층 표시가 없는데요? 이걸로는 지하에 내려갈 수 없잖습니까."

"외부 사람들에게 임상 실험센터를 숨기기 위한 눈속임입니다. 진짜 출입구는 여깁니다."

반대쪽 벽으로 걸어간 차재경이 엘리베이터 문을 열었던 그 열쇠로 모서리를 꽂고 돌리자 벽 한쪽이 스르륵 열렸다.

"우와, 이거 완전 영화에서 나오는 비상통로잖아. 멋진데…."

힙합바지에 안전모 대신 힙합 모자를 삐딱하게 쓴 청년이 래퍼처럼 손짓을 하면서 휘파람을 불렀다. 나정현은 건들거리는 청년의 가슴팍에서 흔들리고 있던 최민우라는 이름을 훔쳐봤다. 엘리베이터 안의 비상통로에는 진짜 어둠이 도사리고 있었다. 사람들은 누가 시키지도 않았는데 일제히 안전모에 씌워져 있는 헤드밴드의 스위치를 켰다. 외눈박이 거인들이 눈을 뜬 것 같은 강한 빛줄기들이 하나둘씩 보였다.

"지금부터는 진짜 조심해야 합니다. 제가 선두에 설 테니 다들 한 줄로 서서 절 따라오십시오. 참고로 지하는 휴대폰이 터지지 않습니다. 그러니 절대로 앞 사람을 놓치면 안 됩니다."

손으로 벽을 더듬던 차재경이 스위치를 올렸다. 하지만 소리는 들렸지만 빛은 나타나지 않았다. 몇 번이고 거듭 스위치를 올리고 내리던 차재경은 결국 포기하고 천천히 계단을 내려갔다. 거칠게 마감한 시멘트 벽면과 천장이 일행을 기다리고 있었다. 머리에 쓴 헤드램프의 불빛에 통로를 막아 버린 거대한 철제 출입문이 보였다. 은행금고처럼 생긴 철제 출입문 옆에는 디지털 도어록이 붙어 있었다. 도어록을 열고 번호를 누르던 차재경이 고개를 돌려서 뒤에서 기다리던 사람들을 쳐다보았다.

"도어락이 고장 났나 봅니다. 수동으로 열어야겠는데 몇 분만 좀 도와주시겠습니까? 여기 이 검은 바를 누르고 안쪽으로 밀면 열리는데 문이 워낙 두꺼워서 혼자서는 안 됩니다."

스무 명 남짓한 일행 중에서 힘을 쓸 만한 남자라고는 손에 꼽을 정도였다. 사람들의 시선에는 아랑곳하지 않고 딴청을 피우는 최민우를 제외하고 두 덩치와 차재경, 김진수와 주희섭까지 달라붙어 힘을 주자 문이 안쪽으로 열리기 시작했다. 나정현은 불빛 속에 드러난 문짝의 두께에 질려 차재경에서 물었다.

"무슨 은행금고 문짝 같은데요."

"실험중인 시약은 바깥으로 유출되면 큰 혼란을 가져올 물건이라서요."

"안에는 환자 말고 간호사나 의사들은 없었습니까?"

"원칙적으로 상주는 금지되어 있습니다. 바깥에 있는 CCTV를 통해 관찰하다가 문제가 생기면 안으로 들어가서 조치를 취했습니다. 이 안을 마음대로 드나들 수 있었던 사람은 저와 담당 의사들, 시약 개발자까지 포함해서 모두 일곱 명뿐입니다."

차재경의 대답을 듣는 사이 천천히 문이 열리고 더 깊은 어둠이 자태를 드러냈다. 사람들은 말을 하지 못했다. 어둠을 뚫고 차재경의 속삭임이 들려왔다.

"갑시다. 발 밑 조심하세요."

김달호가 윤삼식에게 속삭이는 소리가 들렸다.

"지금 몇 시나 됐냐?"

"7시 반입니다. 형님."

병원이 붕괴된 지 3시간 반이 지났다.

제3장

잠

입

잠 입

어둠속을 걷는 사람들의 호흡은 에베레스트라도 오르는 것처럼 거칠어졌다. 작은 소리에도 민감하게 반응하는 바람에 헤드램프의 빛줄기들이 신경질적으로 벽면을 채찍질 해댔다. 맨 처음 일행을 맞이한 것은 화재를 대비한 스프링 클러에서 한두 방울씩 떨어진 물방울이었다. 하얀 타일이 붙은 넓은 복도 위쪽에는 옛날 영화에서 봤음직한 삿갓모양의 전등들이 줄지어 달려 있었다. 앞장선 차재경의 목소리가 들려왔다.

"여긴 아버지가 맨 처음 만드신 연구실이었습니다."

"그럼 그 시약이라는 걸 연구한 게 아버지 때부터 시작되었다는 얘긴가요?"

어두침침함을 닮은 이대백의 목소리가 뒤따라 들렸다.

"사실 저희 집안에는 특이한 병이 유전되고 있습니다. 그것 때문인지 대대로 의사를 직업으로 삼게 되었죠. 그 병의 원인과 치료 방법에 대한 연구가 시작이었습니다."

물에 젖은 발자국의 저벅거림이 차재경의 말을 끊어먹으면서 침묵이 찾아왔다. 공중목욕탕 내부에서 볼 수 있었던 하얀 타일이 붙은 넓은 복도는 벽에 붙은 몇 개의 기둥을 지나면서 끝이 났다. 다시 철문이 앞을 가로막은 것이다. 열쇠를 쩔그렁거리며 문을 열던 차재경이 나지막하게 말했다.

"지금부터가 진짜입니다."

"씨발 놈이 입만 열었다 하면 겁을 주고 지랄이야."

윤삼식의 투덜거림은 철문이 열리는 소리에 묻혔다. 어둠 탓인지 사람들은 민감해져 있었다. 바로 옆에 있던 20층짜리 건물이 폭삭 내려앉았고, 그 옆에 위치한 건물 지하로 내려가는 중이었다. 이곳도 안전하다고는 장담할 수 없었다. 일행은 점점 더 깊이 들어가면서 계속 위를 올려다보았다. 먼지와 거미줄이라는 세월의 무게를 흠뻑 뒤집어 쓴 천장의 전등들은 조금씩 꺼덕거렸다.

"젠장, 어디서 부는 바람이야?"

김진수의 투덜거림이 들려왔다. 철문 안쪽의 공간은 깊어진 만큼 조금이나마 어둠을 희석시켜 주고 있었다. 그리고 좀 더 넓고 현대적인 느낌이었다. 투박한 시멘트에 타일을 붙인 벽 대신 강화콘크리트로 만들어진 벽들이 높은 천장 아래 펼쳐져 있었다. 빛이라고는 중간중간 복도에 붙은 비상등과 비상구를 가리키는 방향지시등뿐이었지만 헤드램프에 의지하지 않고도 주변을 살펴볼 수 있었다.

"여기부터가 새로 증축된 임상실험센터입니다."

차재경의 설명을 들은 김진수가 물었다.

"그러니까 사람들은 어디 있습니까?

"이 병동은 지하 7층까지 되어 있습니다."

뒤쪽에서 들린 목소리에 헤드램프가 일제히 돌아갔다. 연극무대처럼 집중 조명을 받은 김원섭은 깍지를 끼고 있던 두 손을 움직이면서 사람들에게 구조에 대해서 설명하기 시작했다.

"간단하게 말씀드리면 여긴 그냥 직사각형 일곱 개가 층층이 쌓여 있다고 보시면 됩니다. 각층은 크게 4개 구획으로 나눠져 있는데 동서남북으로 십자로처럼 나 있는 복도로 구분되어 있습니다. 동쪽과 서쪽 복도 끝은 비상계단이고, 남쪽과 북쪽 끝은 엘리베이터가 있습니다. 물론 각층으로 다 갈 수 있고요."

"그럼 엘리베이터를 타고 바로 병실로 가면 되겠네요."

최민우의 말에 김원섭은 고개를 저었다.

"이런 비상상황에서 엘리베이터를 타는 것은 자살행위입니다."

"우리 아들이 입원해 있는 병실은 어디에 있습니까? 미안하지만 전 아들만 찾으면 바로 데리고 나가고 싶어요."

가슴이 답답한 듯 주먹으로 가슴을 치던 중년 여인의 말에 이무생이 침을 튀기면서 반박했다.

"아따, 아줌씨. 다 가족들 찾자고 들어온 사람들인디 혼자만 그렇게 쏙 빠져 나가겠다?"

"미안합니다. 제가 기관지가 많이 안 좋아서 이런데 오래 있으면 좀 곤란하거든요."

더듬거리며 입을 연 여인은 손수건을 꺼내서 힘껏 코를 풀었다. 나정현의 헤드램프에 비친 여인의 명찰에는 이정자라는 이름이 적혀 있었다.

"당신 아들은 내가 꼭 찾아낼 테니까 염려마시구려. 물어볼 게 많으니까 말이요."

굵직한 이대백의 목소리에 이정자는 코 묻은 손수건을 움켜진 채 소리쳤다.

"내 아들은 당신 아들 때문에 식물인간이 됐어요. 그것도 이 어미한테 이기는 모습 보여준다고 웃으면서 링에 올라갔다가 말이에요."

"당신 아들은 숨이라도 붙어 있기나 하지. 내 아들은 죽었어."

"그게 내 아들 탓이라도 된다는 말이에요?"

"당신 아들 친구들 소행이 분명해. 경찰 말로는 당신 아들이 조폭들이랑 어울려 다니면서 병풍노릇을 좀 했던 모양이던데?"

"내 아들은 그런 애가 아니에요. 함부로 말하지 말라고요."

이정자는 악을 썼지만 이대백도 지지 않고 대꾸했다.

"어린 아들 버리고 미국으로 도망갔던 사람이 어떻게 그걸 알 수 있습니까?"

"그래요! 나 어린 아들 버리고 외국인 따라서 미국으로 도망쳤어요. 남편이랑 시어머니한테 맞은 게 하도 억울해서 핏덩이 자식이 눈에 들어오지도 않았다고요. 20년 동안 안 해본 일 없고, 안 당해본 서러움이 없었지만 그때마다 참았어요. 돌아가서 아들을 만나기 전까지는 죽을 수 없다고 결심했으니까요. 장성한 아들을 봤을 때 어떤 기분이었는지 알아요? 미안해서 얼굴도 들지 못하는데 오히려 아들 녀석이 내 손을 꼭 잡으면서 그러더군요. 늦게라도 찾아와 줘서 고맙다고, 평생 엄마 얼굴 못 보고 사는 줄 알았다면서요. 그런 자식새끼가 이 못난 어미한테 우승컵인지 뭔지 안겨준다면서 링에 올라갔다가 싸늘한 시신처럼 변해서 내려왔어요. 이럴 줄 알았으면 드러눕는 한이 있어도 못 올라가게 말리는 거였는데, 당신 아들? 그때 똑똑히 봤어. 수건으로 얼굴 가리고 도망치는 거 말이야. 당신 말대로 경기 중 그럴 수 있다손 치더라고 최소한 한 번쯤은 와서 미안하다고 말은 했었어야지!"

이야기를 마친 여인은 서럽게 울기 시작했다. 그 와중에 주희섭이 나서서 분위기를 바꿨다.

"자자, 여기 온 사람들치고 사연 없는 사람들이 어디 있겠습니까? 이렇게 있다가는 날이 새도록 가족들을 못 찾을 겁니다. 일단 환자들부터 찾고 나서 얘기합시다. 그나저나 우리 미애는 어디쯤에 있습니까?"

주희섭의 물음에 차재경이 계단 아래쪽을 가리켰다.

"제일 아래인 7층에 병리 실험실이 있습니다. 증상이 심한 환자들은 거기에 있고, 상태가 좀 호전된 사람들은 4층부터 6층까지에 있는 병실에 들어가 있었습니다. 문제는…."

잠깐 말을 끊은 차재경이 통로 끝을 쳐다보았다. 혓바닥처럼 길게 늘어진 헤드램프의 빛줄기가 대리석 빛깔의 바닥을 따라 늘어졌다.

"붕괴 때문에 주동력이 파손되면서 모든 전원이 차단되었다는 데 있습니다. 그러면서 아까 말씀드린 실험체들이 들어가 있던 우리가 열렸을 겁니다."

사람들 사이에서 맙소사라는 나지막한 신음소리가 들려

오는 가운데 주희섭이 물었다.

"그럼 우리 미애는요? 그 동물에게 해를 입지는 않을까요?"

"아직 모릅니다. 그러니까 시간이 좀 소요되더라도 각 층마다 돌아다니면서 실험체가 돌아다니고 있는지 수색해야만 합니다. 아까 무기를 나눠준 것도 그런 이유 때문이고요."

"이러고 있을 때가 아닙니다. 어서 움직입시다. 어서요."

다급한 주희섭의 목소리에 사람들이 무겁게 고개를 끄덕거렸다. 창을 어깨에 걸친 이대백이 차재경에게 물었다.

"그 동물체라는 게 실험용 쥐나 강아지 같은 겁니까?"

"작은 쥐도 있지만 셰퍼드랑 원숭이도 몇 마리 있습니다."

"그럼 창을 든 남자들이 앞이랑 뒤쪽을 맡고, 여자들이 가운데 있는 걸로 합시다."

이대백의 말에 수긍한 사람들이 조용히 움직였다. 앞쪽은 이대백과 김진수, 주희섭이 맡았다. 뒤쪽은 두 덩치와 이형주가 남았다. 김원섭은 지하로 들어오자 한층 더 겁을 집어먹은 것 같은 부인을 부축했고, 최민우는 김슬기를 곁눈질로 쳐다보며 그 옆에 섰다. 창을 들고 있던 나정현은 이대백의 뒤에 바짝 붙었다. 제일 앞에 서서 무리를 이룬 일행을 보던 차재경이 말했다.

"일단 중앙 통로를 따라 병실과 실험실을 뒤져보면서 한 층씩 내려가도록 하겠습니다."

차재경은 일행이 만들어 놓은 진영 안으로는 들어오지 않은 채 말을 하고는 곧장 앞장을 섰다. 창을 움켜쥐고 움직이던 나정현은 문득 시간이 궁금해졌다. 그의 궁금증을 해결해 주기라도 하듯 은근한 최민우의 목소리가 들려왔다.

"누나, 지금 몇 시쯤 됐어요?"

"8시 5분 전."

김슬기가 차가운 목소리로 대답했다.

– 붕괴 후 4시간 경과, 지하 1층

"통로들이 모이는 가운데에는 지하 1층부터 7층까지 뻥 뚫려 있습니다."

김원섭은 연신 뭐라고 중얼거리는 부인을 품에 안고 다독거리며 내부 구조를 일행에게 설명했다.

"그럼 병실은 어디에 있는 겁니까?"

윤삼식의 물음에 김원섭이 고개를 저었다.

"그건 저도 모릅니다. 제가 설계한 건 각층의 구획과 기본적인 배선도 정도니까요. 각 층에 있는 네 개의 구획마다 가운데 큰 방을 중심으로 그 방의 사분의 일 크기의 방들이 둘러싸여져 있어요. 그게 어떤 용도로 쓰이는지는 저 사람만 알고 있을 겁니다."

발걸음을 멈춘 차재경이 벽 한복판에 자리 잡은 문을 안쪽으로 밀었다. 헤드램프의 빛줄기들이 문 쪽에 달라붙었다.

"여기가 첫 번째 구획으로 들어가는 문입니다. 어떻게 일부는 들어가고, 나머지는 남아서 기다릴까요? 아니면 다 함께 들어가겠습니까?"

문 앞에 선 차재경의 말에 사람들은 서로의 얼굴만 쳐다보았다.

"일단 다 함께 들어가 보는 게 좋겠습니다."

사람들을 쓱 둘러본 이대백의 말에 다들 고개를 끄덕거렸다. 이대백의 시선을 받은 차재경이 말했다.

"좋습니다. 안쪽은 중앙실을 가운데 두고 작은 방들이 둘러져 있습니다. 각 방들은 문으로 연결되어 있으니까 시계방향으로 돌면서 차례차례 둘러보겠습니다. 제가 앞장설 테니 조심들 해서 따라오십시오."

머뭇거리던 사람들은 녹색의 비상등이 켜진 문 안으로 차례로 들어갔다. 사람들 틈에 끼어 있던 나정현은 어둠속에서 들려오는 온갖 소리들로 신경이 곤두서 있었다. 뒤편에서는 하나님을 찾는 이유리의 흐느낌이 들렸다.

첫 번째 방은 40평쯤 되어 보였는데 안에는 아무것도 없었다. 천장을 가로지르는 사다리 같은 철제 구조물 위에는 수십 개의 케이블 가닥이 있었고, 스프링클러가 튀어나온 둥근 파이프도 어지럽게 교차되었다. 앞장선 차재경이 맞은편 벽에 있던 문을 열었다. 삐걱거리는 소리를 내며 열린 문 너머에서 낯선 냄새가 풍겨나왔다. 생선이나 거름 썩는 냄새보다 더 지독한 악취에 사람들은 코를 감싸 쥔 채 고개를 돌렸다. 누군가 혼잣말처럼 중얼거렸다.

"아이고, 냄새 한번 지독하네."

사람들은 차재경을 따라 문을 넘어갔다. 중간에 끼어서 문을 넘던 나정현은 앞장선 사람들의 시선이 한쪽으로 향해 있는 것을 봤다.

"저건…."

고양이가 어둠속에서 웅크리고 있을 때나 볼 수 있는 눈빛이 보였다. 괴상하고 강렬한 빛과 함께 아까보다 더한 악취가 풍겨왔다. 사람들의 시선을 받은 빛은 잠시 구석으로 사라졌다가 다시 나타났다. 헤드램프에 드러난 빛의 정체에 사람들은 아무 말도 하지 못했다. 빛의 주인공은 키익 소리를 내면서 갈고리 같은 손을 휘둘러대면서 벽을 타고 다시 사라져 버렸다. 사람들의 시선은 뒤늦게, 그리고 허둥지둥 그것을 쫓아갔다. 다른 구석에 웅크리고 있던 빛은 벽을 타고 천장으로 튕겨 올라갔다. 천장으로 올라간 빛은 철제 사다리 같은 구조물에 대롱대롱 매달려서 호기심 어린 눈길로 빛으로 바다를 이룬 아래쪽을 쳐다보았다.

"저 놈 원숭이 아녀? 왜 저렇게 흉측하게 변했데…."

이무생의 말대로 천장에 매달린 원숭이는 흉측하게 변해 있었다. 털이 몽땅 사라진 시뻘건 몸통에는 피가 줄줄 흘러내렸다. 눈 주위의 털도 다 빠져버려서 빛을 따라 움직이는 눈동자는 당장이라도 굴러 떨어질 것만 같았다.

"꼭 털 뽑은 닭 같은데요?"

최민우의 농담 때문인지 터질 것 같은 긴장감은 조금 누그러졌다. 주희섭이 들고 있던 창에 매달린 플래시를 켜서 원숭이에게 바짝 갔다댔다. 불빛을 뒤집어 쓴 원숭이는 턱이 빠질 정도로 입을 벌렸지만 원숭이 특유의 고음 대신 강아지가 내는 것 같은 으르렁거림만이 들려왔다. 그네를 타는 것처럼 흔들거리던 원숭이가 철제 사다리 구조물 위로 훌쩍 뛰어올랐다.

"똥통에 빠졌었나봐."

"껍질이 홀라당 벗겨진 게 꼭 인체해부도 같네."

위기감이 가시고, 악취에도 어느 정도 익숙해진 사람들은 한시름 놓으며 한마디씩 했다.

"내가 잡을게요."

멋을 부린답시고 안전모를 삐딱하게 쓴 최민우가 한 손에 든 창을 지팡이처럼 바닥에 콩콩 찍어대며 원숭이가 올라간 천장 쪽으로 걸어갔다.

"헬로 멍키, 초콜릿 좋아해?"

철제 구조물 위에서 고개를 살짝 내민 채 아래를 바라보고 있던 원숭이는 소름끼치는 울부짖음을 뱉어내며 훌쩍 뛰어내렸다. 바지 주머니에 든 초콜릿을 꺼내기 위해 고개를 숙이고 있던 최민우는 사람들의 비명에 무심코 고개를 들었다가 원숭이의 손톱에 얼굴을 긁히고 말았다. 얼굴을 감싼 채 바닥을 뒹구는 최민우의 비명소리가 텅 빈 어둠을 휘저어 버렸다. 놀란 사람들은 개처럼 으르렁거리는 원숭이를 향해 창을 겨누었다. 이빨을 드러내며 쉭쉭거리던 원숭이는 다시 벽을 짚고 천장의 구조물 위로 올라갔다. 그 사이 달려 나간 이대백이 최민우를 질질 끌고 물러났다. 나정현은 사람들 틈에 서서 원숭이에게 창을 겨누고 있었지만 두려움 때문에 아무것도 보이지 않았다. 아내와 아들을 만나기도 전에 죽을지 모른다는 생각에 잔뜩 움츠러든 것이다. 최민우의 비명소리를 끝낸 것은 귀청을 울리는 폭음이었다. 나정현은 작은 불꽃이 원숭이가 올라가 있는 철제 구조물에서 번쩍거린 다음에야 그것이 이무생이 나눠준 사제 권총의 발사음이라는 사실을 알아차렸다.

"빌어먹을, 맞지도 않잖아."

권총을 트레이닝복 주머니에 쑤셔 넣으며 투덜거린 김슬기가 창으로 원숭이가 숨어 있는 철제 구조물을 쳐댔다. 그녀의 행동에 용기를 얻은 다른 사람들도 하나둘씩 합세했다. 철제 구조물을 방패삼아 창날을 피하던 원숭이는 좀 더 위쪽에 있는 배수 파이프로 옮겨갔다가 어디론가 사라져 버렸다. 다들 주변을 살피느라 헤드램프의 빛들이 어지럽게 흩어지는 가운데 아내를 토닥거리던 김원섭의 목소리가 들렸다.

"그나저나 병원장님은 어디로 간 거죠? 아까부터 안 보이던데요."

사람들의 시선이 다시 사방으로 흩어졌다. 벽을 따라 흘러가던 헤드램프의 빛들은 세 군데의 문으로 나누어졌지만 차재경의 행방은 보이지 않았다.

"겁이 나니까 우리들만 버리고 도망간 게 틀림없어요. 진작부터 믿는 게 아니었는데… ."

분개한 주희섭의 말에 사람들은 서로의 얼굴만 쳐다보았다. 그때 맞은편 문 너머에서 차재경의 목소리가 들려왔다.

"저 여기 있습니다. 다들 이쪽으로 오시죠."

"거… 어디 가면 간다고 말을 해요."

사람들은 안도의 한숨을 쉬며 다음 방으로 건너갔다. 그때 이유리의 앙칼진 목소리가 들려왔다.

"나 그냥 올라갈래. 우리 교회에 가요. 가서 우리 애한테 지은 죄를 고백해요."

김원섭은 매달려 있던 이유리에게 애원했다.

"여보, 제발 정신 차려. 나가더라도 우리 애는 데리고 나가야지. 그러기로 했잖아."

"아니야, 그 앤 더 이상 우리 아이가 아니야. 그 앤 사탄이야. 우리가 낳은 자식이 아니라 사탄의 새끼란 말이야. 그 애가 우릴 사탄의 지옥으로 떨어뜨리고 말 거야."

남편의 손길을 뿌리친 이유리가 횡설수설 떠들어댔다. 김원섭이 지긋지긋하다는 표정으로 이유리의 뺨을 때렸다. 짝 하는 소리와 함께 이유리의 소름 돋던 목소리가 끊겼다. 김원섭은 힘없이 옆으로 쓰러진 아내 앞에 무릎을 꿇었다.

"지겹다. 이제 그만하자. 내가 성병에 걸린 것 때문에 너한테 문제가 생겼던 거 정말 미안하게 생각해. 하지만 우리 아이를 두고 갈 수는 없잖아. 응?"

고개를 든 이유리는 울고 있는 남편의 얼굴에 침을 뱉었다.

"네 놈도 사탄이야. 아버지 하나님, 이 죄 많은 영혼을 구해주소서."

"제발 그만하자니까!"

남편의 손길을 뿌리친 이유리는 누가 말릴 틈도 없이 몸을 일으켜 바깥으로 뛰쳐나갔다. 김원섭 역시 아내의 이름을 부르며 뒤를 따랐다. 이유리가 내뱉은 절규와 김원섭이 애타게 아내를 부르던 목소리는 서로 뒤엉켰다가 차츰 멀어져 갔다. 혼란에 빠진 사람들은 서로의 얼굴만 쳐다볼 따름이었다. 맨 처음 입을 연 것은 아들을 찾으러 왔다고 한 이정자였다.

"뭣들해요. 저러다 길이라도 잃어버리면 정말 큰일 나겠어요."

사람들이 아무런 반응을 보이지 않자 그녀는 혀를 찼다.

"매정한 사람들 같으니라고…"

그녀가 사람들 사이를 지나 두 사람이 사라진 문을 넘어가 버렸다. 주저하던 사람들은 한두 명씩 뒤를 따랐다. 의리라든지, 도움을 주고자 하는 착한 마음은 아니었다. 어디든 움직여야만 한다는 생각이 사람들을 어둠속으로 향하게 만든 것이다.

문 너머는 김원섭이 말한 각 구획의 가운데를 차지하는 큰 방이었다. 사각형의 어둠 안에는 앵글로 만든 선반들이 절반 가까이 자리를 차지하고 있었다. 아까 사라져 버린 원숭이가 어디서 다시 덤벼들지 모른다는 불안감에 사람들은 플래시를 켜고 앵글 사이사이를 샅샅이 뒤져 나갔다. 그사이 다른 몇 명은 큰 방과 연결된 다른 방들을 뒤져봤지만 어디에도 두 사람의 흔적은 찾을 수 없었다. 두 사람이 내는 소리마저 사라져 버린 어둠속에서는 원숭이가 남기고 간 악취만이 남아 있었다. 다들 어찌할 바를 몰라 얼굴만 쳐다보는 상황에서 차재경이 말했다.

"일단 이쪽 구획은 수색을 마쳤으니까 폐쇄하고 다음 구획으로 넘어갑시다."

사람들은 하나둘 고개를 끄덕이고는 중앙 복도로 나갔다. 마지막으로 나온 차재경이 문을 닫고 옆에 있던 소화기를 들어서 문 앞에 세워 놨다. 그리고 복도 반대편의 문을 가리켰다.

"이제 저쪽으로 갑시다."

나정현은 앞장서 걸어가려던 차재경에게 말했다.

"김원섭 씨와 이유리 씨 먼저 찾아야 하지 않겠습니까? 둘 다 무기도 없는데 아까 그 원숭이가 덤비기라도 하면 큰일 날지도 모릅니다."

그러자 걸음을 멈춘 차재경이 희미하게 미소를 지으며 입을 열었다.

"어차피 두 사람도 이 근처에서 멀리 가진 못했을 겁니다. 만약 그 두 사람을 찾는답시고 뿔뿔이 흩어지기라도 한다면 더 큰일이 벌어질 수도 있지 않겠습니까?"

너무나 냉정한 그의 말에 나정현이 발끈해서 쏘아붙였다.

"지금 환자들을 미끼로 이 어두컴컴한 곳에 사람들을 끌어들여 놓고서 그런 태평한 얘기를 하는 겁니까?"

"지금이라도 돌아가고 싶다면 말리지 않겠습니다. 나가시는 길은 알고 계시죠?"

복도 끝을 가리킨 차재경이 이죽거리며 말했다. 분을 참지 못한 나정현은 차재경의 멱살을 움켜잡았다.

"대체 이 안에서 무슨 짓을 한 거야?"

"아들과 아내를 찾고 싶다면 잠자코 절 따라오십시오."

씨근덕거리던 나정현은 멱살을 잡았던 손을 풀었다. 여기까지 왔는데 아내와 아이를 두고 돌아갈 수는 없었다. 어깨를 한 번 으쓱거린 차재경이 다른 사람들에게 말했다.

"이쪽입니다."

두 번째 구획 역시 별다른 구조물이 없었던 덕분에 금세 수색이 끝났다. 각 방을 뒤질 때마다 숨어 있는 원숭이가 튀어나올까 바짝 긴장하던 사람들은 제법 능숙하게 방들을 뒤져나갔다. 수색이 끝나면 문을 닫고, 최종적으로 구획 전체의 수색이 끝나면 그 구획으로 들어갈 수 있는 유일한 문에는 소화기를 앞에 세워 뒀다. 다른 두 구획을 수색하는 동안 두 사람은 물론 기괴한 원숭이의 흔적도 찾을 수 없었다. 다만 형광색의 액체가 아주 희미하게 묻어 있는 것과 이유리가 들고 다니던 포켓 성경이 두 번째 구획의 제일 큰 방 구석에 떨어져 있는 것을 발견했을 뿐이었다.

팽팽하던 긴장감은 시간이 흐르면서 조금씩 느슨해졌다. 농담 삼아 스스로를 돌격대라고 지칭한 이대백과 두 덩치, 그리고 주희섭이 선두에 섰고, 군대 시절 스나이퍼라는 별명으로 불렸다고 주장한 김진수가 장전된 사제 권총 두 자루를 들고 뒤를 받쳤다. 나정현과 이무생, 그리고 그의 아들 이형주는 돌격대의 뒤를 따랐고, 자연스럽게 뒤로 쳐진 여자들 사이에서는 김슬기가 보디가드 역할을 맡았다. 얼굴 여기저기에 반창고를 붙인 최민우는 김슬기 곁을 떠나지 않았다.

"어떻게 아래층으로 내려갈 겁니까? 아까 김원섭 씨 말로는 계단이 두 군데 있다고 그러던데요?"

마지막 네 번째 구획의 수색을 거의 마칠 즈음 나정현은 앞장서서 움직이는 차재경에게 물었다.

"중앙 쪽에도 나선형 비상계단이 있습니다. 비상계단들을 폐쇄하고 중앙 비상계단을 이용하는 게 좋을 것 같습니다."

"한 군데만 남겨 놓았다가 그곳에 문제가 생기면 어떻게 합니까? 환자들이 상태가 안 좋아서 스스로 걷지 못하면 나선계단으로는 이동이 어려울 것 같은데요."

"비상계단 문은 계단 쪽으로 열리게 되어 있습니다. 위층에서 막아 놓는다고 열리지 않는 건 아닙니다. 우리를 탈출한 실험용 동물들을 막기 위한 수단쯤으로 보시죠. 저쪽 비상계단은 제가 가서 닫고 오겠습니다. 정현 씨가 저쪽을 막아 주시겠습니까?"

차재경은 그의 대답을 듣지도 않고는 어둠속을 성큼성큼 걸어가 버렸다. 나정현도 창을 들고 반대편으로 걸어갔다. 복도 끝에 비상계단이 있음을 알리는 녹색 불빛이 복도 끝에 커튼처럼 걸려 있었다.

"같이 가십시다. 혹시 또 모르니까…."

씩 웃은 이대백이 나정현의 어깨를 툭 치고는 통로를 따라 먼저 걸어갔다. 비상계단의 넓은 철문은 굳게 닫혀 있었다. 이대백은 막을 만한 무언가를 찾기 위해 주변을 두리번거리다 구석에 있던 소화기를 들어다가 철문 앞에 바짝 붙여 놓았다.

"이 정도면 되겠죠?"

나정현은 대답 대신 고개를 끄덕거리고는 일행이 기다리고 있는 곳으로 돌아가려다 철문 한쪽 구석에 묻은 형광색 피를 발견했다. 눈길은 자연스럽게 그 형광색 핏자국들이 뿌려진 근원으로 옮겨갔다. 비상계단의 철문 옆쪽 벽에는 양동이에 가득 든 것을 힘껏 뿌린 것처럼 형광색 페인트가 잔뜩 묻어 있었다. 그리고 흘러내리는 그 형광색 핏줄기 사이로 다른 잔해들이 보였다. 원숭이의 부서진 머리가 보였고, 그 머리 아래 말린 미역처럼 푸석푸석한 몸통이 바닥에 쭉 늘어져 있었다. 벽에 달라붙어 있던 형광색 핏물 중간중간에는 작은 덩어리들이 바닥을 향해 천천히 흘러내리는 중이었다. 형광색 핏자국이 묻어 있는 철문과 원숭이가 산산조각 난 벽을 번갈아 쳐다보던 이대백이 입을 열었다.

"자살이라도 한 걸까요?"

"글쎄요. 뭔가에 쫓겨서 도망치다가 제대로 못 보고 부닥쳐 버린 걸 수도 있죠."

"어쨌든 골칫거리가 하나 해결됐네요. 돌아갑시다."

이대백이 몸을 돌려서 사람들이 기다리고 있는 곳으로 돌아갔다. 뒤따라가던 나정현은 삐빅 하고 울리는 나지막한 신호음을 들었다. 나정현은 순간 긴장했다. 신호음을 낸 것은 이대백의 손목시계였다. 손목시계를 흘끔 들여다본 이대백이 말했다.

"약 먹을 시간이었네요. 아들 녀석이 죽고 나니까 몸이 예전 같지가 않아서 몇 가지 약을 먹고 있죠."

허리 뒤에 매고 있던 가방에서 알약을 꺼내 입 안에 털어 넣은 이대백이 생수를 한 모금 마셨다.

통로 양쪽으로 나눠서 앉아 있던 일행의 눈에는 왜 이렇게 늦었냐는 의문이 보였다. 어깨를 으쓱거린 나정현이 사람들에게 말했다.

"원숭이를 찾았습니다."

"비명소리 같은 건 안 들리던데, 잡은 겁니까?"

주희섭의 물음에 나정현은 고개를 저었다.

"사실은 벽에 부닥쳐서 산산조각 난 시체로 있었습니다. 벽에다가 박치기를 했는지는 모르겠습니다."

"어쨌든 골칫거리가 사라졌으니 안심이네요. 선생님도 아까부터 와서 기다리고 있으니 이제 아래층으로 내려가죠."

주희섭의 말에 벽에 등을 붙이고 있던 사람들이 몸을 움직였다. 앞장선 차재경이 사람들을 이끌고 통로 중앙으로 가면서 설명을 하기 시작했다.

"중앙정원은 지하병원이라는 느낌을 지우기 위해 꾸며 놓은 곳이죠. 거기 있는 비상계단은 혹시 모를 사태에 대비해서 만들어 놓은 겁니다. 물론 이럴 때 쓸 거라곤 상상도 못했지만 말입니다."

원형으로 뻥 뚫려 있는 중앙정원 주변에는 나무로 만든 벤치와 하얀 화분에 담긴 꽃들이 놓여 있었다. 차재경의 말대로 삭막한 병원이라는 느낌은 들지 않았다. 가슴 높이의 투명한 유리 난간 바깥쪽에는 철제 나선형 계단이 붙어 있었다. 유리 난간에 손을 잡고 머리를 바깥으로 삐죽 내민 최민우가 탄성을 질렀다.

"오 마이 갓! 여기서 보니까 그랜드 캐니언 같은데요. 슬기 누나 그랜드 캐니언 가봤어요?"

사람들은 하나둘씩 유리난간 쪽으로 몰려들었다. 최민우의 호들갑만큼은 아니었지만 지하 7층까지 한꺼번에 뚫린 공간은 광활해 보이기까지 했다. 고개를 내밀고 아래를 내려다보던 나정현이 한 발짝 물러나 있던 차재경에게 물었다.

"그냥 계단을 타고 병실이 있는 곳까지 한 번에 내려가면 안 됩니까? 아무것도 없는 곳을 뒤지는 건 시간 낭비인 것 같은데요?"

"지하 3층에 동물 실험실이 있습니다. 아까 그 원숭이도 그 실험실에서 탈출한 것 같은데 그 놈들이 숨어 있다가 환자들을 데리고 올 때, 공격이라도 해오면 일이 더 복잡해질 수 있습니다. 초조하더라도 한 층씩 안전한지 확인한 후에 가는 게 좋겠습니다. 거기다 김원섭 씨와 이유리 씨도 찾아야 하지 않겠습니까?"

"환자들은 병실에 그대로 있을까요?"

나정현의 물음에 차재경이 턱으로 바닥에 깔린 어둠을 가리켰다.

"일단 비상상황이 생기면 7층에 있는 중앙 실험실에 집결시키라는 지시를 내려놓았으니까 간호사와 의사들이 환자들을 그곳으로 이동시켰을 겁니다."

"어서들 움직입시다. 벌써 9시요."

이대백의 말에 차재경은 유리 난간 중 붉은색 삼각형 표시가 있는 칸을 밀었다. 지하철 스크린 도어의 비상 탈출구처럼 바깥쪽으로 열린 유리난간 바깥에는 계단과 이어진 발판이 있었다. 공사장에서 흔히 볼 수 있는 요철이 깔린 철제 발판은 나선형으로 비틀린 채 어둠속으로 이어져 있었다.

"정말 안전한 거 맞아요?"

최민우가 묻자 차재경은 대답 대신 발판에 몸을 실었다. 아무 말 없이 계단을 내려가는 그를 따라 사람들은 하나둘씩 발판에 올라섰다. 파이프로 만든 계단의 난간 너머는 완전히 어둠뿐이었다. 계단에 몸을 실은 나정현이 제일 처음 느낀 것은 발밑이 허전하다는 불안감이었다. 물이 콸콸 흐르는 소리가 났다.

"우와, 저기 봐요. 완전 나이아가란데요."

난간에 몸을 기댄 최민우가 신기하다는 듯 소리쳤다. 최민우가 손가락으로 가리킨 곳은 두 층 아래였다. 계단으로 이어지는 발판을 타고 아래로 떨어지는 물의 양은 마치 폭포를 연상시켰다. 나정현은 차재경에게 물었다.

"대체 왜 저런 겁니까?"

"아무래도 소화전이 터진 모양인데요. 내려가서 잠가야겠습니다."

짧게 대꾸한 차재경은 아래층의 발판에 서서 유리난간을 밀어젖혔다. 그가 헤드램프로 천천히 지하 2층을 둘러보았다. 사방으로 뻗은 통로들 한켠에는 거의 사람 크기만 한 '02'라는 굵고 검은 숫자가 붙어 있고, 그 옆으로 작은 하이픈과 함께 숫자 절반 크기로 영어가 쓰여 있었다.

"south? 그냥 남쪽이라고 하면 어디가 덧나나?"

김진수의 이죽거림에 차재경은 아무런 대꾸도 하지 않고 앞장서 걸었다.

지하 2층도 1층을 복사한 것처럼 똑같은 구조였다. 다만 한 층 더 아래로 내려왔다는 불안감 탓인지 좀 더 서늘한 기운이 느껴졌다. 지하 2층 중앙정원에 내려온 사람들은 어두운 얼굴로 서로를 쳐다보았다. 그때 이대백이 손으로 조용하라는 손짓을 하고는 어둠속을 향해 귀를 기울였다. 그 모습을 본 나정현이 창을 바짝 움켜쥐고 주변을 두리번거렸지만 아무것도 보이지 않았다.

"왜 겁을 주고 그래요. 놀랐잖아요."

칭얼거리는 것 같은 최민우의 말에 곁에 있던 김슬기가 쏘아붙였다.

"입 좀 다물어! 이 소리 안 들려?"

"어떤 소리요?"

그 순간 모두들 그 소리를 들을 수 있었다.

"이런 젠장할, 웬 얼라 우는 소리여. 선상님. 여기 환자들 중에 애도 있어요?"

당장이라도 울 것 같은 이무생의 말에 다들 겁에 질린 표정들이었다. 가느다랗게 들리던 아이의 울음소리는 젖을 달라는 것 같은 칭얼거림과 옹알이로 변했다가 사라졌다. 사라진 울음소리를 찾아서 사방을 휘젓던 시선들은 다시 아이의 울음소리가 들리자 한군데로 모아졌다. 아까보다 좀 더 크고 명확하게 들리는 울음소리를 따라간 사람들의 시선은 02-west에 머물렀다.

"저쪽인 것 같은데, 가야 하는 겨?"

겨드랑이에 창을 낀 김슬기가 사제 권총의 약실에 총알을 쑤셔 넣고 있던 최민우에게 말했다.

"같이 갈래?"

"어, 그게 다리가 좀 아파서 못 걷겠어요. 아까 그 망할 놈의 멍키가 발목도 물어뜯었는데 아무래도 멍이 들었나 봐요."

종아리를 보이며 엄살을 부리는 최민우를 한심하다는 눈길로 쳐다본 김슬기가 이대백에게 말했다.

"같이 가시죠."

"그럽시다. 다들 여기서 기다리고들 있어요."

"한 사람쯤 더 따라가도 상관없겠습니까?"

창을 어깨에 걸친 나정현이 묻자 이대백이 씩 웃었다.

"그럼 좋죠. 제가 앞장서겠습니다."

창끝에 달린 플래시를 켠 이대백이 곧게 뻗은 어둠을 향해 창을 겨누었다. 이대백을 뒤따라가려는데 이무생이 화염방사기를 건넸다.

"이걸 쓰슈."

쥐고 있던 창을 넘겨주고 화염방사기를 넘겨받은 나정현은 앞장선 두 사람을 따라갔다.

선두에 선 이대백의 뒤에는 나정현이, 그리고 제일 뒤에는 김슬기가 따라붙었다. 나정현이 화염방사기의 노란 다이얼을 돌리자 치익 소리를 내면서 토치 끝에서 푸른색 화염이 일렁거렸다. 이대백이 고개를 돌려서 두 사람에게 말했다.

"위층처럼 한 구획씩 뒤져 봅시다. 일단 내가 먼저 들어갈 테니까 뒤쪽을 맡아 주시오."

각 구획으로 들어가는 문들은 중간쯤에 검은색 바가 달려 있어서 바를 누르면서 밀면 문이 열렸다. 가볍게 숨을 고른 이대백이 바를 살짝 누르고는 안쪽으로 천천히 밀었다. 끼익 하는 소리와 함께 갇혀 있던 어둠이 모습을 드러냈다. 옛날 병사들처럼 양손으로 창을 움켜잡은 이대백이 창끝의 플래시로 어둠속을 휘저어 보았다. 불빛에는 움직이는 것이 보이지 않았다. '없는 것 아니냐'는 이대백의 중얼거림에 응답이라도 하듯 아까보다는 희미하지만 다시 아이 울음소리가 들려왔다.

"이 안 어딘가에 있는 게 틀림없어요."

김슬기의 속삭임에 고개를 끄덕인 이대백이 발로 반쯤 열려 있던 문을 밀었다. 활짝 열린 문 너머는 통로처럼 비상등이나 방향지시등 같은 것들도 없는 온전한 어둠뿐이었다. 헤드램프에서 뻗어 나온 빛줄기들도 벽이나 천장에 닿지 못했다.

"조심해요."

이대백의 그 말조차 어둠속에 묻혀버리는 것 같았다. 위층에서의 경험 덕분에 가운데 위치한 큰 방을 제외한 다른 방들의 크기와 문의 위치가 일정하다는 사실을 알고 있었다. 대략적인 방향을 잡아서 움직이자 다음 방으로 통하는 문이 나타났다. 첫 번째 방은 가구나 집기 하나 찾아볼 수 없었다. 두 번째 방으로 통하는 문 앞에 선 이대백의 얼굴은 온통 땀으로 젖어 있었다. 깊게 심호흡을 한 이대백이 조용히 다음 방으로 통하는 문의 검은색 바를 밀었다. 덜컥 소리를 내며 열린 문 너머에도 역시 고요한 어둠이 흘렀다. 세 명은 조심스럽게 어둠 안으로 들어갔다. 어둠속에서 길을 잃은 나정현은 김슬기가 뒤에서 똑바로 걸으라고 할 때까지 비스듬하게 걷고 있었다. 미세한 어둠이 뺨과 턱에 달라붙으면서 숨쉬기도 어려워졌다.

앞장선 이대백이 두 번째 방의 검은 바를 눌렀다. 문 안에 갇혀 있던 어둠이 그들을 맞이했다.

"웬 책상들이 이렇게 많지? 창고였나?"

앞장선 이대백의 중얼거림처럼 헤드램프에 하얀색 책상들이 보였다. 허겁지겁 쌓아올린 것처럼 무질서하게 엉킨 책상들은 흡사 고속도로 위에서 엉켜 버린 자동차 같았다. 헤드램프의 불빛들이 책상들 위로 긴 그림자를 드리웠다. 갑자기 쿵 소리와 함께 김슬기의 짧은 비명이 들렸다. 놀란 나정현은 반사적으로 고개를 돌려서 그녀를 쳐다봤다. 한쪽 손으로 무릎을 만지작거리던 그녀가 멋쩍은 웃음을 지으며 말했다.

"책상에 부딪쳤어요."

허리를 편 김슬기에게서 벗어난 시선이 앞쪽으로 당겨졌다. 그러면서 무언가가 헤드램프의 불빛에 잠깐 모습을 드러냈다. 낯선 존재를 찾기 위해 요동치던 헤드램프의 불빛이 책상 더미 아래의 무언가를 잡아냈다. 손에 들고 있던 가스토치의 노란 다이얼을 돌리자 나지막하던 푸른 불꽃의 길이가 두세 배로 늘어났다. 그 사이 조심스럽게 책상쪽으로 접근한 이대백이 책상 아래쪽으로 시선을 고정시켰다. 그리고 뭘 발견했는지 나정현을 향해 고개를 돌려서 입술을 움직였다. 긴장한 탓인지 목소리는 들리지 않았지만 입모양이 만들어낸 의미는 명확했다.

"김원섭 씨야."

잠시 후 이대백의 손짓에 책상 아래 숨어 있던 김원섭이 끌려 나왔다. 이때 이대백의 손목에서 다시 삐빅 하고 신호음이 들렸다.

"9시 반, 스포츠 뉴스 할 시간이네."

이대백이 떨고 있는 김원섭의 어깨를 토닥거리며 중얼거렸다.

– 붕괴 후 5시간 30분 경과, 지하 2층

넋이 나간 것 같은 김원섭의 상태를 본 나정현이 말했다.

"일단 돌아가야겠습니다. 이 사람까지 데리고 수색을 하는 건 무리일 것 같은데요."

그러자 이대백과 김슬기는 고개를 끄덕거렸다. 김원섭을 부축한 이대백이 앞장섰고, 나정현과 김슬기가 뒤를 따랐다. 통로로 이어지는 마지막 문을 열자 중앙정원 쪽에서 일행이 모여서 와자지껄하게 떠드는 소리가 들려왔다. 김원섭을 부축한 이대백의 모습을 본 일행은 입을 다물었다. 그러다 이정자가 벤치에서 일어나면서 입을 열었다.

"아이고, 찾았네. 근데 애기 엄마는?"

"혼자 있었습니다. 귀신이라도 봤는지 통 입을 안 여는데요."

이정자가 비켜준 벤치에 김원섭을 앉힌 이대백이 대답했다. 그러고는 일행을 쭉 둘러보다가 물었다.

"병원장은 어디 갔습니까?"

"깍두기 아저씨 둘이랑 반대쪽 문을 잠그러 갔어요."

힙합 모자를 손으로 빙빙 돌리던 최민우가 턱으로 어둠을 가리키면서 대답했다. 그 사이 잔뜩 웅크린 김원섭은 벌벌 떨면서 알 수 없는 말들을 계속 중얼거렸다. 그러자 이정자가 떨고 있는 김원섭의 등을 쓰다듬어 주었다.

"이 사람아, 뭘 봤는지는 모르겠지만 정신 차려야지. 그래야 애기 엄마도 찾고, 애도 찾을 거 아니야."

김원섭은 이정자의 토닥거림에도 불구하고 아무런 말 없이 발끝을 덜덜 떨면서 몸을 웅크렸다. 멀찌감치 떨어져 있던 주희섭이 이대백에게 물었다

"혼자 있었던 겁니까? 부인은 없었나요?"

"책상 아래서 벌벌 떨고 있는 걸 찾았습니다. 부인은 못 봤습니다."

유리난간에 기대 서 있던 김진수가 고개를 갸웃거리면서 말했다.

"그나저나 이런 식이면 굳이 우리들을 오라고 할 필요가 없었잖아요. 병원에 있는 남자 간호사나 119를 데리고 들어 왔어야죠."

김진수의 말에 사람들이 술렁거리자 이무생이 침을 튀기면서 말했다.

"무신 깊은 뜻이 있어서 그랬겠지. 얼매나 왔다고 젊은 사람이 불평이여."

"불평이 아니라 의문이 들어서 그런 겁니다. 그러고 보니 병원이 미리 붕괴된다는 것도 안내장에 적혀 있었는데, 전쟁이도 아니고 자기 병원이 몇 시에 무너질지는 어떻게 알았을까요?"

이무생의 반박을 받아넘긴 김진수의 말에 나정현의 눈이 번쩍 뜨였다.

"그 안내장에 병원이 붕괴된다는 말이 적혀 있었습니까?"

안내장이라는 걸 받아보지 못했던 나정현에게는 충격적인 이야기였다. 병원이 붕괴되는 걸 미리 예고했다? 헤드램프 아래 드러난 사람들의 표정이 그 말이 사실이라는 것을 말없이 알려 주었다. 대체 차재경이라는 사람이 무슨 짓을 벌이고 있는지 나정현은 온몸에 소름이 돋았다.

"이메일로 왔던데 못 봤어요? 스마트폰으로 이메일 검색되잖아요."

김슬기의 물음에 나정현은 고개를 저었다.

"하루 종일 가게를 지키고 있느라고요. 거기다 전⋯."

주머니에서 2G폰을 꺼내서 일행에게 보여준 그가 덧붙

였다.

"이걸 씁니다."

일행 사이에서 한숨소리가 들려왔다. 아까 이야기를 꺼낸 김진수가 앞으로 나서면서 짜증을 냈다.

"병원이 미리 무너질 줄도 알고, 사람들도 대피시킬 정도였다면 분명 여기 임상실험센터도 나름대로 조치를 취할 수 있었을 겁니다. 그런데 호들갑을 떨면서 우릴 불러들이고선 가족들은 보여주지도 않고, 무슨 똥개처럼 각 층을 뒤지는 일만 시키고 있어요. 거기다 이 엉터리 같은 무기들은 대체 뭡니까?"

"엉터리는 무신 엉터리여. 이래봬도 설계도까정 그려 놓고 만든 겨."

이무생이 버럭 성질을 냈다가 아들 이형주의 만류에 분을 삭였다. 그때 차재경과 두 어깨들이 일행이 있는 곳으로 돌아왔다. 그런데 두 어깨는 멀쩡한데 차재경이 형광색 피를 잔뜩 뒤집어쓰고 있는 게 보였다.

"선, 선상님. 다치시진 않으셨습니까?"

눈이 휘둥그레진 이무생의 물음에는 대꾸하지도 않은 차재경이 조용히 입을 열었다.

"다들 따라오세요. 보여드릴 게 있으니까…."

누구의 대답도 듣지 않고 등을 돌린 차재경이 방금 빠져나왔던 어둠속으로 도로 사라졌다. 호기심을 이기지 못한 나정현이 김달호에게 물었다.

"대체 무슨 일입니까?"

그러자 김달호가 어깨를 으쓱했다.

"방 안에 혼자 들어갔다 나오더니 저 꼴이지 뭡니까."

일행은 영문을 몰라 하면서도 하나둘씩 그의 뒤를 따랐다. 나정현은 이대백과 함께 여전히 떨고 있는 김원섭을 부축하면서 뒤쫓아갔다. 차재경이 일행을 이끌고 간 곳은 south, 남쪽 통로였다. 앞장선 차재경이 오른쪽 구획으로 통하는 문을 열자 심한 악취가 풍겨져 나왔다. 손으로 입과 코를 가린 사람들은 머뭇거리면서 안으로 들어갔고, 김원섭을 부축하느라 뒤에 들어갔던 나정현은 그들이 흘려내는 나지막한 욕설과 소름끼치는 비명소리를 들을 수 있었다.

안으로 들어가자 동그랗게 모인 일행이 보였다. 당장이라도 울 것 같은 이정자의 떨리는 목소리 뒤로 최민우의 헛구역질 소리가 따라붙었다. 뒤늦게 일행 틈에 합류한 나정현도 그들과 똑같은 신음소리를 냈다. 바닥에 쓰러져 있던 것은 사람 크기만한 괴물이었다. 팔과 다리, 몸통과 얼굴은 사람의 형태를 갖추고 있었지만 눈이 있어야 할 자리에는 아무것도 없었고, 손가락과 발가락도 두 개씩뿐이었다. 아랫배에 한 가운데 주먹이 들어갈 정도로 큰 구멍이 나 있었고, 그곳에서 담배 연기 같은 연기와 형광색 피들이 꾸역꾸역 흘러나왔다. 할리우드 공포 영화의 한 장면이거나 악몽의 한 토막이라고 믿고 싶었지만 발밑에 있는 것은 꿈이나 영화 속의 한 장면이 아니었다. 이형주가 들고 있던 창끝으로 괴물의 팔뚝을 꾹 찔러보았다. 약간 들어가던 괴물의 살은 탄력이 없는지 툭 하고 금방 터져 버렸고, 아랫배처럼 형광색 피와 연기가 작은 구멍을 통해 흘러나왔다.

"이게 대체 뭡니까?"

이대백과 눈빛을 주고받은 나정현이 차재경에게 물었다. 차재경은 건조한 목소리로 대답했다.

"피실험체, 보통은 그것들이라고 부르는 것들입니다."

"피실험체? 그것들? 좀 더 알아듣게 얘기 좀 해 봐요."

분노와 절망감이 뒤섞인 나정현의 외침에도 불구하고 차재경의 표정은 미동도 하지 않았다. 양손을 주머니에 찔러 넣은 차재경은 학생을 앞에 둔 교수처럼 위엄 있는 목소리로 천천히 입을 열었다.

"여러분의 발밑에 쓰러져 있는 건 임상실험센터에서 실험에 이용되었던 피실험체, 관련자들이 통상 그것들이라고 부르는 겁니다. 우리가 여기서 실험중인 시약은 인간의 육체에서 나오는…"

차재경의 말은 텅 하는 소리와 함께 문이 잠겨버리는 바람에 중단되고 말았다. 소리를 들은 일행은 자연스럽게 서로의 등을 맞대며 가운데로 모여들었다. 김달호와 윤삼식은 사시미 칼을 꺼내들었고, 나머지는 창이나 화염방사기들을 어둠을 향해 겨눴다. 엄마를 찾으며 덜덜 떠는 최민우의 울음이 귓가를 자극했지만 누구도 입을 열지 않았다. 당장이라도 터져버릴 것 같은 긴장감이 이어졌다.

벽 너머에서 누군가 사뿐히 걷는 발자국소리가 들리는 것 같았다. 그리고 낯선 소리가 들렸다.

"애, 애기 엄마 목소리 같은데? 애기 울음소리도 들리고."

"아줌마. 조용히 입 좀 다물고 있어요."

이정자의 말에 윤삼식이 인상을 쓰면서 윽박질렀다. 닫혀 있던 문이 저절로 천천히 열렸다. 어둠의 틈이 벌려지면서 통로가 입을 벌렸다.

"시방 우리를 놀리는 거여, 뭐여?"

떨리는 손으로 사제 권총을 움켜쥔 이무생이 중얼거렸다.

"일단 나가봅시다."

오른손에 쥐고 있던 사시미 칼을 도로 끼워 넣고 리볼버 권총같이 생긴 가스총을 꺼내서 양손에 움켜쥔 김달호가 말했다.

"밖에 뭐가 있는지도 모르는데 나가긴 어딜 나간단 말이여."

이무생의 말을 무시한 김달호가 손가락으로 차재경을 가리키며 또박또박 말했다.

"당신이 앞장서. 이 재수 없는 방에서 나간 다음에 아까 하던 얘기를 마저 들어야 하니까."

희미한 미소를 지은 차재경이 미동도 하지 않자 윤삼식

이 다가와서는 거칠게 팔을 당겼다.

"지금 우리 형님 얘기가 안 들려? 얼른 움직여. 안 그러면 똥꾸멍에 사시미를 꽂아 넣을 테니까."

윤삼식의 팔을 가볍게 뿌리친 차재경은 별다른 두려움이나 고민 없이 사람들 사이를 지나 녹색의 빛이 번뜩이는 문을 잡아당겼다. 통로로 걸어 나간 차재경은 두 발을 어깨 넓이로 벌리고 서서 말없이 바닥을 내려다보고 있었다. 뒤따라 나간 김달호도 바닥을 쳐다봤지만 둘의 표정은 불과 얼음처럼 극과 극이었다. 두 사람의 시선을 따라 바닥을 바라보던 최민우가 호들갑을 떨었다.

"오 마이 갓! 이거 다 블러드 아니에요?"

바닥은 서너 개의 붉은 줄이 길게 이어져 있었다. 나정현은 허리를 굽혀서 그 붉은 줄을 손가락 끝으로 찍어서 비벼 보았다. 혹시나 해서 코끝에 대고 냄새까지 맡아보았다. 사람의 몸에서 나온 피였다. 그것도 흐른 지 얼마 되지 않는 싱싱한 피였다. 나정현은 물기가 말라서 바스락거리는 비닐 우의에 손가락에 묻은 피를 쓱쓱 비비면서 말했다.

"진짜 피가 맞는 것 같습니다."

사람들은 말없이 서로를 쳐다보았다.

"설명할 게 한 가지 더 늘어났군요. 선생. 하나도 빼놓지 말고 설명해야 할 거요. 난 궁금한 건 못 참는 성격이니까…."

김달호가 차재경의 눈앞에서 손가락을 흔들면서 말

했다.

"보자보자 하니까 선상님한테 이게 무슨 무례한 짓이여. 아무리 배운 것 없는 깡패 양아치라고 혀도 지킬 건 지켜야제."

아들의 만류에도 불구하고 앞으로 나선 이무생의 삿대질에 윤삼식이 눈을 부라렸다.

"이 놈의 영감이 어디서 함부로 나서고 지랄이야!"

"모두들 그만하시죠. 제가 다 말씀드리겠습니다."

차재경의 말은 또 다시 마법처럼 사람들의 시선을 잡아끌었다. 길게 이어진 붉은 핏줄기를 밟고 선 차재경이 호기심 어린 사람들의 시선 한가운데에 자리 잡았다.

"엑토플라즘에 관한 연구는 오래전부터 진행되고 있었습니다. 제 아버지는 그 엑토플라즘이라는 물질이 영매가 불러내는 죽은 자의 영혼이라면 당연히 죽은 사람의 몸에서 찾아낼 수 있지 않을까 하는 의문을 가졌습니다. 그게 바로 이번 연구의 시작이었습니다. 오랜 시간 실패를 거듭하다가 80년대 후반쯤 우연한 기회에 돌파구가 생겼습니다. 인체에서 엑토플라즘을 뽑아낸 거죠."

"엑토플라즘? 대체…"

차재경의 설명을 들은 나정현은 벌린 입을 다물지 못했다. 기껏해야 공인되지 않은 시약으로 환자들에게 투약시험을 하는 정도라고만 생각했지 이런 얼토당토않은 이야기는 상상하지도 못했다. 차재경의 말은 계속 이어졌다.

"인간의 몸에서 추출해 낸 엑토플라즘으로 행한 실험들은 모두 실패했습니다. 완성하지 못한 상태에서 아버지는 돌아가셨고, 그 연구는 제가 이어받았습니다."

누군가 말도 안 된다고 중얼거렸지만 차재경의 계속된 이야기에 묻혀 버리고 말았다.

"연구를 이어받은 저는 엑토플라즘을 배양하는 데 성공했습니다. 문제는 그 다음이었죠. 죽은 시신에 엑토플라즘을 배양하는 실험은 완벽히 실패하고 말았습니다. 그 다음에는 살아있는 동물에게 배양을 했는데 위층에서 그 결과물을 보셨을 겁니다. 그 다음으로는…"

펑 하는 소리와 함께 잠들어 있던 천장의 불이 일제히 켜졌다. 텅텅 소리를 내며 순서대로 켜지는 천장의 불빛이 어둠을 빨아들였다. 지난 몇 시간 동안 어둠속에서만 묻혀 있었던 탓일까? 사람들은 손으로 두 눈을 가리고 비명을 질렀다. 나정현 역시 손으로 눈을 가린 채 빛을 피해 이리저리 고개를 돌렸다. 환해진 세상을 둘러보던 사람들은 이정자의 찢어지는 비명소리를 들었다.

"저기 애기 엄마 아냐?"

이정자의 손이 가리킨 중앙통로 쪽에는 이유리가 서 있었다. 줄로 움직이는 꼭두각시 인형처럼 비틀거리던 이유리가 옆으로 풀썩 쓰러지자 다시 한 번 이정자가 비명을 질렀다. 옆으로 넘어진 이유리의 몸통은 뭔가에 끌려가는 것처럼 천천히 사람들의 시야에서 벗어났다.

사람들이 어쩔 줄 몰라 하는 사이 윙 하는 소리와 함께 천장 위의 전등들이 일제히 터져버렸다. 깨진 유리조각들이 우수수 쏟아져 내렸고, 사람들은 아우성을 치면서 몸을 숙였다. 손으로 머리를 감싼 채 주저앉은 나정현의 눈에 목덜미의 유리조각들을 털어내는 이대백이 보였다.

"괜찮습니까?"

이대백은 대답 대신 고개를 끄덕거렸다.

"선상님. 여기 진짜 구신이라도 있는 겁니까? 이게 대체 먼 일이래요?"

이무생의 울먹거림에 차재경은 냉정하게 대꾸했다.

"직접 눈으로 보시는 게 좋을 겁니다. 백번 설명해 봤자 알아듣지 못하는 사람들이 있으니까요."

차재경은 그 말이 나정현을 겨냥한 것이라는 듯 그의 얼굴을 향해 헤드램프의 빛을 쏘았다. 겁에 질린 사람들은 깨진 유리조각을 밟고 이유리가 사라진 곳으로 걸어가는 차재경의 뒷모습을 흐릿하게 바라보았다. 유리조각들이 어둠속에서 이슬처럼 반짝거렸다. 사람들은 천천히 차재경의 뒤를 따랐다. 고민하던 나정현 역시 이대백과 함께 김원섭을 부축한 채 통로를 걸어갔다. 헤드램프에 비춰진 핏줄기들은 중앙정원으로 이어졌다. 이유리가 쓰러졌다가 끌려간 방향도 그쪽이었다. 앞장선 불빛들이 왼쪽으로 꺾어졌다.

빠르게 움직이던 불빛들은 중앙정원의 난간까지 뻗어갔다가 그곳에서 멈췄다. 피는 난간의 발판을 지나 반쯤 열려진 아래쪽으로 내려가는 계단의 출입구에 묻어 있었다. 사람들은 또다시 주저했고, 침묵했다. 나정현과 이대백은 거의 동시에 입을 열었다.

"내려갑시다."

"아까 그 여자를 뭐가 끌고 갔는지도 모르는데 섣불리 내려가는 건 위험하지 않을까요?"

주희섭이 주저하자 사람들은 보일 듯 말 듯 고개를 끄덕였다.

"그래도 일단 생사를 확인해 봐야 하지 않겠습니까? 어차피 병실은 저 아래층에 있다고 했으니까 좋든 싫든 내려가야만 합니다."

축 늘어지는 김원섭의 팔을 힘껏 잡은 나정현이 말했지만 사람들은 여전히 두려워했다. 그때 김원섭이 입을 열었다.

"내려가지 마세요. 아내는 천벌을 받은 겁니다. 욕심에 눈이 어두워서 신의 뜻을 어겼던 겁니다."

그러자 사람들을 헤치고 다가온 김슬기가 김원섭의 뺨을 힘껏 때렸다.

"아내가 이렇게 피를 흘리고 어디론가 사라졌는데 그런 소리가 나와요?"

"아내는 나보다 아이를 더 원했어! 난 단지 아이를 낳아

주는 짐승에 불과했지."

김원섭은 키득거리며 말을 이어갔다.

"아내는 자꾸 유산하는 게 내가 매독에 걸렸던 탓이라면서 나보고 짐승이라고 했어."

김슬기는 누가 말릴 틈도 없이 김원섭의 턱 끝에 창을 바짝 갖다 댔다.

"변명은 집어치우고. 어서 일어나."

김원섭을 끌고 발판 쪽으로 다가간 김슬기가 반쯤 열려진 피 묻은 유리난간을 발로 걷어찼다. 김원섭의 목덜미를 잡은 김슬기가 그를 계단으로 밀어버렸다. 김원섭은 짧은 비명과 함께 우당탕 소리를 내며 계단을 굴렀다. 획 하고 고개를 돌린 김슬기가 이글거리는 눈빛으로 사람들을 잠깐 쳐다보다가 성큼성큼 계단을 내려갔다. 두 번째로 움직인 것은 나정현이었다. 유리 난간 너머의 발판에서 내려다보이는 어둠은 한없이 까마득했다. 뒤따라오는 이대백의 손목에서 삐빅 하는 소리가 들렸다. 나정현은 계단을 내려가면서 물었다.

"스포츠 뉴스가 끝난 겁니까?"

"아들이랑 샌드백을 치는 훈련 시간이었습니다. 같이 옥상에 만들어 놓고 매일 연습하고 있었죠. 10시 15분."

병원이 붕괴된 지 5시간 15분이 지날 무렵, 사람들은 각각의 사연과 비밀을 품고 지하 3층으로 내려갔다.

– 붕괴 후 6시간 15분 경과, 지하 3층

지하 3층 역시 위층과 다를 바가 없는 모습이었다. 발판을 타고 아래로 흐르는 물줄기뿐이었다. 바닥에도 발이 잠길 정도로 물이 차올라 있었다. 그리고 물 위로 둥근 핏방울들이 꽃잎처럼 떠서 정처 없이 같은 자리를 맴돌았다. 물 위에 뜬 핏방울들은 명확하지는 않지만 남쪽 통로로 이어져 있었다. 나정현은 떨고 있는 김원섭을 주희섭에게 넘겨주고는 화염방사기를 움켜쥐었다.

"저는 소화전을 잠그고 오겠습니다."

등 뒤에서 울려 퍼지는 차재경의 말을 들으며 나정현과 이대백, 그리고 김슬기는 남쪽 통로로 꺾어 들어갔다. 통로에서는 섬뜩한 아이의 울음소리가 기다리고 있었으며 생각보다 많은 물들이 차 있었다. 천장의 크고 작은 파이프들에서도 쉴 새 없이 물방울들이 떨어졌다. 어깨에 달라붙은 물방울들을 한 손으로 털어낸 나정현은 양쪽에 나 있는 문들을 번갈아 바라보면서 난감해했다. 물 위에 뜬 핏방울들은 두 개의 문 중 어떤 곳으로 들어가야 하는지 분간할 수 없을 정도로 흩어져 있었다. 일단 오른쪽에 있는 CT 촬영실을 먼저 열어보자고 손짓한 나정현은 살짝 문을 밀었다. 살짝 열린 문틈으로 핏방울이 섞인 물들이 빨려들어가는 바람에 고장난 자동문처럼 천천히 열렸다. 나정현은 들고 있던 화염방사기의 노란 다이얼을 돌렸다. 문 안쪽의 방에는 CT 촬영기나 다른 수술기구들이 보이지 않았다. 다만 환자들의 링거를 걸어두는 폴대와 책상들이 어지럽게 널려져 있을 뿐이었다.

"분명히 뭔가 있어, 틀림없이 뭔가가 있다고…."

이대백의 숨 돌릴 틈 없는 중얼거림이 나정현의 가슴을 무겁게 눌러댔다. 그러다 벽 쪽에 있는 책상 위에서 웅크리고 앉아 있는 그녀를 봤다. 이유리의 옆에는 갓난아이를 넣어 두는 포대기 같은 것이 보였다. 그녀는 일행의 존재를 무시한 채 포대기를 향해 무미건조한 자장가를 불렀다.

"자장, 자장, 자장, 우리 아기 잘도 잔다. 자장, 자장…"

"저 피 좀 봐요!"

김슬기의 말대로 책상 위에 웅크리고 앉은 이유리의 목에서는 어마어마한 양의 피가 흘러내리는 중이었다. 입고 있던 푸른색 셔츠는 물론 청바지까지 온통 검붉은 피에 젖어 있었다.

"가까이 오지 마세요. 난 괜찮으니까요."

눈물이 가득 고인 눈으로 일행을 쳐다보던 이유리가 힘없이 말했다. 그녀의 말끝에 걸린 희미한 미소를 따라 목덜미에서 새로운 피가 울컥거리며 흘러내렸다.

"아무 말 하지 말고 가만히 있어요. 우리가 곧 구해줄게요."

창을 옆구리에 단단히 낀 이대백이 소리쳤다. 나정현은 화염방사기의 화염을 줄였다.

"가까이 오지 말라니까요."

그녀의 목소리가 물을 헤치며 조심스럽게 다가가던 사람들의 발목을 움켜잡았다. 살짝 고개를 들어 일행을 노려보던 이유리는 또렷한 적의가 담긴 목소리로 덧붙였다.

"난 행복해요. 이럴 줄은 몰랐지만 지금 행복해요. 그러니까 날 귀찮게 하지 말아요."

나정현은 이해할 수 없는 그녀의 말에 속이 거북해졌다. 이 어둠속에 빠져든 이후 모든 정상과 비정상들의 기준이 헝클어졌지만 목에서 피를 흘리면서도 그녀는 행복하다고 중얼거렸다. 김슬기가 소리쳤다.

"말하지 말고 있어요. 자꾸 말을 하니까 목에 철사가 더 파고들잖아요."

그제서야 나정현의 눈에 이유리의 목에 걸려 있는 가느다란 끈 같은 것이 보였다. 세 사람은 천천히 이유리에게 다가갔다. 그때 나정현의 눈에 책상 밑에 있는 다른 존재가 보였다. 하얀 환자복 차림의 여인이었다. 하지만 그녀가 고개를 들었을 때 나정현을 비롯한 세 사람 모두 비명을 질렀다. 창백한 피부는 실핏줄이 터진 것처럼 덮여 있었고 눈동자도 마치 비늘이 덮여 있는 것처럼 번들거렸다. 뒤늦게 낯선 여인을 발견한 김슬기가 비명을 질렀다. 그러자 그녀가 반응을 보였다. 한 손에 쥔 철사 줄을 잡아당긴 것이다. 그철사 줄이 이유리의 목에 옭아매져 있었다. 낯선 여인은 마치 장난이라도 치는 것처럼 천진난만한 표정으로 철사 줄을 잡아당겼고, 그때마다 이유리의 목에서는 피가 솟구쳐 나왔다. 김슬기는 총을 안 가져왔다고 울먹거렸다. 나정현이 이대백에게 속삭였다.

"어떡하죠?"

"가까이 갔다가 확 잡아당기기라도 하면…."

이대백의 목소리는 어둠을 뒤흔든 총성에 뒤덮였다. 뜻밖의 총성에 놀란 나정현의 눈에, 낯선 여인의 아랫배에 생긴 작은 구멍이 보였다. 구멍이 점점 커지고, 형광색의 부글거리는 액체가 흘러나왔다. 손으로 형광색 액체를 닦아내던 여인은 옆으로 풀썩 쓰러졌다. 하지만 쓰러질 때까지 이유리의 목에 감겨 있던 철사 줄을 놓지 않았는지 책상 위에 쪼그리고 앉아 있던 이유리 역시 앞으로 무너졌다. 김슬기가 한걸음에 달려 나가 이유리를 부축했다. 첨벙거리는 물소리 너머로 연기가 피어나는 권총을 든 차재경의 모습이 보였다. 저벅저벅 걸어온 차재경은 곧장 책상 위에 쓰러져 있는 이유리를 살폈다. 차재경의 뒤를 따라온 김원섭이 아내를 보고 울먹거렸다.

"여보! 괜찮아?"

남편의 목소리에 책상에 머리를 기댄 이유리가 희미하게 웃었다. 정신을 차린 나정현은 책상 아래 쓰러져 있는 낯선 여인을 봤다. 몸에서 흘러나온 형광색 액체들은 용암처럼 부글거리며 물 위로 흘러내렸고, 액체가 빠져 나간 몸은 점점 홀쭉해졌다. 그때 무심코 이유리 옆에 있던 포대기 속의 아이를 본 이정자가 비명을 질렀다.

"애 눈동자가 온통 형광색이야. 눈동자도 없단 말이야!"

포대기를 낚아챈 김원섭은 피를 흘리며 누워 있는 이유리의 품에 아이를 안겼다. 그때까지 잠자코 있던 아이가 나지막하게 우는 가운데 김원섭이 울먹거리면서 말했다.

"자! 똑바로 봐! 이게 네 몸속에서 죽은 아이야. 겨우 임신에 성공한 이 아이가 죽었다는 사실을 믿고 싶지 않아 했지. 그래서 이 끔찍한 실험에 나까지 끌어들이면서 뭐라고 그랬어? 이 아이를 살리는 게 신의 섭리라고 했지. 이 아이를 봐. 이 아이는 당신의 고집이 만든 괴물이야. 신의 섭리가 아니라 괴물이라고!"

"그만 좀 소리 질러요! 일단 살리고 봐야 할 것 아니에요. 이 철사 줄 좀 어떻게 잘라내야 할 텐데, 누구 칼이나 가위 가진 사람 없어요?"

김원섭을 밀쳐 버린 김슬기의 외침에 이대백이 매고 있던 가방에서 맥가이버 칼을 꺼내 철사를 잘라냈다.

"철사가 목에 깊이 파고 들어갔어요. 당장 밖으로 데리고 나가지 않으면…."

이유리는 다급하게 외치는 김슬기를 한 손으로 밀쳐버렸다. 그러고는 다른 손으로 잘려진 철사줄을 잡아서 손목에 감았다.

"여보, 미안해. 나 근데 당신을 괴롭히려고 그런 게 아니라 정말 아이를 갖고 싶었어. 아이만 있으면 행복할 수 있을 것 같았어. 이 아이도 내 곁으로 보내줄 거지?"

이유리의 말에 김원섭은 고개를 끄덕거렸다. 철사 줄을 손목에 감은 이유리가 손을 힘껏 뻗어버리자 서걱거리는 소리와 함께 그녀의 목이 잘려졌다. 동그랗게 뜬 눈에서는 눈물이 쏟아지고 있었다. 물속에 텀벙 떨어진 이유리의 목이 천천히 쏟아지는 핏줄기를 뒤집어썼다. 목이 잘려진 아내의 시신 앞에서 몸을 일으킨 김원섭은 뒤에 서 있는 차재경에게 덤벼들었다.

"다 네 탓이야! 난 싫다고 했는데, 난 정말 싫었다고, 동의서에 사인하고 싶지 않았단 말이야…."

김원섭은 차재경의 가슴에 얼굴을 묻고 힘없이 중얼거렸다. 차재경은 양손으로 김원섭을 떼어 놓고는 엄격한 얼굴로 입을 열었다.

"어린아이처럼 이러지 맙시다. 이유야 어쨌건 두 분은 실험에 동의했고, 실험에 필요한 것들을 제공하는 것에도 합의했습니다."

"난 아니야! 난 아니란 말이야!"

주르륵 미끄러져서 물속에 무릎이 잠겨 버린 김원섭이 흐느꼈다. 나정현은 머리가 사라진 이유리의 붉은 피와 책상 아래 쓰러져 있는 여인의 형광색 피가 물속에서 섞여져 기묘한 문양을 이루는 것을 말없이 지켜봤다. 그러다가 여전히 엄청난 양의 피를 흘리는 이유리에게서 벗어나 책상 위에 쓰러져 있는 여인 곁으로 시선을 옮겼다. 몸에서 형광색 피가 빠져나가면서 차츰 쪼그라들던 그녀의 몸은 이제 껍질만 남은 것처럼 보였다.

"이 여인은 누굽니까? 입원한 환자들 중 한 명이었습니까?"

나정현의 물음에 차재경이 담담하게 대답했다.

"피실험체 17번입니다. 보통 임산부라고 부르던 실험체였죠."

"실험체라니요? 멀쩡한 사람인데…."

"실험 과정에서 우연찮게도 엑토플라즘 자체에 어떤 자극을 가하면 세포분열 같은 것이 일어나는 걸 발견했습니다. 그 엑토플라즘을 추출해 낸 원 생명체 그대로 말입니다."

"그럼 유전자, 아니 엑토플라즘인가 뭔가를 복제해서 사람을 만들어냈다는 말인가요?"

"아직 모르시겠습니까? 이건 유전자나 세포를 이용해서 배아복제를 하는 것과는 차원이 다릅니다. 그렇게 복제된 생물체는 겉모습만 비슷할 뿐 별개의 생명체입니다. 원 생물체의 기억이나 지식은 공유하지 못하니까요. 하지만 배양에 성공한 엑토플라즘은 원 생물체의 겉모습뿐 아니라 기억도 고스란히 물려받습니다. 한 마디로 완벽한 부활인 셈이죠."

만면에 미소를 가득 채운 차재경의 말에 나정현은 낮게 중얼거렸다.

"맙소사…."

아내와 아들이 이 병원에서 뭘 하고 있었는지 나정현은 뒤늦게 깨달았다. 피실험체 17호는 이제 껍질조차 녹아내려가고 있었다. 나정현은 거칠게 차재경의 어깨를 잡아챘다.

"내 아들도 이미 죽은 겁니까? 지난달에 분명 내 눈으로 무균실에 누워 있는 걸 봤는데."

"당신은 눈에 보이는 것만 믿습니까?"

혀를 끌끌 찬 차재경의 말에 나정현은 머리를 감싸쥐었다. 머릿속에는 반년 전부터 아들을 보러 가는 걸 매번 막으려고만 하던 아내의 모습이 떠올랐다. 충격을 받아서 어쩔 줄 몰라 하던 나정현의 귀에 김원섭과 이정자가 다투는 소리가 들렸다.

"놓으세요."

"아이한테 무슨 짓을 하려고? 안 돼. 이러지 마."

두 사람은 화염 방사기를 가지고 옥신각신하고 있었다. 아무도 무슨 일인지 설명하지 않았지만 어떤 상황인지 단번에 알아차릴 수 있었다. 나정현은 화염방사기를 막고 있는 이정자에게 다가가 조용히 말했다.

"그만 하세요."

"그래도 살아있는데 어떻게 그렇게 매정하게 그럴 수 있어. 이러지들 마."

물이 고인 바닥에 철퍼덕 주저앉은 이정자가 두 손으로 얼굴을 가리며 하염없이 울었다. 김슬기가 울고 있는 이정자를 위로해 주는 사이 김원섭은 화염 방사기를 물끄러미 내려다보았다. 그러다 둘둘 말린 포대기를 벗겨내고는 알몸뚱이 아이를 탁자 위에 눕혔다. 투명한 아이의 몸통과 팔다리에 푸른색 혈액이 흐르는 것이 보였다. 누군가는 구역질을 했고, 다른 누군가는 신을 찾았다. 노란 다이얼을 돌려 화염을 최대한 키운 김원섭은 손발을 꿈틀거리는 아이의 몸통에 화염방사기를 대고는 방아쇠 모양의 철사 고리를 잡아당겼다. 치익 하는 소리를 내며 뿜어져 나온 화염은 한순간에 아이를 잿더미로 만들어 버렸다. 고통이나 울음 대신 소멸만이 찾아왔다. 종잇장처럼 타 버린 아이는 푸른색 재만 남기고는 증발해 버렸다. 매캐한 검은 연기가 어둠 사이로 희석되고 나서도 사람들은 한참 동안 훌쩍거리기만 할 뿐이었다.

눈물과 콧물 범벅이 된 얼굴을 손등으로 훔쳐낸 김원섭이 품속에서 작은 복주머니를 꺼냈다. 안에서 작은 금반지를 끄집어내서 호주머니에 넣은 김원섭은 책상 위에 조금 남은 재를 조심스럽게 움켜쥐고는 복주머니에 넣었다.

"이 아이 첫 돌에 주려고 금반지를 준비했습니다. 몇 날 며칠을 고민해서 반지를 고르고 복주머니에 넣고 다녔던 건데…."

몇 번이고 재를 쥐어서 복주머니에 넣은 김원섭은 허탈하고 애달프게 웃었다.

"이제 다들 우리가 어떤 상황에 있는지 잘 아셨겠지요? 지금이라도 돌아가고 싶은 분들은 돌아가셔도 좋습니다."

사람들은 차재경의 이야기에 별다른 반응을 보이지 않았다. 나정현은 울고 있는 김원섭의 손을 잡은 채 차재경을 노려봤다.

"실험체로 넘겨진 아들은 그렇다 쳐도 간병하던 아내라도 데리고 나가야겠습니다. 설마 환자 가족들한테까지 손을 댄 건 아니겠지요?"

너털웃음을 터트린 차재경이 말했다.

"이 실험에서는 환자들뿐만 아니라 간병을 맡은 가족들도 중요한 역할을 하고 있지요. 당신 부인이 언젠가 이런 얘기를 했었죠. 당신이 세상에 대한 무관심해 보이지만 그건 단지 가면일 뿐이라고요. 몇 년 동안이나 살을 맞대며 살았지만 그 무관심의 가면 안에 어떤 얼굴이 숨어 있는지 정말 모르겠다고 말입니다."

차재경은 껄껄대며 문 쪽으로 걸어갔다. 그러자 사람들이 한두 명씩 뒤를 따랐다. 나정현은 인정하고 싶지 않았지만 차재경이 사람들의 생각을 완전히 지배하고 통제하고 있다는 점을 뼈저리게 느꼈다. 사람들은 불안해하고 흔들렸으며, 좌절했지만 그럴수록 차재경이란 그림자에 의지하려고 들었다. 두 어깨들까지 사라져 버리자 남은 건 나정현과 이대백, 김슬기와 김원섭뿐이었다.

"자, 어서 갑시다. 이러다 우리만 뒤처지겠어요."

이대백의 말에 남은 사람들도 방을 빠져나왔다. 앞장선 사람들은 어느 새 북쪽 통로로 접어들고 있었다.

차재경이 붉은색 핸들을 천천히 돌리자 소화전의 물줄기가 차츰 약해졌다가 그쳤다.

"자, 이제 나머지 방들을 수색합시다."

차재경의 말에 사람들은 기계적으로 움직였다. 그리고 3층의 나머지 구획과 방들에서 두 개의 실패한 인간형 피실험체와 세 마리의 원숭이, 그리고 고양이만큼 커져 버린 쥐한 마리를 발견했다. 권총으로 쏘거나 화염방사기로 태워 버리거나 창으로 찔러서 죽였다. 죽은 실험체들은 인간을 닮은 것이나 동물들 모두 형광색 액체를 잔뜩 쏟아내고는 증발해 버렸다. 약간 뒤로 빠진 나정현과 이대백, 김슬기와 김원섭은 점점 살육에 취해가는 다른 사람들과 점점 거리를 두기 시작했다. 다른 사람들 역시 그들을 차가운 시선으로 바라보았다.

그들 간의 보이지 않는 경계선은 3층의 소탕작전을 완전히 끝내고 중앙정원에 모여서 초콜릿과 육포로 간단한 간식을 먹으며 휴식을 취하는 동안에 완전히 나눠져 버렸다. 나정현은 사람들이 두려움에 떨고 무서워하면서도 왜 돌아가자는 말을 하지 않는지 궁금했지만 차마 묻지 못했다.

**

알 수 없는 힘이 그를 깨웠다. 그는 의식을 찾고도 한 순간 자신의 존재를 인식하지 못했다. 경직되어 있던 근육에 그의 의지가 주입되면서 팔과 다리가 신경질적으로 꿈틀거렸다. 차츰 움직이는 눈동자로 더 많은 것들이 보였다. 그가 세상이라고 느꼈던 푸른 질감은 단지 그를 둘러싸고 있던 거대한 유리관 안에 채워진 물이라는 사실도 알게 되었다.

—이제 일어나.

그는 머리에 천둥처럼 울리는 또 다른 의지에 깜짝 놀랐다.

— 해야 할 일이 있어.

좀 더 명확하고 강렬한 의지에 그는 천천히 고개를 끄덕거렸다. 조심스럽게 손을 뻗자 푸른 세상의 끝이 닿았다. 차갑고 딱딱한 질감을 손가락 끝으로 한껏 맛보는 짧은 시간 동안 이해할 수 없는 이미지들이 그의 머릿속에서 스쳐 지나갔다. 누군가 그를 부르는 소리 너머로 격렬한 외침이 스쳐 지나갔다. 질주하는 듯 헉헉대는 숨소리와 함께 마구 흔들리는 이미지, 이 모든 조각난 이미지들은 푸른 세상 너머에서 또 다른 의지가 속삭일 때까지 그의 머릿속을 지배했다.

— 우리들을 구해줘.

천천히 뒤쪽으로 물러난 그의 손이 단단하게 주먹을 움켜 쥐었다. 그리고 앞으로 뻗었다. 쿵 하는 소리와 함께 주먹에서 부터 통증이 느껴졌다. 다시 어깨 뒤로 물러난 주먹이 화살처 럼 앞으로 날아갔다. 다시 한 번 쿵 하는 소리가 들리며 푸른 세상에 약간의 균열이 생겼다.

— 어서, 서둘러.

다시 한 번, 이제 균열은 눈에 띨 정도로 거대해졌다. 균열 은 파괴로 이어졌다. 균열을 이기지 못한 세상은 무너져 내렸 고, 그는 깨진 유리 사이로 빨려 나간 물과 함께 또 다른 세상 으로 내동댕이쳐졌다. 푸른 세상과는 달리 또 다른 세상은 숨 쉬기가 너무 힘들었다. 입과 코를 벌리고 있는 힘껏 숨을 들이 마시려고 했지만 그때마다 격렬한 통증과 함께 기침만이 터 져 나올 뿐이었다. 너무 고통스러워서 의식이 흐려지려는 순 간 부드러운 힘이 그의 등을 쓰다듬어 주었다. 따뜻하고 부드 러운 손길이 닿은 근육이 이완되면서 호흡이 한결 편안해졌 다.

— 시간이 없어. 앞쪽 문으로 나가!

그는 채찍질처럼 후려치는 의식을 쫓아 비틀거리며 일어섰 다. 그는 방금 자신이 부수고 나온 거대한 유리관이 방 안에 가 득 차 있는 것을 보고는 묘한 두려움을 느꼈다. 여자, 남자, 아 이, 동물… 그리고 기괴한 조합들이 푸른 물이 가득 찬 유리관 안에 있었다. 방금 전의 그처럼 의식이 없는 존재들로 보였다.

— 그들이 오기 전에 빠져 나가야 해. 어서 움직여….

다시 한 번 의식이 그를 재촉했다. 현기증을 참아내며 둥근 유리창이 달린 문을 밀자 차가운 어둠에 싸여 있는 또 다른 공간이 보였다.

— 오른쪽으로 가면 로커들이 보일거야. 아무거나 열고 옷을 챙겨 입어.

그는 자신이 아무것도 걸치지 않은 알몸이라는 사실을 알아차렸다. 철제 로커를 열자 차곡차곡 포개진 트레이닝복과 하얀 수건들이 보였다. 수건으로 머리와 몸을 대충 닦아내고 트레이닝 바지에 다리를 집어넣었다. 짧은 순간 찾아온 불균형이 그를 비틀거리게 만들었고, 무심코 뻗은 젖은 손길은 철제 로커에 붙어 있지 못했다. 쭉 미끄러진 그는 옆으로 넘어졌고, 우당탕 하는 소리가 어둠속으로 퍼졌다.

— 이제 그만, 어서 로커 안으로 들어가! 서둘러!

허둥지둥 몸을 일으킨 그는 좁디좁은 로커 안에 몸을 숨겼다. 어깨를 바짝 좁히고 두 다리를 끌어모은 그가 로커의 문짝을 당겨 스스로 안에 갇혀 버린 것과 함께 어둠 한쪽에서 빛의 균열이 생긴 것은 거의 동시였다.

— 무슨 일이 있어도 나오면 안 돼. 절대로!

다급하다기보다는 애절한 의식이 그를 붙잡았다. 천천히 고개를 끄덕인 그는 작은 구멍에 눈을 바짝 가져갔지만 강렬한 빛이 그의 시선을 차단했다. 두려움이라는 것이 처음으로 그의 몸속을 채워 나갔다. 의미를 알 수 없는 외침들이 한동안 방 안을 맴돌다가 차츰 사라져 갔다. 그가 문을 열고 나왔던 그곳으로 빨려 들어간 빛들이 완전히 사라지자 로커 바깥은 다시 어둠이 찾아왔다.

— 곧 구해줄게, 날 믿어.

그는 처음으로 머릿속을 파고드는 목소리의 주인공이 의외로 나이가 어릴지도 모른다는 생각이 들었다. 근원을 알 수 없는 신뢰감에 그는 처음으로 응답했다.

"알았어. 기다리고 있을게."

제4장

전

투

전 투

짧은 휴식을 마친 일행은 아래층으로 내려갔다. 유리 난
간을 열고 지하 4층의 중앙정원으로 발을 디디기 직전 이
대백이 나정현에게 11시 6분이라고 시간을 알려 주었다.
하지만 나정현은 지하 4층의 낯선 분위기에 짓눌려 그가
말한 시간을 느끼지 못했다. 불과 한 층 아래였고, 어둠의
농도 역시 비슷했지만 주변의 공기는 무게부터 달랐다. 다
른 일행도 같은 느낌인지 긴장하는 모습을 보였다.

"위층처럼 방들을 뒤지면 되는 거지요?"

누런 이빨을 드러낸 이무생이 묻자 차재경은 고개를 저었다.

"우선 가봐야 할 곳이 있습니다. 다들 마음 단단히 먹고 따라들 오세요."

차재경은 남쪽 통로로 움직였고, 사람들은 언제나 그랬던 것처럼 말없이 뒤를 따랐다. 나정현을 비롯한 네 명 역시 약간의 거리를 두고 뒤를 따랐다. 좁은 통로에 굴절된 헤드램프의 빛줄기들이 사방으로 희뿌연 잔해들을 남겨두었다.

"그 안내장이라는 걸 받아 보셨습니까?"

나정현은 틈을 봐서 이대백에게 물었다.

"아니, 아들의 죽음을 조사하다가 이번 일을 알게 되었네. 병원장이 뭔가 알고 있을 것 같아서 찾아가 따졌더니 어제 우리들이 만난 장소를 알려주더군."

"전 받아봤어요."

뒤에 서 있던 김슬기가 대답했다. 김원섭도 약하게 고개를 끄덕거렸다.

"정말 병원이 붕괴된다는 내용이 적혀 있었나요?"

나정현의 물음에 김슬기가 고개를 끄덕거렸다.

"네, 말도 안 되는 내용이라 그냥 잊어버렸는데 갑자기 텔레비전에서 세화병원이 무너졌다는 뉴스가 나오더군요. 마침 일이 있어 병원 근처에 있다가 생각난 김에 이곳에 온 거죠. 제가 오고 5분쯤 있다가 아저씨가 온 거고요."

김슬기의 이야기를 들은 이대백이 나정현에게 속삭였다.

"자기 병원이 무너진다고 안내장을 보낸 거나, 허가도 받지 않는 실험에 선뜻 동의한 가족들의 태도 모두 수상쩍은 구석이 많은 것 같아. 거기다 나도 그렇고 가족들이 아닌 사람들도 끼어 있어.

나정현의 말에 김슬기도 고개를 끄덕거렸다.

"저도 희우씨와 혈연관계는 아니에요."

알면 알수록 이상한 일들이 많다고 생각한 나정현은 김슬기에게 물었다.

"아까 그러는데 동의서 어쩌고 했는데 그건 무슨 얘기였습니까?"

"희우 씨가 사고로 죽어서 장례를 치르는데 병원장인 차재경 씨가 저한테 말했어요. 박희우 씨 시신을 가지고 모종의 실험을 해야 하는데 동의가 필요하다고요. 그래서 전 가족이 아니라서 못하겠다고 거절했어요. 그런데 며칠 후에 다시 찾아와서는 희우 씨 장례식 비용을 받지 않을 테니 서명해 달라고 하더군요. 마침 희우 씨 집안 형편이 안 좋을 때였고, 부모님들은 동의서에 이미 사인을 했더라고요. 그래서 저도 그냥 서명을 해버렸죠. 사실 돈에 끌린 것도 있고요."

빠르게 움직이던 통로의 불빛들이 문 앞에서 일제히 멈

추는 것을 곁눈질로 본 나정현이 물었다.

"왜 가족도 아닌 사람들의 동의를 받아야만 했을까요?"

그러자 김슬기와 이대백, 그리고 김원섭은 서로 눈길을 주고받았다. 그러다 김슬기가 나정현에게 말했다.

"그건, 우리들이 필요했기 때문이었어요."

활짝 열린 문으로 사람들이 빨려들어갔다. 문 옆에 선 차재경이 어서 오라는 손짓을 하자 네 사람도 뒤를 따랐다. 마지막으로 들어서던 나정현은 문 옆에 붙은 제2배양실이라는 황금색 명판의 글씨를 볼 수 있었다.

맨 처음 나타난 것은 사우나 같은 곳에서 볼 수 있는 로커룸이었다.

"여긴 어딥니까?"

조심스럽게 천장 쪽을 올려다보던 김진수가 차재경에게 물었다.

"여긴 제2배양실입니다. 다양한 생명체에게 엑토플라즘을 주입시키는 실험을 실시하던 곳이죠. 살균실이라서 안에 들어갈 때는 샤워를 하고 무균복과 장화를 신어야 했기 때문에 로커룸이 있는 겁니다."

차재경은 둥근 유리창이 달린 문 앞에 섰다. 그 문은 다른 문처럼 가운데를 밀어서 여는 검은 바가 없었고, 손이 들어갈 만한 크기의 구멍 두 개만 있었다. 그 구멍 안으로 손을 쑥 집어넣고 안쪽을 살피던 차재경의 눈동자가 잠시 멈췄다.

"저기, 주희섭 씨랑 김진수 씨랑 창을 들고 문 쪽을 지켜 주시겠습니까. 아무래도 안에서 뭔가 바깥으로 나간 모양 인데요."

그리고는 딸칵거리는 소리와 함께 문이 열렸다. 다른 문 들과는 달리 두껍고 무거운 재질로 만든 듯 문은 천천히 열 렸다. 안으로 빨려들어간 불빛들은 뭔가 새로운 것을 발견 한 듯 심하게 요동쳐댔다. 뒤따라 들어간 나정현 역시 입을 다물지 못했다.

"이건…"

차재경의 설명이 이어졌지만 그의 귀에 들어오지 않았 다. 배양실 안은 거대한 유리병 같은 것들로 가득 채워져 있었다. 그 안에는 해부된 동물들이 푸른 용액에 잠겨 있 었다. 찌꺼기 같은 것이 떠다니는 푸른 용액 안에 잠겨 있 는 동물들은 하나같이 고통스러운 모습들이었다. 아까 3층 에서 봤던 고양이만한 쥐들과 털이 몽땅 빠지고 살이 짓뭉 개진 모습의 원숭이들, 그리고 사람의 형체와 비슷한 기괴 한 괴물들이 있었다. 푸른 용액이 채워진 유리관 안에는 50 대로 보이는 키 작은 남자가 구부정한 모습으로 서 있었다. 옆에 놓인 거대한 기계들이 쉴 새 없이 규칙적인 기계음을 토해내면서 유리관 안에 산소와 다른 것들을 공급해 주는 것 같았다. 거대한 유리관 앞에 선 나정현이 떨리는 목소리로 차재경에게 소리쳤다.

"사람도 그 다양한 생명체에 들어가는 겁니까?"

"무연고 시신들입니다. 주로 노숙자나 범죄에 관련된 사람들이죠. 그런 시신들은 커대버 ─ 해부실습용 시신 ─ 로 쓰입니다. 여기서도 원래의 목적에서는 크게 벗어나지는 않습니다."

"여기 있는 사람들의 가족과 친구들도 이런 식으로 유리관 안에 개구리처럼 집어넣고 실험을 하고 있었던 겁니까? 내 아들도?"

"당신 아들이나 여기 들어온 분들의 가족들을 위해서 이런 실험들을 반복한 겁니다. 여기 있는 걸 보세요. 여러분들의 가족처럼 완벽한 존재는 없습니다. 당신 앞에 있는 시신은 서울역 화장실에서 죽은 노숙자입니다. 신장은 어디 떼어다가 팔아먹었고, 간은 회복이 불가능할 정도로 망가져 있었죠. 시신 상태가 너무 안 좋아서 커대버로 쓰지도 못할 걸 가지고 실험을 한 겁니다. 당신 아들을 그런 존재와 비교하다니, 부인께서 몹시 서운해 할 겁니다."

차재경의 능글맞은 이야기를 들은 나정현은 폭발하고 말았다.

"내가 모르는 상황에서 내 아들을 실험 대상으로 쓴 건 절대 용서 못 합니다. 아들을 데리고 나가면 당신 각오하는 게 좋을 거요!"

"나 역시 당신의 동의가 있어야 한다고 당신 부인에게 얘기했습니다. 그랬더니 부인께서는 남편은 이런 일에는 도장을 찍어주지 않을 거라고 하더군요. 난 당신 같은 사람을 많이 봤습니다. 스스로의 능력이 부족해서 실패해 놓고서는 주변 탓으로 돌려버리곤 하죠. 상처 입은 자존심을 마음 깊은 곳에 넣어 두고 두고두고 주변 사람들을 괴롭히면서 자신을 위로하는 그런 타입 말입니다."

발끈한 나정현이 그에게 덤벼들려고 했지만 사제 권총을 움켜쥔 이무생이 앞을 가로막았다.

"쪼까 진정 좀 하시지. 당신 아들만 중요한 게 아니니까 말이야."

이대백이 부들부들 떠는 나정현의 어깨에 손을 올렸다. 손끝을 통해서 참으라는 이대백의 의지가 느껴졌다. 그런 나정현을 본 차재경이 다른 일행에게 지시했다.

"이 실험체들은 모두 폐기해야 합니다. 유리관과 연결된 선들을 자르고 기계들만 부수면 됩니다. 어서들 서두르세요."

흩어진 일행은 유리관과 연결된 창으로 연결된 선들을 자르거나 기계를 발로 걷어차서 넘어뜨렸다. 선이 끊어진 유리관에서는 좀 더 세찬 기계음이 울리면서 푸른 물이 천천히 빠져나갔다.

"선생님, 여기 이건 깨져 있는데요."

깨진 유리관을 발견한 이정자의 말에 차재경의 표정이 굳어졌다. 한쪽에 큼지막한 구멍이 뚫려 있는 유리관 주변은 깨진 유리조각과 안에서 흘러나온 것 같은 푸른 용액에 얼룩져 있었다. 깨진 유리관 앞에 선 차재경이 바닥에 떨어진 푸른 물방울들을 눈길로 더듬었다. 점점이 뿌려진 물방울들은 문까지 길게 이어졌다.

"멀리 못 갔을 겁니다. 어서 뒤쫓으세요. 아래층으로 내려갔다가는 여러분들의 가족들이 위험해질 수 있습니다."

차재경의 말에 두 덩치를 선두로 사람들이 바깥으로 뛰어나갔다. 어둠이 익숙해진 탓인지 사람들의 발걸음이 제법 빨라졌다. 뒤에 남은 차재경은 실험체들이 들어 있는 유리관들의 선들을 차례로 잘라내고는 문 옆에 도어락 같이 생긴 번호판을 눌렀다. 삑삑 소리와 함께 도어락이 위쪽으로 열리자 안쪽에 작은 레버가 모습을 드러냈다. 차재경이 레버를 아래로 당기자 천장에서 물이 흐르는 소리가 들렸다. 꾸르륵거리는 소리는 잠시 멈추더니 유리관으로 연결된 파이프를 타고 흘러내렸다. 잠시 후 푸른 용액이 빠져나간 유리관 천장에서 스프링클러처럼 물들이 흩뿌려졌다. 그러자 유리관 안의 실험체들이 지독한 연기를 내면서 녹아내렸다.

"염산입니다. 이렇게 하면 굳이 유리관 안을 청소하지 않아도 되거든요."

유리관이 비워지는 걸 본 차재경이 우두커니 서 있던 나정현에게 말하고는 밖으로 나갔다. 이대백이 넋이 나간 나정현을 끌고 배양실 밖으로 나갔다. 로커룸에서는 차재경이 지시를 내리는 중이었다.

"이무생 씨와 아드님은 이정자 씨와 함께 중앙정원 쪽을 지켜 주세요. 김달호 씨와 윤삼식 씨는 최민우 씨를 데리고 북쪽 구획을 뒤져 보시고, 주희섭 씨와 김진수 씨는 절 따라오세요."

카리스마 넘치는 야전 지휘관으로 변한 차재경은 손가락으로 나정현을 비롯한 네 사람을 가리켰다.

"그리고 당신들은 그냥 여기 남아 있다가 합류해요."

차재경의 지시에 사람들은 일사불란하게 흩어지고 로커룸에는 네 사람만 남았다. 나정현은 어정쩡한 분위기를 뒤로 한 채 어둠에 잠긴 로커룸을 천천히 살펴보았다. 주변의 어둠이 이 안에 어떤 존재가 있다고 속삭이는 것만 같았다.

"뭐가 있어요?"

눈을 동그랗게 뜬 김슬기가 물었지만 실체를 알 수 없는 것들이라 선뜻 대답하지 못했다. 별 것 아니라고 대답한 나정현은 분위기를 바꾸기 위해서 그녀에게 물었다.

"아까 하던 얘기나 마저 합시다. 병원에서 김슬기 씨에게 필요했던 게 뭐였습니까?"

주저하던 김슬기가 대답했다.

"기억이요."

"기억?"

나정현의 반문에 그녀는 고개를 끄덕거렸다.

"네, 동의서에 사인한 날 제 통장에 무려 5천만 원이나 넣었더라고요. 그리고 며칠 후에 전화가 왔어요. 기억을 제공해 달라고요."

"어떤 방식으로요. 여기에 왔던 겁니까?"

"아니요. 무너진 병원 본관으로 오라고 하더군요. 어떤 큰 강의실 같은데 데려가더니 카메라를 들이대고는 얘기를 하라고 했어요. 그날 사고에 대해서요."

"당신과 박희우 씨가 함께 참가했던 철인 3종 경기 중에 일어난 사고 말이지."

중간에 끼어든 이대백의 말에 놀란 김슬기가 되물었다.

"그걸 어떻게 아세요?"

"아들의 죽음에 뭔가 내막이 있는 것 같아서 조사를 하고 있는데 형사 한 명이 찾아왔었지. 무슨 다단계에 얽힌 연쇄살인을 조사하는데 내 아들의 죽음도 관련이 있는 것 같다면서 말이야. 그래서 내 아들은 다단계 같은 거랑은 아무 연관이 없다고 했더니 근래에 벌어진 몇 가지 사고들이 어떤 식으로든 세화병원과 연결되어 있다고 하면서 박희우 씨 얘기도 들려줬었어."

"형사요? 혹시 송기수 경위라는 사람 아니었던가요?"

"맞아. 슬기한테도 찾아갔나?"

"석 달 전 쯤 연락이 온 적 있었어요. 사고랑 이 병원 관련해서 몇 가지 물어볼게 있다고 찾아온다고 했었거든요."

"그래서 만나봤나?"

"아니요. 다시 약속을 잡기로 한 후에는 더 이상 연락이 오지 않았어요. 저도 잊어버렸고요."

나정현은 두 사람의 대화를 주의 깊게 들으며 생각을 정리하려고 애를 썼다. 차재경이 주도하는 실험은 생각보다 더 복잡했다. 대체 어떤 걸 얻고자 이런 어마어마한 임상실험센터를 지어 놓고 실험을 거듭했을까 하는 의문이 들었다.

"함께 들어온 사람들도 좀 이상해요. 놀라기는 했지만 마치 예상했다는 듯 행동하지 않았어요?"

나정현의 이야기에 이대백이 수긍했다.

"자네 말대로야. 어쩐지 이상한 것 같아. 어? 사람들이 다시 돌아오는 것 같은데?"

이대백의 말대로 로커실 안으로 헤드램프의 빛이 쏟아져 들어왔다.

눈이 부신 나정현이 얼굴을 가리고 물었다.

"왜 돌아온 겁니까?"

그러자 제일 앞에 서 있던 주희섭이 말했다

"밖에는 아무것도 없어서요. 이 안 어딘가에 숨어 있는 게 틀림없어요."

"여긴 네가 맡을 테니까 염려 탁 놓고 뒤져들 봐."

문을 가로막은 이무생의 말에 김진수를 비롯한 몇 명이 배양실 안으로 들어갔다. 안이 깨끗하게 비워진 유리관들 사이를 누비며 사냥감을 찾는 그들의 눈빛에는 어느샌가 살인에 대한 쾌감이 안개처럼 자욱하게 드리워졌다. 배양실 안을 샅샅이 뒤졌지만 아무것도 찾지 못한 이들은 하나 둘씩 로커실로 넘어왔다.

"대체 어디 숨은 거지?"

주희섭의 투덜거림에 김달호가 말했다.

"배양실 안에 없으면 로커실뿐이죠. 일단 로커들을 하나 씩 뒤져 봅시다."

김달호가 윤삼식과 함께 오른쪽 벽에 붙어 있는 로커들 의 문을 하나씩 열어젖히기 시작했다. 눈빛을 주고받은 주 희섭과 김진수도 왼쪽 벽에 붙은 로커들을 확인해 나갔다. 그때, 문을 등지고 서 있던 이무생이 화들짝 놀라면서 옆으 로 비켜섰다. 그리고는 낮은 목소리로 속삭였다.

"문 밖에 뭐가 있는 것 같아."

이무생이 아들 이형주의 팔을 붙잡고 덜덜 떠는 사이 문 양쪽으로 갈라선 김달호와 윤삼식이 품속에서 긴 사시미 칼을 꺼내들었다. 서로 눈빛을 주고받은 두 사람이 천천히 검은색 바를 손으로 누르자 나정현은 저도 모르게 침을 꿀 컥 삼켰다. 천천히 문이 열리자 문 위에 켜져 있는 방향지시등의 녹색 불빛이 보였다. 뭔가 있을 것이라고 예상했지만 아무것도 없자 사람들은 안도의 한숨을 쉬었다.

그러나 곧 녹색 불빛에서 조금 떨어진 곳에 여자 아이가 서 있는 것이 보였다. 하얀 곰 인형을 품에 안은 채 당장이라도 울 것 같은 아이의 모습에 두 덩치는 물론 다른 사람들도 어리둥절해 했다. 예닐곱 살쯤 되어 보이는 여자 아이는 호기심 어린 눈길로 로커실 안으로 들어왔다.

"아가야. 여기 왜 있니? 엄마는 어디 있고?"

이정자가 양손을 펼치며 오라는 손짓을 했지만 여자 아이는 주저하는 빛을 보였다.

이무생이 차재경에게 속삭였다.

"선상님, 저 아도 혹시 그 괴물은 아니겠지요?"

"실험에 참여한 환자들 중에는 저 또래 여자 아이는 없었습니다."

두 사람의 대화를 들은 나정현은 속으로 '저 또래 실험 대상은 내 아들뿐이겠지'라고 중얼거렸다. 여자 아이는 주희섭과 김진수 사이에 서서 두 사람을 번갈아 바라보았다. 뭔가 고민하는 표정을 짓던 아이가 김진수에게 다가와 들고 있던 곰 인형을 건넸다. 김진수는 어서 받아보라는 주변의 재촉에 곰 인형을 받아들었다. 그 순간, 여자 아이가 다른 손에 쥐고 있던 메스로 김진수의 팔뚝을 그었다. 팔을 타고 피가 튀었고, 김진수의 얼굴은 아픔보다는 경악으로

가득 찼다. 여자 아이는 곰 인형을 떨어뜨리고 뒤로 물러서
는 김진수를 따라가며 메스를 휘둘러댔다. 놀란 사람들이
아무도 말릴 생각을 하지 못하는 사이 로커가 세워져 있는
벽까지 밀려난 김진수는 아이가 휘두른 메스에 허벅지를
베였다. 고통스러운 비명을 지르며 주저앉은 김진수에게
여자 아이가 싱긋 웃으며 말했다.

"자기야. 옆구리가 뻐근하네."

그 말을 들은 김진수는 눈을 감은 채 외마디 비명을 질렀
다. 여자 아이가 내뱉은 나이에 어울리지 않는 어른스러운
목소리에 놀란 사람들은 꼼짝도 하지 못했다.

"으악! 저리 가! 저리 가란 말이야!"

"사랑한다며?"

피 묻은 메스를 고쳐 잡은 여자 아이가 얼굴을 손으로
가린 채 떨고 있는 김진수에게 다가갔다. 머리 위로 천천히
메스를 들어 올리던 여자 아이의 눈이 번뜩이는 순간 주희
섭이 고함을 지르며 달려들었다. 주희섭이 뻗은 창날은 여
자 아이의 등 한복판에 퍼석거리는 소리를 내며 찔려들어
갔고, 사방으로 형광색 피가 튀었다. 숨을 삼킨 여자 아이
가 메스를 떨어뜨리고는 천천히 고개를 돌렸다. 입가에 튄
형광색 피를 작은 손등으로 닦아낸 여자 아이가 고개를 돌
렸다.

"죽어! 죽어버리란 말이야!"

창을 쥐고 있는 팔에 바짝 힘을 준 주희섭의 절규에 여자아이의 얼굴에는 천천히 고통이 떠올랐다.

"오빠도 날 죽이고 싶었어? 날 사랑한다며?"

이를 악문 주희섭이 창을 비틀자 으드득거리며 뼈가 부서지는 소리가 들렸다. 그러자 여자 아이가 처절한 비명을 질렀다. 고장 난 노래방 마이크에서 나오는 높은 신호음 같은 고음의 비명소리에 로커 안에 있던 사람들은 들고 있던 무기를 떨어뜨리고 귀를 틀어막았다. 창을 떨어뜨린 나정현 역시 두 귀를 양손으로 막아 봤지만 고막을 터트릴 것 같은 고음의 비명소리는 막지 못했다. 그가 쓰러져서 의식을 잃을 때까지 여자 아이의 비명 소리는 그치지 않았다.

– 붕괴 후 8시간 20분 경과, 지하 4층

나정현이 정신을 차린 건 곁에 쓰러진 이대백의 손목시계가 뱉어내는 시끄러운 기계음 때문이었다. 그가 뒷목을 잡고 겨우 몸을 일으키자 다른 사람들 역시 가늘게 뜬 눈으로 주변을 두리번거렸다. 바닥에 널브러져 있던 헤드램프의 빛들이 하나둘씩 허공에 떠오르면서 제각각의 신음소리들이 들렸다. 곁에 있는 이대백과 김슬기, 김원섭이 깨어나는 것을 확인한 나정현은 여자 아이에게 공격을 당했던 김진수를 바라봤다. 이정자가 허벅지에 붕대를 감아 주고 있는 게 보였다. 옆에는 주희섭이 걱정스러운 눈길로 지켜보는 중이었다.

"여자 아이는?"

잔뜩 찡그린 얼굴로 통증을 털어내던 이대백이 물었다. 나정현은 주변을 두리번거렸지만 여자 아이는 어디에도 보이지 않았다.

"안 보입니다. 그 아이도 실험체였을까요?"

"병원장 말이 그런 여자 아이는 실험대상이 아니었다고 했잖아."

"병원장 말은 이제 더 이상 못 믿겠습니다."

시계를 살펴본 이대백이 중얼거렸다.

"그건 나도 마찬가지네만 실험체를 없애기 위해 혈안이 된 사람이 그냥 무심코 넘어간 걸 보면 정말로 아닌 것 같아. 그나저나 벌써 12시 20분이야. 빨라야 내일 새벽에나 여길 빠져나갈 수 있겠어."

"지금이라도 돌아갈까요?"

나정현은 마음속에 불쑥 끼어든 생각을 내뱉었다. 김원섭은 아이와 부인이 죽었고, 김슬기와 이대백은 자신의 가족들이 이곳에 있는 게 아니었으니까 그만 결심하면 넷은 돌아갈 수 있을 것 같았다.

"하지만…."

이대백이 고민하는 사이 차재경의 목소리가 들렸다.

"다들 괜찮으십니까? 다친 사람 없어요?"

그러자 괜찮다는 소리가 여기저기서 들려왔다. 차재경이 마치 설교를 하는 투로 말했다.

"아까 그 여자아이는 실험체의 염력이 만들어 낸 허상입니다. 앞으로 아래로 내려갈수록 이런 일들을 더 겪을 수도 있을 테니까 다들 정신 바짝 차려야만 합니다."

"엑토플라즘에 염력까지, 가지가지 하는군."

나정현은 어처구니가 없었지만, 사람들은 곧이곧대로 믿는 눈치였다.

"그 실험체인가 먼가 하는 것이 우리 송자를 해쳤으면 어쩌죠. 선상님."

울상이 된 이무생의 말에 차재경이 고개를 저었다.

"그럴 염려는 없습니다. 이런 사고를 대비해서 지하 7층 중앙 실험실에 환자들과 보호자들을 대피시켜 놓으라는 지침을 내려놓았습니다."

"만약에 못 들어갔으면요? 우리 송자는 몸이 너무 약해서 혼자서 걷지도 못하는데요."

"맞은편 구획에 중앙 통제실이 있습니다. 그곳에 가면 생체 반응을 확인할 수 있을 겁니다."

차재경의 말에 이무생은 글썽거리는 눈물을 닦아내면서 일어나다가 비틀거리고 말았다. 곁에 있던 이형주가 부축해주었다.

"어서 갑시다. 이 극악스러운 괴물한테서 가족들을 구해내야 허지 않겠소?"

이무생의 말에 사람들은 한 명씩 문을 빠져나갔다. 바닥에 침을 뱉은 이대백이 김원섭을 부축한 채 걸어 나갔다.

그 뒤를 따르던 나정현은 마지막으로 로커룸을 둘러봤다. 김진수와 주희섭, 김달호와 윤삼식의 눈에 열어젖힌 로커 말고 다른 하나의 문이 살짝 열려진 것이 들어왔다. 잠깐 의문이 들었지만 어서 오라는 이대백의 말에 나정현은 서둘러 밖으로 나갔다. 일행은 차재경을 따라 통로 맞은편의 중앙 통제실 문을 열고 들어갔다. 문 안은 수백 개의 작은 모니터들이 다닥다닥 붙어 있는 것이 보였다. 모니터 위에는 층수와 어느 구획 혹은 몇 번 병실인지가 표시되어 있었지만 전력이 끊어진 탓인지 모두 꺼져 있었다.

"이래 가지고는 생사를 확인할 수 없잖아요."

그러자 차재경은 구석에 놓인 커다란 모니터 앞에 섰다. 모니터 구석의 단추를 누르자 여섯 개의 칸으로 분할된 검은 화면이 살아났다.

"이건 전원이 차단될 때를 대비해서 만들어놓은 비상감지 장치입니다. 여기 위의 제일 오른쪽이 7층의 중앙 실험실 모니터입니다. 여기, 그리고 여기 파란색 점들이 보이죠? 누구라고 확실히 말씀드릴 수는 없지만 적어도 스무 명 이상의 생존자들이 여기 모여 있습니다."

"여기 아래 칸에서 왔다 갔다 하는 녹색 점들은 뭡니까?"

모니터에 바짝 눈을 갔다댄 김달호가 물었다.

"그건 여러분들의 가족들을 치료하기 위해 만들었던 피실험체들입니다."

그러자 뒤에서 지켜보던 나정현이 물었다.

"왜 우리들을 공격했던 거죠? 우릴 증오하거나 미워할 만한 이유라도 있었던 겁니까?"

"실험이 거듭되면서 피실험체들도 인격을 가지게 되었습니다. 그들은 자신이 다른 환자들을 살리기 위한 실험체에 불과하다는 사실에 매우 불만을 가졌고, 그 전에도 종종 문제를 일으켰었습니다."

"피실험체가 인격을 가지게 되었다고요?"

나정현의 반문에 차재경이 차분하게 답했다.

"배양된 엑토플라즘으로 만든 피실험체들 중에는 종종 당사자의 생김새나 기억을 공유하는 경우가 생깁니다. 하지만 아까 봤던 것처럼 그들은 자신들이 가지지 못한 것에 대해서 극도의 증오심을 가지고 있습니다. 그들을 모두 처리하지 않으면 여러분의 가족들 모두 위험해질 수 있습니다."

"결국 우리들을 끌고 온 목적은 실험체를 없애기 위해서였습니까? 그런 일이라면 경찰이나 군대에게 도움을 요청

했어야죠."

"아따, 나이도 먹을 만큼 먹은 사람이 왜 이리 융통성이 부족혀. 생각 좀 혀 봐. 군바리가 총 들고 딱 여길 들어오면 누가 실험체고 누가 가족인지 어찌 구분혀. 그 무식한 놈들이 닥치는 대로 총질을 허면 그 눈먼 총알에 누가 죽을지 어찌 알아?"

"제발 나서지 좀 마세요. 아버지."

이무생이 눈을 부라리며 나서자 아들 이형주가 만류했다. 그리고 차재경에게 물었다.

"저, 입원 환자 가족들도 그 실험실인가 뭔가에 함께 대피해 있는 겁니까? 은혜도 거기 있는 건가요?"

"일단 생체 반응을 보이는 존재들이 있는 건 확실합니다. 누가 누구인지는 직접 가서 확인해 봐야지 명확해질 겁니다."

팔짱을 낀 채 차분하게 대답한 차재경이 굳은 표정으로 말했다.

"물론 이번 일에는 이해하지 못할 부분들이 많이 있습니다. 하지만 전 아버지의 뜻을 이어받아 최선을 다했습니다. 그러니 부디 비난은 잠시 접어주시고, 일단 가족들부터 구하십시다. 아까 봤던 것처럼 실험체들이 어떤 식으로 훼방을 놓을지 모릅니다."

"암요. 뭉치면 죽고 흩어지면 죽는 거여. 이럴 때 딴지 거는 놈들은 일찌감치 조져 놔야지 나중에 후환이 안 생기는 겨. 암."

이무생이 거친 눈빛으로 나정현을 노려보면서 말했다. 들어오기 전까지만 해도 평범한 소시민처럼 보였던 이들이 어둠속으로 들어오면서 한없이 광포해져 버렸다.

"그만들 합시다. 호시탐탐 우릴 노리는 놈들이 바깥에서 우글거리는데 우리끼리 싸워봤자 좋을 거 없습니다."

김진수와 눈빛을 주고받은 주희섭의 말에 다들 고개를 끄덕거렸다. 나정현도 한발 물러서는 수밖에는 없었다.

"그런데 괴물들이 아까처럼 이상한 소리를 질러서 우릴 기절시킨 다음에 공격하면 어쩝니까?"

여전히 힙합 모자를 삐딱하게 쓴 최민우의 말에 차재경은 안심하라는 표정을 지었다.

"놈들이 우릴 고통스럽게 하고 괴롭힐 수는 있어도 어마어마한 능력을 가진 것은 아닙니다."

불안이 만들어낸 믿음, 사람들은 차재경의 달콤한 속삭임에 이성이 마비되어 버린 듯 앞뒤가 맞지 않는 설명도 그냥 받아넘겼다. 안경을 고쳐 쓴 김원섭을 부축한 나정현이 이대백에게 속삭였다.

"이러다 무슨 일이라도 터질 것 같은데요."

"일단 지켜보는 수밖에는 없겠네. 어차피 제일 아래층까지 가야지만 해답이 나올 것 같으니까 말이야. 길이 하나밖에 없다면 잘못된 길이라도 가야지. 별 수 있겠나."

이대백은 쓴웃음을 지었다. 권총을 든 이무생을 선두로 사람들은 천천히 수색해 나갔다. 특히 다친 김진수와 주희섭이 눈에 띄게 앞장섰다. 처음 봤을 때는 미묘한 거리감이 있었는데 아까 소녀를 만나고 잠깐 이야기를 주고받더니 세상에 둘도 없는 친구처럼 굴었다. 마지막 서쪽 구획으로 접어들 무렵 낯선 소리가 들려왔다.

살아있는 생물의 메마른 하울링 같은 소리를 들은 일행은 바짝 긴장했다.

"저쪽이네. 다들 준비들 합시다."

김진수의 속삭임에 바짝 긴장한 사람들이 마른 침을 삼켰다. 거리가 가까워지자 노랫소리로도 들렸다. 소리는 그 구획의 중앙에 자리 잡은 가장 큰 방에서 들렸다. 메스에 베인 다리를 절룩거리며 김진수가 문 가운데 달린 검은 바를 눌렀다. 털컹거리며 문이 열리자 노랫소리는 더 명확하게 들려왔다.

"여기야. 확실해."

김진수의 말이 채 끝나기가 무섭게 주희섭이 문을 세차게 걸어찼다.

어둠속을 울리는 쾅 소리가 채 가시기도 전에 방 안으로 쏟아져 들어간 사람들은 어둠 한 구석에 오롯이 자리한 푸른빛과 그림자를 보고는 할 말을 잃었다. 어둠속에서는 홍얼거리는 노랫소리가 계속 들려왔다. 다른 사람들처럼 숨을 죽이고 있던 나정현은 그것이 결혼식 때 쓰는 행진곡이라는 사실을 알아차렸다.

일행과 등지고 있던 그림자가 천천히 몸을 돌렸다. 바스락거리며 바닥에 옷이 끌리는 소리가 들리면서 그림자가 돌아서자 사람들의 눈은 더욱 커졌다. 그림자의 정체는 웨딩드레스 차림의 여인이었다. 눈처럼 하얀 웨딩드레스를 입은 여인의 얼굴은 온통 상처투성이였고, 마스카라 탓인지 얼굴엔 검은 눈물이 흐르고 있었다. 그리고 두 손을 꼭 마주잡은 채 행진곡의 음절을 연신 뱉어내고 있었다. 경쾌하고 행복이 가득한 행진곡이었지만 그녀의 입을 통해 들리는 소리는 끔찍하고 음울했다. 그녀의 노랫소리가 커질수록 방 안은 점점 환해졌다. 그녀의 몸에서 뿜어져 나오는 푸른빛이 방 안을 가득 채운 것이다. 빛 속에는 먼지 같은 것이 떠다녔는데 자기들끼리 부딪치면 빠지직거리는 소리를 내면서 작은 불꽃을 튀겼다. 먼지들은 점점 많아지면서 사람들 몸에도 부딪치기 시작했다. 그러면 사람들은 전기가 오르는 것처럼 움찔했다. 그녀의 반복되는 행진곡 소리에 맨 먼저 반응을 보인 것은 김진수였다.

"아니야! 넌 미애가 아니야! 죽은 걸 내 눈으로 직접 봤는데 어떻게 살아 있는 거야?"

검은 눈물을 흘리는 그녀의 퀭한 시선이 울부짖는 김진

수 옆에 우두커니 서 있던 주희섭에게 향했다.

"당신이 날 어떻게 생각했는지는 잘 알고 있었지만 난 당신과 결혼하고 싶었어요. 그래서 저 사람에게서 도망치고 싶었죠. 결혼한 여동생을 건드리지는 않을 테니까요. 그렇죠, 오빠?"

그녀는 어린 아이처럼 두 손으로 눈을 가린 채 엉엉 울었다. 주희섭은 충격을 받았는지 무릎을 꿇고 말았다. 온 몸을 부르르 떨던 김진수가 겨우 정신을 차리고 말했다.

"내가 정말 잘못했어. 아버지가 부도를 내고 잠적해 버리는 바람에 내 월급이 몽땅 차압당했던 거 알지? 내가 잠깐 정신이 어떻게 되었던 것 같아. 그래서 정말 뉘우치는 마음으로 당신을 살릴 수 있는 실험에 동참했던 거야. 날 용서해 줘."

검은 눈물의 그녀에게 다가간 김진수는 포옹할 것처럼 두 팔을 넓게 벌렸다. 몇 발자국 떨어진 거리까지 다가간 김진수의 오른손이 내려갔다. 호주머니에서 사제 권총을 꺼낸 김진수가 그녀의 아랫배에 총구를 들이대고는 방아쇠를 당겼다. 폭발음 대신 펑 하고 풍선 터지는 소리가 들렸다. 검은 눈물의 그녀는 믿기지 않는 눈으로 자신의 아랫배를 내려다보면서 벽을 짚었다. 눈처럼 하얗던 웨딩드레스의 한복판은 총알이 만들어 낸 검은 구멍으로 얼룩져 있었다. 그 구멍으로 형광색 피가 번져 나오면서 웨딩드레스

는 점차 형광색으로 물들어갔다. 꽃처럼 접혀져 있던 웨딩
드레스의 주름이 연기와 형광색 피에 차츰 녹아내려 갔고,
벽을 짚은 그녀의 몸도 천천히 녹아내려 갔다.

땀을 비 오듯 흘린 김진수는 연기가 펄펄 나는 권총을 쥔
손으로 이마의 땀을 닦았다. 일행을 향해 돌아서는 그의 얼
굴에는 끝났다는 안도감이 서려 있었다. 나정현은 웨딩드
레스를 입은 그녀가 천천히 일어서는 광경을 소리 없이 지
켜보았다. 형광색 피와 검은 액체에 적셔진 웨딩드레스는
기괴해 보였다. 발걸음을 떼려던 김진수는 등 뒤의 이상한
기척을 느꼈는지 표정이 굳어졌다. 걸쭉한 형광색 피에 젖
은 그녀의 팔이 천천히 그의 목을 향해 다가갔다. 비닐 우
의 위에 떨어진 형광색 피가 치직거리며 녹아들어 갔다. 김
진수는 고개를 옆으로 천천히 돌리면서 말했다.

"미애야. 날 이해해 줘. 그때는 그 방법밖에는 없었어."

형광색으로 물든 그녀의 팔이 김진수의 몸통에 채찍처
럼 감겼다. 팔과 닿은 비닐 우의가 하얀 연기를 토해내면서
녹아내렸다. 김진수가 처절한 비명을 지르면서 팔을 뿌리
치려고 했지만 그럴수록 몸속으로 더 파고들었다. 그가 지
르던 비명조차 녹아내려 가는 것 같았다. 지글대며 녹아가
는 몸통은 누구의 것인지 구분이 가지 않을 정도로 섞여 버
렸다. 검게 녹아내린 몸통이 앞으로 넘어졌다. 거품처럼 부
글거리던 얼굴이 풍선처럼 펑 터지면서 이빨과 눈알이 바

닥에 굴렀다. 사람들은 비명을 지르며 방을 빠져나갔다. 그때 주희섭의 비명소리가 들려왔다.

"바, 발이 안 떨어져! 도와줘!"

바닥에 흐른 형광색 액체가 주희섭이 신고 있던 신발을 부글거리면서 녹이고 있었다. 문가를 넘어간 사람들이 어쩔 줄 몰라 하는 가운데 방 안을 떠돌던 먼지들이 마치 자석처럼 서로 달라붙으면서 불꽃들을 만들어 냈다. 그런 가운데 주희섭이 절규했다.

"살려줘!"

그의 절규가 마치 신호인 것처럼 먼지들이 그의 몸에 들러붙었다. 불꽃들이 튀면서 입고 있던 비닐 우의에 구멍을 내기 시작했다. 주희섭은 두 손으로 얼굴을 가리면서 소리쳤다.

"내가 잘못했어. 미애야. 살려 줘. 살려 줘!"

주희섭의 몸에 붙은 불꽃들이 점점 커져갔다. 그러다 몸에 불이 붙었고, 순식간에 불에 녹아내린 주희섭은 김진수와 그녀가 녹아내린 바로 옆에 쓰러졌다.

방을 빠져나온 사람들은 헛구역질과 비명을 내지르면서 단숨에 중앙정원까지 도망쳤다. 중앙정원에 도착한 후에도 사람들은 정신을 차리지 못했다. 바로 곁에 서 있는 사람과 옷자락만 스쳐도 화들짝 놀라 창을 겨눴고, 아무것도 없는 어둠속에 뭔가 숨어 있는 것 같다며 신경질적인 눈길을 던졌다. 무질서하게 쏟아지는 헤드램프의 불빛들이 어둠을 통째로 관통한 중앙정원을 어지럽혔다. 경악에 찬 혼돈은 콧물을 훌쩍거리며 거친 고함을 지른 윤삼식의 호통이 들릴 때까지 계속되었다.

"제발 그만들 좀 울어! 안 그치면 다 사시미로 살점을 떠 버릴 거야!"

유리난간에 몸을 기댄 채 어둠을 쳐다보던 김슬기가 구역질을 했다. 주르륵 쏟아진 위액이 깊은 어둠 아래로 쏟아져 내렸다. 곁으로 다가간 나정현이 등을 토닥거려 주자 그녀는 괜찮다는 표정을 지었다. 이대백이 메고 있던 가방에서 생수를 꺼내서 넘겨주었다. 생수를 넘겨받은 김슬기는 단숨에 물통을 비워버리고는 거센 한숨을 내쉬었다. 그 사이 아들의 부축을 받은 이무생이 차재경에게 따지듯 물었다.

"아이고, 이게 어찌된 일이래요. 그 실험체인가 뭔가 하는 거 별거 아니라면서요."

이형주까지 아버지의 물음에 가세했다.

"아까 보니까 두 사람 모두 그 여자를 알고 있었던 것 같던데요. 설명을 좀 해주시겠습니까?"

"아까 본 웨딩드레스 차림의 실험체는 엑토컬쳐입니다."

차재경의 말에 나정현이 중얼거렸다.

"엑토컬쳐?"

"엑토플라시즘을 배양해서 만든 최종 실험체입니다. 정

확한 이유는 밝혀지지 않았지만, 엑토컬쳐들은 기억의 극히 일부분을 지니게 되었습니다."

"그러니까 여기 입원한 환자들에게서 추출한 엑토플라시즘으로 만들어진 게 바로 엑토컬쳐라는 말씀이시군요. 그리고 불안전한 기억 때문에 공격적인 행동을 보이는 거고요."

조용히 듣고 있던 나정현이 묻자 차재경이 고개를 끄덕거렸다.

"그렇습니다."

"또 숨겨둔 게 있으십니까? 뭔가 사건이 터지거나 누군가 죽어야만 하나씩 말씀을 하시곤 해서요."

나정현의 공격적인 물음에 차재경은 잔잔히 웃으며 대답했다.

"제가 밖에서 이런 말씀을 드렸다면 여기 계신 분들 중단 한 명도 저를 따라 여기에 들어오시지 않았을 겁니다."

"그랬다면 이유리 씨와 주희섭 씨, 그리고 김진수 씨는 죽지 않았겠지요."

나정현의 목소리는 점점 더 높아져 갔다.

"당신 부인은 오직 아들에 대한 사랑만으로 이번 실험에 동참하셨습니다. 하지만 벌써 당신부터 그런 의구심을 가지고 이번 실험을 부정적으로만 보려고 합니다. 가족조차 이런데 어느 누가 실험에 동참한 사람들의 뜻을 헤아리고 이해해 주길 바라겠습니까?"

차재경은 침묵을 지키는 사람들 사이를 천천히 지나가면서 말했다.

"전 여러분들이 단지 돈 때문에 가족들을 이번 실험에 참여시켰다고는 믿지 않습니다. 하지만 세상 사람들은 그렇게 생각하지 않을 겁니다. 우린 지금 절반이나 내려왔습니다. 이제 3층만 더 내려가면 환자들을 구출해서 바깥으로 나갈 수 있단 말입니다. 선택은 여러분들이 하십시오. 지금 포기하고 돌아가도 비난하거나 책임을 묻지 않겠습니다."

차재경은 할 말을 다했다는 듯 사람들에게서 몸을 돌렸다.

"마치 악마 같아요. 혀끝으로 사람들을 조종하는…."

나정현의 속삭임에 김원섭은 눈을 감고 고개를 끄덕거렸다. 나지막하게 웅성거리던 사람들은 나가자는 쪽과 끝까지 가보자는 쪽으로 갈렸다. 그 모습을 지켜보던 이대백이 나정현에게 물었다.

"어떻게 할 거요?"

"아내와 아들을 데리고 나갈 겁니다.

"아까 같은 괴물이 되어 있어도?"

시계를 힐끔 들여다본 이대백이 재차 묻자 나정현은 말문이 막혔다. 침을 꿀꺽 삼킨 그가 대답했다.

"차재경의 말대로라면 아까 그 여인은 엑토플라시즘을

배양한 실험체라고 했잖습니까."

"아직도 차재경의 말을 믿고 있는 겁니까?"

힐난하는 듯한 이대백의 말에 나정현은 고개를 저었다.

"물론 다 믿지는 않습니다. 하지만 아내는 살아 있습니다. 아들의 생사가 불분명하지만 제 눈으로 직접 확인하기 전까지는 돌아가고 싶지 않습니다. 그게 아버지나 남편으로서 해야 할 일이라고 믿습니다."

어둠이 용기를 가져다 주는 것일까? 한 겨울에 가게 밖에서 얼어 죽은 참새만 봐도 하루 종일 밥이 안 넘어가던 나정현은 벌써 세 번의 죽음과 기괴한 실험체들의 소멸을 보고도 담담해 하는 자신의 변화가 놀라웠다.

나정현을 비롯한 이대백과 김슬기, 김원섭이 남겠다고 일치감치 의견을 모은 가운데 최민우와 이정자, 그리고 이무생은 돌아가겠다고 고집을 부렸다. 반면 김달호와 윤삼식, 이형주는 계속 가겠다는 쪽으로 남았다. 그러자 팔짱을 끼고 양쪽의 설전을 지켜보던 차재경이 나섰다.

"돌아가겠다고 하신 분들은 계단을 타고 곧장 지하 1층까지 올라가세요. 방향지시등만 따라서 가면 출구 쪽으로 갈 수 있을 겁니다. 출입구는 내일 아침 7시에 자동으로 개방됩니다. 지금이 새벽 1시가 조금 넘었으니까 6시간만 기다리시면 됩니다."

"뭐라고요? 오 마이 갓! 그럼 그때까지 갇혀 있어야 한다는 뜻인가요?"

최민우가 머리를 쥐어뜯으며 망연자실해 했다.

"미안합니다만 이해해 주세요. 무슨 일이 벌어질지 몰라서 취한 조치였습니다."

입으로는 미안하다는 말을 했지만 차재경의 입가에는 세 명을 향한 조소가 걸려 있었다. 위로 올라가도 바로 나갈 수 없다는 말에 세 사람의 결심은 흔들리는 것 같았다. 하지만 주저하던 그들은 결국 입구까지 가서 내일 새벽까지 기다리기로 했다. 차재경이 작별을 하고 헤어지려는 그들에게 다시 말을 건넸다.

"이왕 올라가실 거면 나선계단 말고 비상통로로 올라가시는 게 어떻겠습니까?"

"왜요? 선생님."

남겠다고 하는 아들에게 함께 가자고 설득하던 이무생이 물었다.

"거동이 불편한 환자들이 많으면 나선계단보다는 비상계단을 이용해야 하기 때문이죠. 문을 지나갈 때마다 이 매직으로 커다랗게 엑스 자를 표시해 주세요. 그럼 행운을 빕니다."

차재경에게 검은 매직펜을 넘겨받은 이무생은 엉겁결에 고개를 끄덕이고는 다른 두 사람과 함께 북쪽 통로로 이동했다. 그들이 멀어져 가자 남겠다고 한 사람들이 물끄러미 바라봤다. 그들도 마찬가지인 듯 몇 번이고 이쪽을 돌아보는 것이 느껴졌다. 서로를 이어 주던 헤드램프의 빛줄기가 멀어지면서 어둠이 그 사이를 메워 버렸다. 세 명이 떠난 후에도 나머지 사람들은 한동안 움직이지 못했다. 오직 홀쩍거리는 빛이 사라진 후에도 저벅저벅 걷는 발소리와 비상문을 여는 삐걱거리는 소리가 들려왔다. 침묵과 어둠을 깨고 차재경이 말했다.

"이제 우리도 슬슬 움직이죠."

차재경의 말에 출발 준비를 하던 사람들은 어둠을 뚫고 들려오는 포효에 그대로 얼어붙었다. 오랑우탄이나 고릴라가 우는 것 같은 소리는 통로를 타고 흐르다가 사라졌다. 점점 더 커진 포효는 마치 모든 벽과 통로들이 울부짖는 것 같은 착각을 불러일으켰다. 김달호가 차재경에게 물었다.

"저게 무슨 소립니까?"

"피실험체들이 내는 소립니다. 지금까지 이런 적은 없었는데…."

이번에는 차재경도 불안해 하는 눈치였다. 중앙정원의 유리난간 주위로 몰려든 사람들은 어찌할 바를 몰랐다. 그런 가운데 서쪽 통로 쪽에서 짙은 그림자들이 나타났다. 여덟 개의 헤드램프가 불안하게 요동치는 가운데 윤삼식이 김달호에게 물었다.

"저게 뭡니까, 형님?"

그러자 침을 탁 뱉은 김달호가 대꾸했다.

"씨발! 나도 몰라."

불빛에 잡힌 그것은 사람만한 크기였다. 두 발과 다리를 가지고 있는 것이 보였지만 얼굴에 눈과 코가 제대로 붙어 있지 않았다. 한쪽 귀에 거의 닿을 정도로 돌아간 입에서 처절한 포효를 내지른 괴물의 어깨 너머로 다른 그림자들도 보였다.

"반지의 제왕에 나오는 오크 같아."

이형주의 중얼거림을 뒤로 하고 김슬기가 창에 달린 플래시로 다가오는 괴물들을 비춰보더니 다급하게 소리쳤다.

"한 놈이 아니라 무리를 지어 오는 것 같은데요?"

"으악! 저쪽에도 있어요."

무심코 남쪽 통로를 돌아본 김원섭이 비명을 질렀다. 그의 말대로 남쪽 통로에도 그림자들이 우글거렸다. 아래층에서도 울부짖는 소리가 들려왔다. 양쪽에서 쏟아져 나오는 괴물들과 중앙정원에서 맞붙는다면 결과는 뻔해 보였다. 나정현은 북쪽 통로를 창으로 가리키면서 말했다.

"원섭 씨. 저쪽 끝이 엘리베이터 맞아요?"

"네."

"그럼 최소한 뒤통수 맞을 일은 없겠군요. 다들 따라오세요."

어딘가로 도망칠 곳을 찾던 사람들은 나정현의 말이 떨

어지기가 무섭게 북쪽 통로로 뛰었다. 복도 끝에는 차가운 엘리베이터 문이 기다렸다. 숨이 찬 듯 무릎에 두 손을 대고 헉헉대던 이형주가 외쳤다.

"안으로 들어가서 문을 잠가 버리는 게 어떨까요?"

그러자 김원섭이 고개를 저었다.

"엘리베이터 문은 잠금장치가 없어서 바깥쪽에서 밀면 그냥 열릴 거야."

사람들은 엘리베이터를 등지고 스산한 바람이 밀려오는 통로를 노려보았다. 잠시 후, 괴물들이 통로에 하나둘씩 나타났다. 김슬기가 권총으로 괴물들을 겨냥한 채 방아쇠를 당겼다. 불꽃과 함께 요란한 폭음이 들렸지만 괴물들은 멀쩡하게 다가왔다.

"빌어먹을, 야! 어서 장전해!"

김슬기에게 권총을 넘겨받은 이형주가 서둘러 약실 안에 볼트로 만든 총탄을 쑤셔 넣었다. 괴물들에게서 풍겨오는 지독한 악취가 코를 찔렀다. 김달호와 윤삼식, 이대백, 그리고 나정현과 김원섭이 나란히 서서 앞쪽의 어둠을 향해 창을 겨누었다. 김슬기가 두 번째로 발사했고, 으르렁거리는 괴성 하나가 뚝 그쳤다. 하지만 괴물들은 멈추지 않고 다가왔다. 가운데 선 이대백이 좌우를 둘러보며 소리쳤다.

"물러서지 말아요. 한 번 밀리면 끝장이니까 절대 밀리면 안 돼요."

괴물들이 창끝에 닿을 정도로 가까이 다가왔을 때 김슬기가 세 번째로 총탄을 발사했다. 괴물의 머리가 퍽 하는 소리와 함께 절반 넘게 날아갔다. 쓰러진 괴물은 눈 깜빡할 사이에 형광색 액체의 늪으로 변해 버렸다. 가까이 다가온 괴물들은 으르렁대며 창끝을 밀어내려고 했지만 창을 들고 나란히 서 있는 남자들은 필사적으로 버텼다.

이대백이 갈고리 같은 손톱을 휘두르던 괴물의 가슴팍에 있는 힘껏 창날을 쑤셔 넣었다. 쥐처럼 찍찍거리는 소리를 내며 펄쩍거리던 괴물은 터진 가슴에서 쏟아져 나오는 형광색 액체를 사방으로 뿌려대다가 쓰러지고 말았다. 먼지 하나 없이 매끈하던 바닥은 괴물들이 흘린 형광색 피에 얼룩져 갔다. 열 마리가 되는 괴물들이 창날과 사제 권총에 희생당하자 기세가 한풀 꺾였다.

"죽어라! 죽어!"

창을 내동댕이친 김달호가 품속에서 꺼낸 사시미 칼을 양손에 꺼내 들었다. 그러고는 괴물에게 달려들어 단숨에 옆구리를 베어 버렸다. 팔과 다리가 비정상적으로 긴 대신 몸통은 작았던 괴물은 버둥거리며 옆으로 쓰러졌다. 쓰러진 괴물을 발로 밟아서 으깨 버린 김달호는 두 팔을 휘두르며 달려드는 괴물을 상대했다. 오른손에 쥔 긴 사시미를 이리저리 흔들어대던 김달호는 괴물의 한쪽 팔을 쳐냈다. 잘려진 팔뚝에서 형광색 액체와 검은 연기가 피어올랐고, 괴물은 고통스러운 비명을 지르며 쓰러졌다. 양손에 칼을 쥔 김달호는 흔들리는 괴물들 틈을 파고들면서 닥치는 대로 칼을 휘둘렀고, 그때마다 괴물들은 비명을 지르며 쓰러졌다.

나머지 일행은 입을 벌린 채 김달호가 혼자서 열 마리가 넘는 괴물들을 쓰러뜨리는 광경을 지켜보았다. 김달호의 칼날에 쫓긴 괴물들이 통로 끝까지 밀려났다. 그 사이 전기충격봉을 꺼낸 윤삼식이 바닥에서 꿈틀대는 괴물들을 지져댔다. 굵은 코일이 감겨져 있는 전기충격봉은 파직거리는 소리를 내면서 전류를 흘렸고, 그때마다 자욱한 연기와 함께 괴물들의 신음소리가 사라졌다. 통로 끝까지 괴물들을 밀어붙이던 김달호가 뭔가를 보고는 다시 일행 쪽으로 도망쳐왔다.

"젠장, 송아지만한 셰퍼드야."

잠시 후, 살의를 잔뜩 품은 으르렁거림이 들려왔다. 김달호의 말대로 거의 송아지만한 셰퍼드가 통로의 어둠을 등진 채 모습을 드러냈다. 원숭이처럼 털이 거의 다 빠지고, 시뻘건 몸통과 푸른 핏줄을 드러낸 셰퍼드는 천천히 다가왔다. 두 눈에서는 형광색의 깊은 불길이 일렁거렸다. 그 사이 장전을 마친 김슬기가 발사했지만 벽에 튕긴 총탄은 어둠속으로 사라져 버렸다. 셰퍼드의 날카로운 이빨은 창날 따위로는 도저히 막을 수 없을 것 같았다. 그들은 천천히 뒷걸음질을 쳤다. 그때 나정현이 외쳤다.

"화염 방사기!"

그러자 김슬기의 사제 권총을 장전해 주던 이형주가 화염 방사기를 움켜쥐고 노란 다이얼을 돌렸다. 그 상태에서 셰퍼드를 겨눈 이형주가 외쳤다.

"저리 가! 이 괴물아!"

화염 방사기에서 어마어마한 화염이 터져 나왔다. 화염을 뒤집어 쓴 셰퍼드가 미친 듯이 으르렁거리다가 벽에 머리를 박았다. 셰퍼드를 태워 죽인 것을 끝으로 싸움은 끝이 났다. 복도는 괴물들이 녹아내리고 부서진 흔적들로 가득했다. 벽과 바닥의 형광색 피에서는 지독한 악취가 풍겨 나왔다. 사람들은 손으로 입을 가렸다. 나정현은 고개를 돌려서 엘리베이터 문 앞에 서 있는 차재경에게 물었다.

"이런 실험체들이 얼마나 더 있습니까? 다시 한 번 이런 식으로 몰려들면 버틸 재간이 없는데요."

"움직일 수 있는 피실험체라고 해봐야 스무 개가 넘지 않아요. 더군다나 이런 식으로 집단행동을 할 거라고는 전혀 예상하지 못했습니다."

차라리 차재경이 거드름을 피우면서 별 것 아니라고 말하길 기대했던 나정현은 절망감에 가슴이 무거워졌다. 도망치기에는 너무 깊게 내려와 버렸다.

"다시 돌아가기에는 너무 멀리 왔어요. 거기다 놈들이 그곳까지 쫓아온다면 정말 구석에 몰린 쥐 꼴이 될 겁니다."

김달호가 형광색 피가 잔뜩 묻은 사시미 칼을 손수건으로 닦으면서 이야기했다. 이마에 배어난 땀을 닦아내려고 안전모를 살짝 들어 올리던 나정현은 또 다시 들리는 소름 끼치는 포효에 그대로 굳어 버렸다.

"저 소리는….."

맥이 탁 풀린 것 같은 이대백의 목소리가 힘없이 들려왔다. 포효는 아까 죽은 괴물들이 내지르는 소리만큼이나 크게 들렸다. 창을 고쳐 쥔 나정현이 말했다.

"일단 움직입시다."

사람들은 중앙정원 쪽으로 걸어 나가면서 주변을 두리번거렸지만 헤드램프의 빛에는 아무것도 잡히지 않았다. 김슬기가 유리난간을 밀고 계단을 통해 아래층을 살폈다. 그러더니 고개를 절레절레 저었다.

"아래쪽에 뭔가 있는 것 같아요."

김슬기의 옆으로 다가간 나정현도 허리를 굽혀서 아래층에 귀를 기울였다. 괴물들의 울음소리가 들렸다.

"안되겠어요. 다른 쪽으로…"

"조심해요!"

김슬기가 힘껏 잡아당겼다. 깜짝 놀란 나정현은 위에서 아래로 뭔가 떨어지는 것을 보았다. 그리고 지금까지 들었던 그 어떤 포효보다 더 거대한 울부짖음이 들려왔다. 나정현이 다급하게 말했다.

"젠장! 위층도 안 되겠어요. 비상계단으로 내려갑시다."

"이쪽으로 오세요."

비상계단이라는 말에 김원섭이 일행을 동쪽 통로로 끌고 갔다. 선두에서 달리던 김원섭이 비상계단의 문을 확 잡아당기자 축축한 바람이 계단을 타고 역류했다. 비상계단을 내려가려던 김원섭의 어깨를 잡은 이대백이 들고 있던 창의 플래시를 켰다.

"내가 앞장설 테니 따라와요."

이대백이 창에 매달린 플래시로 계단을 비추자마자 날카로운 으르렁 소리가 터져 나왔다. 계단 중간 턱 구석에 웅크리고 있던 괴물이 빛 속에 떠올랐다. 긴팔을 가진 외눈박이 괴물이었다. 나정현은 이빨을 드러내며 으르렁거리는 괴물을 향해 신중하게 창을 겨누었다. 그리고 창대의 중간에 달린 검은색 스위치를 눌렀다. 생각보다 강한 반동이 느껴졌다. 총알처럼 날아간 창날은 괴물의 앙상한 가슴팍에 틀어박혔다. 벽까지 밀려간 괴물은 이대백의 창이 목줄기를 꿰뚫자 그대로 쓰러져서 녹아내렸다. 일행은 녹아내리는 괴물의 곁을 지나쳐 다음 층에 도달했다.

"그대로 내려가요? 아니면 통로로 나갈까요?"

김원섭의 물음이 채 사라지기도 전에 이형주가 비명을 질렀다.

"저기 아래, 괴물들이요. 잔뜩 있는 것 같아요."

계단의 난간 틈 어둠들 사이로 형광색 점들이 번쩍거렸다. 선택의 여지가 또다시 사라져 버렸다.

"일단 통로로!"

나정현의 외침에 이대백이 조심스럽게 비상출입문을 열고 통로 안쪽을 살폈다. 그러는 동안 일행은 아래쪽을 응시했다. 통로를 살펴보던 이대백이 어서 오라는 손짓을 하자 사람들은 차례로 통로를 빠져나갔다. 제일 마지막으로 통로로 빠져나간 나정현은 비상계단의 철문을 닫고 창날이 빠진 창을 비스듬히 걸쳐놓았다. 지하 5층의 동쪽 통로로 나온 일행은 양쪽 벽에 붙은 채 조심스럽게 앞으로 움직였다. 헤드램프에 비친 중앙정원은 조용했다. 다들 안도의 한숨을 내쉬는데 괴물들이 아래층에서 계단을 타고 기어올라오는 게 보였다. 얼어붙은 사람들이 아무 말도 못하고 지켜보는 사이에 중앙정원은 괴물들로 가득 찼다. 나정현이 외쳤다.

"안 되겠어요. 다시 비상통로로 갑시다."

비상통로로 고개를 돌린 일행은 철문 쪽에서 쿵쿵거리는 소리를 들었다. 비스듬하게 걸쳐놓은 창대가 떨리면서 조금씩 휘어져 갔다. 당장이라도 울 것 같은 이형주가 나정현의 팔을 잡았다.

"앞뒤로 모두 포위된 것 같아요. 이제 어떻게 하죠?"

나정현은 차재경을 살펴봤다. 냉정하고 차분하던 그는

아까 괴물들의 습격을 본 이후로 말을 잃었다. 비상계단 쪽 철문에 걸쳐 두었던 창대가 시위를 당긴 활처럼 잔뜩 휘어져 갔다.

"빌어먹을, 이제 어떻게 하죠?"

두 자루 사제 권총에 총탄을 모두 장전한 김슬기가 양손에 한 자루씩 쥐고는 나정현에게 물었다.

"일단 방으로 피하는 게 좋겠습니다."

그때까지 잠자코 있던 차재경이 처음으로 입을 열었지만 나정현은 고개를 저었다.

"넓은 방으로 놈들이 쏟아져 들어오면 그땐 막을 방법이 없습니다. 어떻게든….'

고개를 저으며 대답하던 나정현의 시선에 사각형 금속판이 잡혔다. 금속판에는 소화전이라는 글씨가 새겨져 있었다. 편의점 TV에서 전경들이 시위대에게 쏘아대던 물대포가 떠올랐다. 나정현이 소화전을 열어젖히자 곱창같이 잘 접혀진 소화전 호스와 관창이 보였다. 다행히 젊은 시절 백화점에서 아르바이트를 할 때 직원 대신 소방교육에 참석했던 경험이 있어서 어떻게 다루는지 희미하게나마 기억이 났다. 관창을 잡아당겨서 옆구리에 바짝 긴 그가 이대백에게 소리쳤다.

"위쪽 구석에 있는 거 힘껏 돌려요. 형주 씨는 힘 바짝 주고 단단히 잡아!"

이대백이 낑낑대며 소화전 밸브를 돌리는 동안 괴물들은 거의 코앞까지 다가왔다. 김슬기가 두 발의 탄환을 발사하고는 물러났다. 그 사이 찔끔거리며 나오던 물줄기가 점차 거세졌다. 비키라고 외친 나정현이 괴물들을 향해 물줄기를 돌렸다. 수압에 밀린 괴물들이 뒤로 밀려나며 다른 괴물들과 뒤엉켰다. 괴성을 지르며 벽을 잡고 버티던 괴물은 물줄기에 팔이 끊어져 버렸다.

"정현 씨, 뒤쪽!"

김원섭의 날카로운 외침에 고개를 돌리자 비상계단의 철문이 반쯤 열리고 있는 것이 보였다.

"뒤쪽으로 돌린다. 잘 잡아."

나정현은 뒤쪽에 바짝 붙어서 관창을 잡아주고 있는 이형주에게 소리치고는 노즐을 위쪽으로 한 채 몸을 돌렸다. 천장의 전구가 물줄기를 맞고 산산조각 났다. 철문을 열고 통로로 나오던 괴물은 물줄기를 정통으로 맞고는 벽에 들러붙었다. 반쯤 열려진 철문도 물줄기에 밀려 성난 소리를 내며 도로 닫혀버렸다. 벽에 쑤셔 박힌 괴물은 강력한 물줄기를 뒤집어쓰고는 몸통이 터져 버리고 말았다.

"슬기 씨, 철문 다시 닫고 창대로 막아요."

물을 흠뻑 뒤집어쓴 김슬기가 비상계단의 철문을 닫고 창을 비스듬히 걸쳐 놓았다. 그 사이 나정현은 다시 물줄기를 중앙정원 쪽으로 돌렸다. 하지만 물줄기는 눈에 띄게 약해졌다. 비상탱크의 물이 다 떨어진 것 같았다. 그때 차재경이 구획으로 들어가는 문을 열면서 말했다.

"일단 안으로 피합시다."

문이 열리고 검은 안개 같은 어둠이 모습을 드러냈다. 어둠은 방향이나 거리를 완벽하게 숨겼지만 각 층을 지나오면서 같은 형태의 구획들을 뒤지던 탓에 사람들은 어렵지 않게 방향을 잡을 수 있었다. 몇 개인가의 문을 통과하고 더 깊숙한 어둠속에 파고든 일행은 거친 숨을 몰아쉬면서 주변을 두리번거렸다. 나정현은 사방에 거미줄처럼 뻗어나간 빛줄기들을 보면서 소리쳤다.

"헤드램프의 불 다 꺼요."

그러자 일행은 하나둘 헤드램프의 불을 껐다.

"휴대폰도 다 꺼요. 영화 같은 거 보면 꼭 이럴 때 전화 와서 들키던데."

이대백의 말에 사람들은 힘없이 낄낄거렸다. 어차피 이곳에 들어오면서 휴대폰은 터지지가 않았다. 사람들은 조심스럽게 벽에 기대거나 주저앉았다.

- 붕괴 후 12시간 경과, 지하 5층

"딱 새벽 2시네요."

어둠속에서 손목시계를 들여다보던 이대백이 중얼거렸다. 빛이 사라지자 완벽하게 숨을 수 있었다. 계속해서 들리던 괴물들의 울부짖음과 쿵쿵거림도 차츰 사라져 갔다. 그러다 문을 바라보던 나정현의 귀에 미약한 발자국 소리가 들려왔다. 발자국 소리는 점점 다가왔는데 그럴수록 나정현의 가슴은 더 쿵쾅거렸다. 어둠속에서 이형주가 떨리는 목소리로 말했다.

"괴물이 오나 봐요."

나정현은 조용히 하라는 손짓을 하고는 문 옆에 바짝 붙었다. 바로 문 밖까지 다가오던 발자국 소리는 잠깐 사라졌다가 다시 멀어졌다.

"갔나요?"

긴장감에 흠뻑 젖은 김달호의 속삭임이 어둠속에서 퍼졌다. 한참 동안 정적이 흐른 후에야 사람들 사이에서는 살았다는 신음소리들이 흘러나왔다. 나정현도 벽에 기댄 채 주저앉아서 꼼짝도 못했다. 그대로 눈을 감고 싶었지만 아내와 아들이 있는 곳에 거의 다 왔다는 생각이 그의 의지를 불태웠다. 잠시 후, 정신을 차리고 땀에 젖은 몸을 일으킨 나정현은 신경을 집중해서 문 밖의 소리에 한참 동안 귀를 기울였다. 그러다가 허리를 펴고 일행에게 이야기했다.

"가 버린 것 같습니다. 불을 켜도 괜찮을 것 같아요."

하나둘씩 켜진 헤드램프의 불빛들이 방 안을 어지럽게

교차해 갔다. 몸을 일으킨 김달호가 말했다.

"서둘러서 아래층으로 내려가죠. 이젠 우리가 따로 수색할 필요는 없어졌잖습니까."

다들 고개를 끄덕거리는 가운데 나정현은 구석에 웅크리고 있는 차재경에게 다가갔다.

"중앙정원에 있는 나선계단이랑 비상계단 말고 다른 통로가 있습니까?"

"분명 자가 생식을 했을 거야. 예전에도 세포분열을 하는 걸 본 적이 있었거든."

"이봐! 난 저 밑에 있는 아내와 아들을 만나러 가야 해. 그러니까 길을 알려 줘. 길을 말하란 말이야!"

나정현은 흐느적거리는 차재경의 멱살을 잡고 미친 듯이 소리쳤다. 어둠 건너편에 괴물들이 있을지 모른다는 두려움은 떠오르지도 않았다. 나정현은 여전히 횡설수설하는 차재경을 향해 주먹질을 했다. 퍽 하는 소리와 함께 벽으로 피가 튀었다. 이대백이 그의 주먹을 낚아챘다.

"그만하게. 시끄럽게 굴면 놈들이 몰려와."

"이거 놓으세요. 내 마누라 꼬드겨서 저런 괴물로 만들려고 그런 거야? 이런 괴물 같은 놈아!"

"엘리베이터 통로로 가면 됩니다."

김원섭의 외침에 나정현은 주먹질을 멈췄다.

"전원이 차단되면 엘리베이터는 지하 1층으로 올라갑니

다. 엘리베이터 문을 열고 통로로 내려가면 지하 7층까지 바로 내려갈 수 있다고요."

이대백이 김원섭의 말을 천천히 곱씹으면서 말했다.

"여기가 동쪽 통로니까 나가서 오른쪽이든 왼쪽이든 가면 엘리베이터가 있는 통로야. 가서 도끼 같은 걸로 문을 찍어서 열고 통로로 내려가면 지하 7층까지 바로 내려갈 수 있어."

"2층이나 내려가려면 로프가 있어야 하는데요."

나정현의 말에 김슬기가 매고 있던 작은 가방에서 등산 로프 뭉치를 꺼내 보였다.

"이거면 충분할 거에요."

김달호가 땀에 젖은 머리카락을 안전모 안으로 쓸어 넣으면서 말했다.

"어차피 돌아가기에는 너무 깊게 온 것 같아요. 이판사판이니까 일단 지하 7층까지 갑시다. 거기서 다음 방도를 생각해 보죠."

다들 고개를 끄덕거리자 김달호가 몸을 일으키면서 말했다.

"나가서 살펴보고 먼저 움직일 테니까 제가 신호하면 나오세요."

허리춤에서 투척용 단검을 뽑아서 손바닥 안에 감춘 김달호가 윤삼식에게 지시했다.

"삼식아, 제일 뒤에서 따라와라."

"형님 곁에서…"

볼멘소리를 하던 윤삼식은 김달호가 조용히 쏘아보자 입을 다물었다. 조심스럽게 문을 열고 고개를 살짝 빼서 문 바깥을 살펴본 그가 밖으로 나갔다. 잠시 후 하얀 손이 불쑥 튀어나와서는 손가락을 까닥거리자 사람들은 조심스럽게 문 쪽으로 나갔다. 몸을 일으키던 나정현은 꼼짝도 않고 바닥을 내려다보고 있는 김슬기의 어깨를 툭 쳤다.

"뭘 그렇게 쳐다봐요?"

"아, 아무것도 아니에요."

김슬기가 황급히 대답하고는 허겁지겁 문 밖으로 나갔다. 그녀를 물끄러미 바라보던 나정현은 그녀가 내려다보던 바닥을 무심코 봤다. 처음에는 그냥 물이 고여 있는 줄 알았다. 하지만 그것이 신발 자국이라는 것을 알아차리자 소름이 오싹 끼쳤다. 그곳은 사람들이 있지 않던 곳이었다. 문도 열리지 않았는데 낯선 존재가 바로 곁에 있었던 것이다.

"뭐하십니까?"

윤삼식의 재촉에 나정현은 사람들이 사라진 문 쪽으로 걸어갔다. 김슬기가 보고 놀란 그 발자국은 눈을 씻고 찾아봐도 밖으로 나간 흔적이 없었다. 밖으로 나가기 전 마지막으로 방을 돌아보는데 어둠속에서 눈동자 같은 작은 소용돌이가 보였다. 흡사 눈꺼풀이 깜빡거리면서 눈동자를 집어삼키듯이 어둠속으로 소용돌이는 사라져 버렸다.

괴물들이 모두 사라져 버렸는지 통로에는 아무것도 없었다. 통로 중간에 선 김달호가 중앙정원 쪽으로 움직였다. 비상계단의 철문에 걸쳐둔 창대가 그대로 있는 걸 확인한 나정현은 조심스럽게 앞으로 나갔다. 통로의 바닥을 적신 물에는 형광색 피가 섞여 있었다.

"일단 북쪽 통로로 갑시다."

이대백의 말에 김달호는 알겠다는 듯 고개를 크게 끄덕이고는 벽에 붙은 채 중앙정원으로 움직였다. 통로에 몸을 숨긴 채 고개를 빼서 좌우를 살펴보던 김달호가 잠깐 기다리라는 손짓을 하고는 단숨에 유리난간이 있는 곳까지 달려 나갔다. 벤치와 화분 주변을 꼼꼼히 살펴보던 그가 두 손을 머리 위로 흔들면서 괜찮다는 신호를 보내고는 북쪽 통로로 사라졌다. 나머지 사람들이 숨을 죽인 채 기다리는 동안 나정현은 김슬기 곁으로 다가갔다.

"아까 뭘 본거에요? 김슬기 씨."

"아니요, 아무것도…."

그 순간 물기로 가득 찬 그녀의 두 눈에서 눈물이 흘렀다. 단숨에 턱 밑까지 흐른 눈물을 손등으로 눌렀으나 계속해서 흘렀다. 김슬기의 두 눈은 순식간에 붉게 달아올랐다.

"그 사람이 왔다 간 것 같아요. 이 어둠속 어딘가에서 날 기다리고 있겠죠. 다시 만나면 뭐라고 해야 하나요?"

"그가 왔다 갔다고요?"

나정현의 물음에 눈물로 젖은 얼굴로 고개를 끄덕이던 그녀가 한숨을 쉬었다.

"내 잘못이었어요. 언젠가 대가를 치를 것이라고 생각했거든요. 거기다 여긴 죄를 심판받기에는 더없이 적당한 곳이잖아요."

"어서 움직여요."

윤삼식의 재촉에 대화가 끊기고 말았다. 눈물을 거둔 김슬기는 애써 미소를 지어 보였다. 탁 트인 중앙정원은 고요한 어둠만이 흐르고 있었다. 아래층으로 내려올수록 후덥지근해지면서 온몸이 땀에 젖었다. 일행이 북쪽 통로로 접어들 때까지 어둠은 아무런 기척도 없었다.

통로 안쪽은 깨끗했고, 바닥에는 물도 별로 고여 있지 않았다. 이미 통로 끝에 도달해 있던 김달호가 손으로 엘리베이터 문을 여는 모습이 보였다. 그걸 본 김원섭이 소리쳤다.

"그렇게 하면 위험해요. 잠깐만 기다려요."

그러자 김달호가 피식 웃으면서 말했다.

"영화에서는 이렇게 하면 열리던데…."

"그건 영화에서나 나오는 거고, 이건 그렇게 안 열려요. 칼 좀 빌려주시겠어요?"

김달호에게 투척용 단검을 넘겨받은 김원섭이 나정현에게 말했다.

"제 왼쪽 팔 좀 잡아주세요. 혹시 문이 갑자기 열릴 수 있으니까…."

나정현이 왼팔을 잡아주자 그는 엘리베이터 문 위쪽의 작은 틈새로 칼날을 쑤셔 넣었다.

"여기 있는 작은 걸쇠를 눌러주면 수동으로 문이 열리게 되어 있어요."

몇 번의 시도 끝에 딸각거리는 소리가 들리자 땀에 젖어 있던 김원섭의 얼굴에 미소가 피었다.

"됐습니다. 이제 손으로 열면 열릴 겁니다. 제가 이쪽을 밀 테니까 당신이 그쪽을 당겨요."

엘리베이터 문이 천천히 열리자 안에 갇혀 있던 서늘한 어둠이 요동을 치면서 빠져나왔다. 고개를 내밀고 안쪽을 살펴보던 김달호가 김원섭에게 물었다.

"영화 보면 한쪽에 사다리 같은 거 있던데요."

"그건 미국 쪽 엘리베이터고 우리나란 그런 거 없어요."

"로프를 걸만한 데가 있어야 하는데…."

나지막이 중얼거리며 엘리베이터 통로 위쪽을 올려다 보았다. 까마득히 높은 곳에 엘리베이터 바닥 같은 것이 보였지만 손에 닿을 만한 곳에는 로프를 걸 만한 곳이 보이지 않았다. 그때 제일 뒤에 있던 이형주가 소화전 문을 열면서 말했다.

"소화전 호스를 쓰면 어때요?"

접혀 있던 호스를 편 이형주가 엘리베이터 앞으로 왔다. 그러자 김원섭이 일행에게 말했다.

"제가 먼저 내려가겠습니다."

아래를 내려다본 이대백이 걱정스러운 얼굴로 대답했다.

"밑에 뭐가 있을지 몰라."

"어차피 아래층 문을 열 수 있는 사람도 저뿐이잖습니까."

웃으면서 소화전 관창을 넘겨받은 김원섭이 엘리베이터 통로 안으로 조심스럽게 소화전 호스를 거대한 용수철이 있는 바닥까지 늘어뜨렸다. 소화전 호스가 다 풀려서 끝이 팽팽해지자 양손으로 호스를 잡은 김원섭이 엘리베이터 통로 바깥으로 두 다리를 내밀었다. 그 모습을 지켜보던 이대백이 말했다.

"내려가서 잠깐 기다려요. 나와 함께 문을 엽시다."

"알겠습니다."

짧게 대답한 김원섭은 어둠속으로 완전히 사라졌다. 고개를 내밀고 엘리베이터 통로 아래쪽을 내려다보던 이대백이 지켜보던 일행에게 말했다.

"잘 내려간 것 같아요. 내려가서 문을 열 테니까 다들 내려와요."

이대백이 소화전 호스를 붙잡고 엘리베이터 통로 아래로 내려갔다. 일이 순조롭게 풀려간다는 생각에 다들 안도하는 순간 소름끼치는 포효가 들려왔다. 첫 번째 포효에 호응하듯 다른 포효들이 어둠속 곳곳에서 불길처럼 일어났다. 트레이닝복 주머니에서 권총을 꺼내든 김슬기가 말했다.

"잠깐, 병원장이 안 보이는데요?"

그녀의 말대로 통로에는 차재경의 모습이 보이지 않았다.

"어디 쥐구멍에라도 숨었나 보죠. 어서 내려가요. 아가씨."

김달호의 말에 김슬기가 발끈했다.

"아저씨나 먼저 내려가요."

그녀의 말이 끝나기가 무섭게 통로 끝에 긴 어둠이 드리워졌다. 머리가 없고 두 팔은 무릎까지 내려온 괴물이 모습을 드러냈다. 머리 없는 괴물의 나지막한 으르렁거림이 또 다른 괴물들을 불러들인 것 같았다. 머리나 팔이 없는 괴물들이 차례로 통로 너머를 채워 나갔다.

"어서 내려가지 않고 뭐해요!"

양손에 사제 권총을 움켜쥔 김슬기가 소리쳤다. 그리고는 다가오는 괴물들을 향해 방아쇠를 당겼다. 퍽 하는 소리와 함께 김슬기의 손 위로 불꽃이 피어났다. 생각지도 못한 파열음에 놀란 나정현은 소리가 가라앉은 후에야 김슬기의 사제 권총이 폭발해 버렸다는 걸 알아차렸다. 김슬기와 그 옆에 서 있던 이형주가 신음소리를 토하며 바닥을 뒹굴었다. 나정현과 윤삼식이 쓰러진 두 사람을 부축하는 사이 김달호가 투척용 단검을 던져 괴물들이 다가오는 걸 막았다. 두 번째 단검을 손에 쥔 김달호가 윤삼식에게 소리쳤다.

"삼식아! 걔 둘러매고 얼른 내려가."

"여긴 제가 있겠습니다."

"시끄러! 어서 움직여."

바닥에 떨어져 있던 창을 집어 든 김달호가 김슬기를 부축한 나정현에게 손바닥 크기의 검정색 막대기를 건넸다.

"칼날이 접히는 폴딩 나이프입니다. 접어서 옷 속에 넣어 두었다가 쓰세요. 작긴 하지만 없는 것보다는 나을 겁니다. 그리고 아래층에 내려가면 우리 형님을 좀 부탁드리겠습니다."

"그러리다."

나정현의 대답을 들은 김달호는 엘리베이터 위쪽에 꽂힌 나이프를 뽑은 다음에 엘리베이터 문을 닫았다. 나정현은 반쯤 정신을 잃고 있던 김슬기에게 정신 차리라는 말을 반복하면서 조심스럽게 호스를 잡고 내려갔다. 물에 젖은 신발은 자꾸만 미끄러졌고, 그때마다 허공으로 튕겨 나간 몸통은 울퉁불퉁한 벽에 부닥쳤다. 간신히 엘리베이터 통로 바닥에 발이 닿았다. 먼저 내려와 있던 일행에게 김슬기를 넘겨준 나정현은 소화전 호스를 꽉 끼운 채 닫혀 있는 위층 엘리베이터 문을 올려다보았다. 문을 두드리는 것 같은 쿵쿵거리는 소리 사이로 고함소리와 비명소리 같은 것들이 뒤섞여서 들려왔다. 잠시 후 심장을 물어뜯는 것 같은 괴물의 포효를 끝으로 엘리베이터 문 너머는 잠잠해졌다.

김원섭이 문 위쪽의 걸쇠 같은 것을 누르자 지하 7층의 엘리베이터 문도 수동으로 열렸다. 맨 아래층의 어둠은 다른 층의 어둠과 하나도 다를 바가 없었지만 이 어둠을 보기 위해 얼마나 많은 사람들이 죽었는지 떠올리자 나정현은 눈물을 참지 못했다. 나정현은 통로 중간에 있는 문을 열고 안쪽을 살폈다. 아무것도 없는 것을 확인한 그는 사람들에게 어서 오라는 손짓을 했다. 다친 김슬기와 이형주를 부축한 일행이 들어오자 그는 서둘러 문을 닫았다. 안으로 들어온 이대백은 가방에서 꺼낸 붕대를 이형주와 김슬기의 상처에 감아 주었고, 김원섭이 옆에서 도왔다. 문에 바짝 붙어서 통로 쪽에 귀를 기울이던 윤삼식이 나정현에게 물었다.

"이제 어떻게 할 겁니까?"

병원장 차재경이 사라지면서 자연스럽게 그가 리더로 부상했다. 나정현은 김원섭을 바라봤다.

"중앙 실험실이라는 곳의 위치가 정확히 어디쯤입니까?"

기억을 더듬기 위해서인지 잠시 눈을 감았던 김원섭이 눈을 뜨면서 말했다.

"사실 제가 설계한 도면에는 중앙 실험실이라는 명칭이 없었습니다. 지하 7층은 다른 층보다 면적이 세 배 이상 넓었지만 각 구획마다 명확한 명칭은 없었거든요."

"그건 또 무슨 소립니까? 세 배 이상 넓다니⋯."

윤삼식의 볼멘소리에 김원섭은 미안하다는 표정을 지었다.

"그게, 최초 요구는 각 층을 동일한 크기와 구획으로 설계해 달라는 것이었는데 설계가 마무리되기 직전에 제일 아래층인 지하 7층을 전면적으로 재설계해 달라는 요구가 있었습니다."

김원섭의 이야기를 듣던 이형주가 이마를 감싼 붕대를 만지작거리며 물었다.

"어느 쪽으로 확장되었다는 얘긴가요?"

"남쪽 방향으로, 나머진 다른 곳과 똑같고 남쪽 통로 끝부터 다시 통로가 이어지고, 커다란 원형 공간으로 이어집니다."

이번에는 이대백이 끼어들었다.

"원형 공간?"

"예, 뭐라고 설명해야 하나, 아! 그 중세 서양 기독교 성당처럼 기둥을 촘촘하게 세워 달라고 했어요. 뜬금없는 얘기라 설계 사무소 내에서도 말들이 많았지만 세화병원은 돈을 아끼지 않는 클라이언트라서 대놓고 묻거나 그러지는 않았습니다."

"그럼 거기에 중앙 실험실인가 뭔가 하는 게 있다는 말이야?"

이대백이 재차 묻자 김원섭이 난감한 표정을 지었다.

"확실하다고 할 수 없는 게, 현장 감리를 했던 대학 동기 녀석을 작년 망년회에서 만났는데, 그 녀석 말이 현장에서 시방서대로 설계를 안 했던 곳이 몇 군데 있다고 하더군요."

이야기를 들은 이대백이 고개를 절레절레 내저었다.

"설상가상이군."

이야기를 듣던 나정현이 끼어들었다.

"그래도 지금까지 살펴봤던 공간에는 실험실 같은 곳이 없었으니까 이곳 어딘가에 있을 겁니다."

"병원장만 있었어도 이렇게 헤매지는 않았을 텐데, 대체 어디로 도망갔을까요?"

이형주의 말에 나정현은 고개를 저었다.

"여기 안은 누구보다 잘 알고 있을 테니까 어디 안전한 곳을 찾아서 숨었겠지. 일단 그곳으로 가서 가족들을 찾아봅시다."

그때 문에 바짝 붙어 있던 윤삼식이 입가로 손을 가져갔다. 통로에서 뭔가 있는 것 같다는 그의 손짓이 채 끝나기도 전에 쿵쿵거리는 발자국소리가 들려왔다. 그리고 뭔가를 준비할 틈도 없이 문이 활짝 열렸다. 윤삼식이 전기 충격봉을 꺼내기 위해 허리춤을 급히 더듬었다. 곧 그 손길위로 문 너머의 시선이 쏟아져 들어왔다.

**

어둠을 걷는 내내 헛구역질과 현기증이 그를 지배했다. 거기에 로커 안에 숨어서 본 광경들까지 더해지면서 그의 어지러움은 멈추지 않았다.

"사냥꾼들"

입안에 가득 고인 끈적거림을 뱉어내면서 중얼거렸다. 살의에 넘치는 존재들이었다. 그들은 위험하게 보이는 것들을 들고 방금 전까지 그가 있던 곳들을 파괴했다. 자신이 왜 여기에서 눈을 떴는지 의문이 사라지기도 전에 보금자리 같은 곳이 소멸되어 버렸다.

"살인자들, 살인자들…"

결국 그는 통로에 힘없이 쓰러졌다. 그러자 목소리가 다시 들려왔다.

— 어서 일어나! 넌 엑토컬쳐들을 지켜야만 해.

"엑토컬쳐? 그게 나야?

목소리의 이야기를 들은 그는 다시 일어서서 움직이려고 했다.

— 그쪽으로 가지 마! 멈춰!

날카로운 외침에 그는 발걸음을 멈췄다. 차가운 어둠이 코끝을 스치고 지나갔다. 그때서야 자신이 서 있는 바로 앞으로 가느다란 빛줄기들이 어지럽게 요동치고 있는 것이 보였다. 그는 최대한 몸을 구부려서 통로 구석에 몸을 숨겼다. 빛줄기와 소음들은 점점 거대해졌고, 헐떡거리는 숨소리, 살의에 가득 찬 시선들이 가까워졌다. 이상한 막대기를 손에 든 사람을 선두로 한 무리의 사람들이 통로를 가로질러 갔다.

　　—반대쪽으로 움직여, 통로 끝에 가면 커다란 철문이 있을
거야. 서둘러, 어서!

　　다람쥐 쳇바퀴처럼 계속되던 어둠은 희미한 반짝거림에서
끝났다. 앞을 가로막은 묵직한 철문에 조심스럽게 손을 댄 그
는 문이 안쪽으로 열리자 흠칫 놀랐다. 주춤거리던 그에게 목
소리가 재촉했다.

　　—문 닫고 위층으로 올라가.

　　추위와 고통, 두려움이 범벅이 된 발걸음이 계단을 밟자 그
의 마음속에서 비명이 터졌다. 계단을 올라가던 그는 어둠 너
머에서 들려오는 낯선 소음들에게 붙잡혔다. 분노를 품은 포
효, 성난 아우성, 뜨거운 총성, 지글거리며 녹아내리는 비명들
이 메아리처럼 들려왔다. 덜덜 떨면서 계단을 올라가던 그는
발을 헛디뎌 아래로 굴렀다. 그는 벽을 붙잡고 다시 일어섰다.
차가운 시멘트 질감 너머로 죽음들이 느껴졌다. 이유는 모르
겠지만 그 죽음들 사이에 가야 한다는 끌림이 마음속 깊은 곳
에서 터져 나왔다.

　　—그들은 널 위해 죽고 있어. 그들의 죽음을 헛되게 하지 마.

　　"날 위해 죽는다고? 왜?"

　　목소리는 그의 반문에 침묵했다. 그리고 잠시 후 다른 목소
리가 들려왔다.

　　—가, 가서 다 죽여!

　　지금까지의 목소리가 잔잔한 유리 같았다면 방금 들린 목

소리는 혼탁한 격류처럼 들려왔다. 잠시 후, 원래의 목소리가 들렸다.

— 계단 위로 올라가.

— 문을 열고 나가서 다 죽여! 저들은 널 죽이기 위해서 여기 온 거야. 널 죽이기 전까지는 포기하지도 멈추지도 않을 거라고….

두 개의 목소리가 뒤엉켜서 들렸다. 걷잡을 수 없는 혼돈에 빠진 그가 갈피를 잡지 못하자 첫 번째 목소리가 단호하게 말했다.

— 넌 해야 할 일이 있어. 어서 올라가.

그는 첫 번째 목소리의 지시대로 계단을 올라갔다. 로커 안에 있던 트레이닝복을 챙겨 입기는 했지만 신발까지는 찾지 못한 탓에 차가운 냉기가 발가락 사이를 기어 다녔다. 겨우 몇 개 층을 올라갔지만 벌써 숨이 턱까지 차오른 그는 허리를 굽힌 채 헉헉거렸다. 계단의 끝자락이 눈에 들어오자 안도의 한숨을 쉬었다. 저곳까지만 올라가서 잠깐 드러누워서 쉬고 싶다는 생각이 그를 움직이게 만들었다. 간신히 도착한 그는 그대로 드러누웠다. 눈을 뜨자 보이는 것은 죽음과 어둠들뿐이었다. 마음의 미세한 균열을 타고 거친 두 번째 목소리가 파고들었다.

— 그들을 죽이지 않으면 네가 죽고 말거야. 아까 그 방에서처럼….

짧은 속삭임이 그의 마음에 분노를 일으켰다. 벌떡 일어선 그는 쇠로 만든 커다란 문을 활짝 열어젖혔다. 눈앞에 희미한 빛의 입자가 보였다. 티끌 같은 빛의 흔적들을 따라 시선을 돌리자 녹색의 부유물이 가득 낀 세상이 펼쳐졌다. 방금 전까지의 어둠과 다른 세상에 흠칫 놀란 그에게 두 번째 목소리가 껄껄거리며 속삭였다.

— 넌 살육을 위해 태어난 거야. 가서 우리를 괴롭히는 놈들을 죽여. 널 괴롭히는 놈들을 죽여. 모조리 죽여.

녹색의 세상은 어둠을 들여다볼 수 있게 해 주었다. 힘없이 휘청거리던 다리에 힘이 들어가면서 온 몸에 짜릿한 전율이 흘러넘쳤다.

그는 통로를 따라 걷다가 가운데가 뻥 뚫린 거대한 공간이 나타나면서 잠시 방향을 잃었다. 하지만 이번에도 빛이 그를 인도했다. 건너편 통로에서 쏟아져 나오는 빛줄기를 본 그는 본능적으로 몸을 낮췄다. 어둠을 뚫고 낯선 목소리들이 들려왔다.

— 그냥 워디 중간에 짱 박힐까?

— 어차피 숨을 곳도 없잖아요. 그냥 아까 들어왔던 문 앞에서 기다리고 있다가 문 열리자마자 나가요. 재미있을 것 같아서 들어왔는데 여긴 완전 호러블이에요.

— 좀 천천히 가면 안 될까요? 숨이 너무 가쁜데….

— 아이, 아줌씨 싸게싸게 좀 움직여.

긴장이 풀어진 것 같은 나태한 말소리들이었다. 흔들거리던 불빛들이 그가 있는 곳으로 다가왔다.

— 자, 잠깐 저 앞에 뭐여?

―아이! 자꾸 겁주지 말아요. 아저씨.

―스, 스톱 정말 저 앞에 뭐가 있는 것 같아.

소란스러운 말소리가 끝나고 둥근 불빛이 다가왔다. 들켰다고 생각한 그는 천천히 몸을 일으켰다. 다가온 목소리의 주인공은 모두 셋이었다. 그중 제일 오른쪽에 있던 작은 체구의 사내가 소리쳤다.

― 저, 저 눈, 눈 좀 봐요.

왼쪽 끝자락에 서 있던 사내가 손에 뭔가를 쥐고는 소리쳤다.

― 염병할, 저리들 비켜, 이 이무생표 권총으로 작살낼 테니까!

그의 손끝에 뭔가 다른 게 붙어 있는 걸 보는 순간 빛이 터져 나왔다. 그는 본능적으로 손바닥을 들어 빛을 막았다. 손바닥 한쪽 끝에 찌릿한 진동이 관통하면서 눈 아래가 파르르 떨려왔다. 그는 빛을 막은 손으로 얼굴을 쓰다듬어 보았다. 눈 바로 아래 뭔가가 박혀 있는 것이 느껴졌다. 그가 힘을 줘서 뽑아내자 박혀 있던 것이 떨어져 나왔다. 손바닥 위에 굴러다니던 것을 떨어뜨리자 겁에 질린 목소리가 들려왔다.

―어찌된 겨?

두 번째 목소리가 그를 다그쳤다.

―도망치지 못하게 해. 복수하란 말이야!

깊게 들이마신 숨을 길게 내뱉은 그는 도망치는 그림자들을 쫓았다. 다른 두 그림자는 도망쳤지만 남은 하나는 멀리 가지 못하고 구석에 쪼그리고 앉아 있었다.

　—난 아들을 찾으러 왔어요. 심민수라고 당신보다 조금 더 어릴 거예요. 내 이름은 카트리나 리, 아니 이정자라고 해요.

　그는 상대방의 얼굴에 자신의 시선을 바짝 붙이고는 낮게 으르렁거렸다. 그러자 이정자라고 자신을 밝힌 여인은 그대로 의식을 잃고 기절해 버렸다.

　—어둠으로 끌고 가. 그곳에서 죽여!

　관통하는 어둠. 기절한 여인을 한 손으로 든 그는 뻥 뚫린 공간으로 다가가자 아래에서 솟구치던 어둠이 그의 발길을 멈추게 만들었다. 그는 축 늘어진 여인을 앞으로 내밀었다가 그대로 떨어뜨렸다. 작은 체구의 여인은 어둠속으로 눈물처럼 떨어졌다. 손아귀에서 풀려나기 직전 그녀가 내뱉었던 말이 그의 뇌리에 박혔다.

　—아들아….

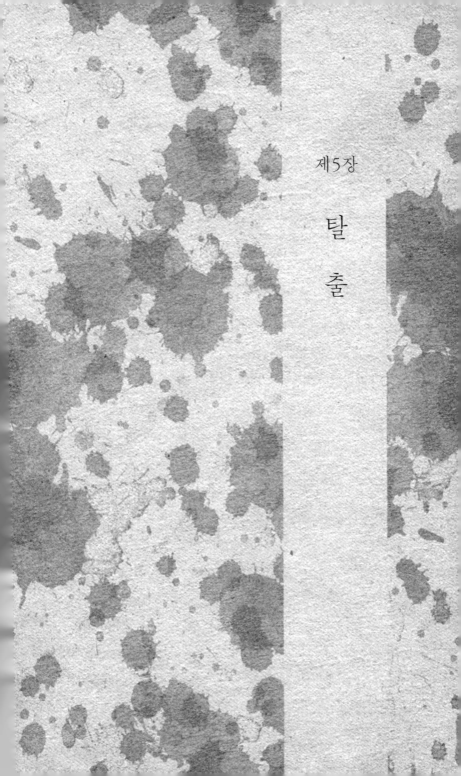

제5장

탈

출

탈 출

– 붕괴 후 12시간 경과, 지하 7층

문을 사이에 두고 엉켜 붙었던 시선은 상대방의 정체를 알아차린 후에도 풀리지 않았다. 침묵이 한참 흐른 후에 김슬기가 입을 열었다.

"민우니?"

"누나! 죽는 줄 알았어요."

울먹거림과 함께 방 안으로 튕겨 들어온 최민우는 김슬기의 품에 바짝 안겨서 울음을 터트렸다. 이대백은 최민우를 뒤따라 들어온 이무생에게 물었다.

"어찌된 겁니까?"

"그게, 그러니까, 워찌된 일이냐면 거시기…"

웅얼거리던 이무생을 이형주가 안으로 끌고 들어오자 윤삼식이 조심스럽게 문을 닫았다. 김슬기가 품 안에서 울먹거리던 최민우를 다그쳤다.

"울지만 말고 얘기 좀 해 봐. 왜 도로 내려온 거야?"

"그러니까, 비상계단으로 올라갔는데 웬일인지 문이 꼼짝도 안 하지 뭐에요. 그래서 무생이 아저씨가 반대쪽 비상계단으로 올라가자고 했어요. 그래서 통로를 걷는데 갑자기 앞에서…"

최민우의 말은 삐빅거리는 이대백의 시계소리에 잠시 멈췄다. 손목시계를 들여다본 이대백이 겸연쩍은 표정으로 말했다.

"새벽 4시, 들어온 지 12시간 지났네. 미안하네. 계속 얘기하게."

"몬스터가 나타났어요. 첨엔 다른 사람들 중 한 명인 줄 알았는데 가까이서 보니까 눈동자랑 살갗이 시체처럼 푸르뎅뎅했어요. 그걸 본 무생이 아저씨가 피스톨을 한 발 쐈는데 몬스터가 꿈쩍도 안 해서 다들 도망쳤어요. 근데 정자 아줌마가 그 자리에 그냥 쓰러졌다가 몬스터한테 잡히고 말았어요. 몬, 몬스터가 아줌마를 잡아다가 바닥으로 떨어뜨렸어요."

최민우의 이야기를 들은 일행은 굳어 버렸다. 침울한 얼굴로 서로를 쳐다보는데 멀리서 쿵쿵대는 소리가 들려왔다. 발을 구르거나 주먹으로 벽을 치는 것 같은 소리처럼 들렸다. 그 소리를 들은 이대백이 나정현에게 말했다.

"꼭 나를 부르는 소리 같지 않아?

이야기를 꺼낸 이대백의 눈에는 뭔가 다른 존재가 깃들어 있는 듯했다. 갈피를 못 잡는 나정현이 머뭇거리는 사이 이대백이 비닐 우의를 벗어던지고 문으로 향했다. 당황한 나정현이 말했다.

"어디 가세요."

"게임이 날 기다리고 있어."

마치 이대백 안에 다른 사람이 있는 것처럼 느껴졌다. 지치고 충격에 빠진 일행은 그냥 이대백을 바라보기만 했다. 작별 인사를 하듯 한 사람 한 사람과 눈을 맞춘 그는 문에 달린 검은색 바를 눌렀다. 나정현이 그에게 다가갔다.

"가지 마세요. 밖에 뭐가 있을지 모릅니다."

"어떤 목소리가 들려."

나정현 쪽으로 몸을 숙인 그가 속삭였다. 그러고는 문을 열고 밖으로 나갔다. 머뭇거리던 나정현이 그의 뒤를 따랐다.

"무슨 소리가 들린다는 겁니까?"

복도를 걷던 그는 뒤따라온 나정현에게 찡그린 얼굴로 말했다.

"아까부터 자꾸 무슨 소리가 들려. 이리 나와, 한판 붙자, 그런 소리 말이야."

"지하에 너무 오래 있어서 그런 걸 겁니다. 괴물들이 어디 있는지 모르는데 혼자서 움직이는 건 너무 위험해요."

"근데 그 목소리가 너무 달콤하게 들리는 거 알아? 시키는 대로 하면 꼭 행복해질 것 같은 그런 느낌이 마음속에서 지워지지 않아."

발걸음을 멈춘 나정현이 그의 팔을 힘껏 잡았다. 그러자 이대백이 서글픈 표정으로 말했다.

"챔피언은 원하지 않더라도 싸워야 할 때가 있다고 아들에게 항상 말했었지. 지금이 바로 그때인 것 같아."

나정현의 팔을 뿌리친 그는 중앙정원 쪽으로 갔다. 어둠 저편에 희미한 얼룩이 하나 보였다. 중앙정원 쪽으로 갈수록 물이 차올랐다.

"지켜봐 주겠어? 난 스텝이 없으면 링에 올라가기가 싫어."

헤드램프의 불빛 아래 비친 이대백의 얼굴에 미소가 활짝 피어났다. 목을 좌우로 꺾어서 우두둑거리는 소리를 낸 이대백이 중앙정원 쪽으로 성큼성큼 걸어갔다. 물은 이제 발목을 넘어 정강이까지 차올랐다. 상대방은 중앙정원의 한가운데 서서 이대백을 기다리고 있었다. 시체처럼 푸른 빛이 있는 것을 제외하고는 마치 사람처럼 생겼다. 이대백이 뒤따르던 나정현에게 말했다.

"저게 엑토컬쳐라고 부르는 건가? 부모와 병원장의 욕심이 제 자리로 갔어야 할 영혼을 억지로 붙잡아 놨군."

이대백의 이죽거림에 대답이라도 하듯 상대방이 다시 포효했다. 잠시 움찔하던 이대백이 물살을 헤치고 앞으로 걸어 나갔다. 잠시 그대로 서 있던 나정현도 천천히 물살을 헤치며 상대방에게 다가갔다. 지하 7층의 중앙정원은 둥근 기둥과 고급스러워 보이는 대리석으로 만든 난간이 자리 잡고 있었다. 이대백이 뒤따르던 나정현에게 돌아서서 말했다.

"여기서부터는 링이야. 더 이상 오지 말게."

기다리고 있는 엑토컬쳐의 몸에서 푸르스름한 빛이 품어져 나오는 덕택에 헤드램프를 꺼도 주변이 잘 보였다. 어깨를 두 주먹 사이에 잔뜩 구겨 넣은 이대백이 상대방에게 다가가면서 말했다.

"오랜만이야. 심민수. 실력 많이 늘었나?"

심민수는 낮은 으르렁거림으로 대답했다. 주먹을 뻗으면 닿을 만한 거리까지 접근한 두 사람은 시계 방향으로 천천히 돌았다. 이대백이 가끔 가벼운 잽을 날리면서 심민수를 견제했다. 가드를 바짝 올린 심민수는 몸을 크게 좌우로 움직이면서 잽을 흘리다가 기습적으로 접근했다. 이대백은 심민수의 빠른 훅을 허용했다. 맨 주먹이 턱에 부닥치면서 뼈가 쇠에 긁히는 것 같은 끔찍한 소리가 났다. 대리석으로 만든 난간까지 물러난 이대백은 머리를 몇 번 털었다. 어느 틈엔가 이대백에게 바짝 접근한 심민수가 훅과 어퍼컷을 번갈아 날렸다. 어깨와 팔뚝으로 펀치를 받아넘긴 이대백은 스트레이트로 응수했고, 세 번째인가 네 번째 펀치가 심민수의 턱에 작렬했다.

가드에서 벗어난 심민수의 얼굴에 연신 잽을 날리며 기세를 올리던 이대백은 심민수의 기습적인 훅에 옆구리를 맞고는 주춤거렸다. 글러브를 끼지 않은 주먹이 몸 여기저기에 꽂힐 때마다 두 사람의 몸에서는 쾅쾅거리는 소리가 났다. 심민수의 어퍼컷에 이대백의 턱이 부서졌고, 이대백의 스트레이트에 심민수의 옆구리가 터졌다. 푸르스름한 빛 속의 혈투는 점점 끔찍해졌다. 이대백의 얼굴은 통통 부어올랐고, 심민수의 입에서는 형광색 피가 흘러나왔다. 처음에는 한 번씩 펀치를 주고받으며 물러나던 두 사람은 어느 순간부터는 상처 입은 머리를 맞대고 펀치를 날렸다. 씩씩거리던 이대백이 심민수의 턱에 비스듬한 어퍼컷을 꽂아 넣자 심민수가 뒤로 넘어졌다. 이대백이 심민수에게 외쳤다.

"어서 일어나! 아직 공 안 울렸어."

누워 있던 심민수의 몸이 물을 박차고 날아올랐다. 단숨에 거리를 좁힌 심민수의 오른손 펀치가 이대백의 얼굴에 꽂혔다. 생각지도 못한 타격에 그대로 주저앉은 이대백은 입안에 고여 있던 침을 뱉어내고 다시 일어났다. 이대백이 자세를 갖추자마자 심민수가 다시 뜀뛰기 선수처럼 펄쩍 도약했다. 이대백은 미리 예상하고 있었다는 듯 옆으로 물러났지만 심민수가 크게 휘두른 펀치에 걸려들었다. 나정현은 힘없이 물속으로 쓰러진 이대백에게 달려갔다. 심하게 찢어진 한쪽 눈가에서 붉은 피가 흘러나왔다. 나정현은 당장이라도 달려들 것처럼 움찔거리는 심민수에게 소리쳤다.

"그만, 경기 끝났어. 그만해."

그러자 이대백이 나정현을 밀치고 일어났다.

"아직 안 끝났어! 저리 비켜."

"안 돼요. 그만하세요."

"저 놈이 내 아들을 죽였어. 복수를 하기 위해서 들어왔는데 여기서 그만둘 수는 없지."

비틀거리며 일어난 이대백은 상대방이 내뿜는 푸르스름한 빛 속으로 몸을 던졌다. 사투는 계속되었다. 이대백은 어떻게든 접근하려고 했지만 심민수는 놀라운 도약력으로 뒤로 멀어졌다가 다시 빈틈을 노렸다. 심민수의 어퍼컷이 다시 이대백의 턱에 명중했다. 펀치에 맞은 이대백은 천천히 물속으로 쓰러졌다. 사방으로 튕긴 물이 기둥과 난간을 적셨다. 물속에 누운 이대백이 꼼짝도 않자 심민수는 물살을 헤치고 다가왔다. 그리고 이대백의 등을 발로 힘껏 눌렀다. 보다 못한 나정현이 소리를 질렀다.

"그만해! 그만하라고!"

심민수가 그를 쳐다보는 순간, 꼼짝도 않고 있던 이대백이 몸을 뒤집은 다음 심민수의 발목을 비틀었다. 균형을 잃은 심민수가 꼬꾸라지자 맹수처럼 달려든 이대백이 오른쪽 겨드랑이에 심민수의 머리를 올가미처럼 끼워 넣었다.

"미안, 심심해서 주짓수를 조금 배웠어."

말을 하는 순간에도 이대백의 얼굴은 터져버릴 것처럼 달아올랐다. 빠져나오려고 발버둥을 치면 칠수록 심민수의 목은 이대백의 겨드랑이 사이로 깊게 빠져들었다. 사방으로 헛손질을 해대던 심민수의 주먹이 이대백의 명치에 꽂혔다. 그러면서 풀려날 것처럼 느슨해졌던 올가미는 이대백의 고함소리와 함께 더 힘껏 조여들었다. 모든 것은 으드득거리는 소리와 함께 끝이 났다. 제멋대로 요동치던 심민수의 몸은 천천히 꺼져들었다. 텀벙거리며 달려든 나정현은 목이 부러진 심민수의 몸을 옆으로 밀치고 물속에 잠겨있던 이대백을 끌어안았다. 퍼런 멍이 든 눈에서는 피와 눈물이 섞여 쏟아져 내렸다.

"정신 차리세요. 눈 좀 떠 봐요."

"틀렸어. 폐가 작살나 버린 것 같아."

쿨럭거리는 이대백의 입에서 검붉은 피가 한 움큼 쏟아져 나왔다. 피를 머금은 그가 희미하게 웃었다.

"죽은 사람들을 다시 살리다니, 내 아들도 그렇게 했으면 좋겠지만 절대 안 될 일이지. 무슨 수를 쓰더라도 막아."

"알겠습니다…."

"난 이 어둠이 마음에 들지 않았어. 아들의 복수만 할 수 있다면 상관없다고 생각했는데, 아무래도 우리 큰일에 빠져든 것 같지 않아?"

다시 한 번 검붉은 피를 쏟아낸 이대백이 나정현의 팔을 힘껏 움켜잡았다. 뼈마디가 하얗게 드러날 정도로 힘을 준 그의 손이 부들부들 떨렸다.

"이 빌어먹을 어둠을 빠져나가."

눈을 감은 이대백의 몸이 물속으로 천천히 가라앉았다. 부릅뜬 그의 눈을 감겨준 나정현이 힘없이 몸을 일으키자 어깨 뒤에서 뻗어온 빛줄기들이 보였다.

뒤를 돌아보자 침울한 표정의 사람들이 서 있었다. 나정현은 사람들에게 소리쳤다.

"왜 죽었다가 돌아온 사람들이 하나같이 복수를 하려고 드는 겁니까? 대체 왜!"

가장 먼저 입을 연 것은 김원섭이었다.

"아마 기억 때문일 겁니다."

"기억?"

"저에게 그들이 그러더군요. 아들이 왜 그런 병에 걸렸는지 꼬치꼬치 캐물었습니다."

곁에 있던 김슬기의 눈이 휘둥그레졌다.

"맙소사, 저한테도 희우 씨에게 사고가 났을 때 왜 구해 주지 않았느냐고 집요하게 물었는데…."

김원섭이 눈가에 고인 눈물을 훔쳐내고는 이야기를 이어 갔다.

"아내는 카메라에 대고 내가 사창가에서 옮겨온 매독 때문에 자신의 몸이 망가졌고, 그것 때문에 아이가 병을 가지고 태어났다고 했습니다. 전 그런 아내에게 남편보다는 신앙이 먼저인 여자라고 독설을 퍼부었죠."

"그들은 집요하게 물었어요. 왜 사고가 났을 때 도와주지 않았는지, 난 처음에는 몰랐다고 했다가 나중에는 그냥 이기고 싶어서 그랬다고, 사고가 나든 말든 신경도 안 썼다고 내뱉었어요."

김원섭에 이어 김슬기가 고백했다. 주변의 눈치를 본 이무생이 헛기침을 하고는 입을 열었다.

"송자한테는 별 불만이 없었는디, 원장님께서 좋은 기억보다는 나쁜 기억이 환자한테 좋다고 혀서 몇 마디 헌 것밖에는 없어. 아들놈은 송자 병간호하는 딸 은혜를 찾으러 들어온 거고."

김슬기가 옆에 서 있던 최민우를 툭 쳤다.

"하, 한나가 사고로 죽고 나서 저한테도 그들이 찾아왔어요. 한나랑 사귈 때 만났던 다른 여자들 얘기를 해달라고 해서 노, 라고 딱 잘라서 얘기했는데, 선영이한테 다 얘기하겠다고 해서요. 마침 돈도 필요했고…."

"선영이는 또 누구야?"

김슬기의 물음에 최민우가 머쓱한 표정을 지었다.

"저, 한나가 알바하던 카페에서 같이 일하던 애였어요. 맹세코 제 스타일은 아니었는데 먼저 꼬리를 쳐서…."

이야기를 들은 나정현이 그들을 쏘아보면서 말했다.

"그러니까 어떤 식으로 실험이 진행되는지는 다들 눈치채고 있었군요. 애초에 실험에 동의한 것도 돈을 받았던 것이고요."

이무생이 그런 나정현에게 삿대질을 하면서 말했다.

"그럼 댁은 떳떳하다는 거요?"

"난 정말 아무것도 몰랐어요. 아내가 아들을 살릴 수 있는 방법이 있다고 해서 그런 줄만 알았죠."

김슬기의 목소리가 어둠속에 퍼졌다.

"우린 기억을 제공하는 것 외에 계약을 한 가지 더 했어요."

"어떤 계약?"

나정현의 물음에 김슬기가 대답했다.

"만약 문제가 발생했을 때에는 우리 손으로 직접 처리한다는 조항이죠. 사실 엑토컬처라는 명칭도 그때부터 알고 있었어요."

"망할…."

무릎에 힘이 빠져 버린 나정현은 그대로 차가운 물속에 주저앉아 버리고 말았다. 이들은 순수한 마음으로 가족과 친구를 살리려고 했던 것이 아니었고, 그들을 구하기 위해서 이곳에 들어온 것도 아니었다. 돈을 받고 실험에 동의한 것은 물론 적극적으로 동참했던 것이다. 겨우 정신을 차린 나정현이 중얼거렸다.

"당신들, 모두 괴물들처럼 보여."

"어차피 당신도 괴물로 변한 가족과 만나야 합니다."

김원섭의 차분한 말에 나정현은 힘없이 고개를 떨궜다. 이대백은 아까 그에게 가족과 함께 나가라는 말을 하지 않았다. 우두커니 서 있는 그에게 김슬기가 물었다.

"이제 뭘 해야 하죠. 우리?"

그러자 이무생이 앞으로 나서서 말했다.

"어쩌긴, 여기꺼정 왔는디 끝까지 가봐야제."

사람들은 눈빛으로, 혹은 가벼운 몸짓으로 무언의 동의를 했다. 나정현 역시 고개를 끄덕거렸다. 돌아가기에는 너무 깊이 들어왔다. 거기에다 대체 무슨 일이 벌어졌는지 눈으로 직접 봐야 할 것만 같았다.

"그나저나 왜 하필 생전의 나쁜 기억들이 필요했을까요?"

나정현의 질문에 낯선 목소리가 대답했다.

"그건 증오가 바로 우리들을 탄생시켜준 매개체였기 때문입니다."

놀란 사람들의 시선을 따라 어지럽게 엉켜 버린 불빛 사이로 짝짝 하고 박수소리가 들렸다.

"저쪽!"

윤삼식이 기둥 하나를 가리키면서 소리쳤다. 박수소리가 그치고 기둥 뒤에서 누군가 모습을 드러내자 사람들은 일제히 마른침을 삼켰다.

박수소리의 주인공은 더블버튼의 검은색 콤비에 하얀색 목도리를 한 겹 두른 중년의 남자였다. 앞쪽으로 기울어진 하얀색 중절모를 손가락으로 살짝 치켜든 남자는 일행을 향해 살짝 고개를 숙였다.

"대단들 하십니다. 잘해봤자 3층이라고 생각했는데 여기까지 내려오다니, 정말 너무 놀랍고 감탄스러울 따름입니다."

윤삼식이 그를 향해 눈을 부라렸다.

"너 뭐야?"

그러자 윤삼식을 향해 찡긋 웃은 남자가 말을 이어갔다.

"전 원래 사업가였습니다. 갑작스러운 교통사고만 아니었다면 지금쯤 서해 유전을 개발하고 있었을 겁니다. 다행히 제 죽음을 안타까워 하던 빚쟁이, 아니 지인들이 저를 소생시켜 달라고 병원장님을 설득했고, 전 다시 살아났습니다. 엑토컬쳐로서 말이죠."

남자는 손가락을 들어 자기 얼굴을 가리켰다.

"물론 예전과는 다른 게 몇 가지 있더군요. 잘 보시면 아시겠지만 피부가 창백해서 남들 눈에 잘 띕니다. 참, 눈동자도 파란 색이어서 전 바깥 외출을 할 때 항상 선글라스를 낍니다. 뭐, 병원장님께서 나중에는 사람과 구별이 안 갈 정도로 완벽하게 우리들을 만들어 주시겠지만 말입니다."

마치 조커처럼 억지로 웃는 것 같은 미소를 띤 그가 말을 이어갔다.

"여기까지 내려온 것은 칭찬하고 싶지만 스스로의 힘으로 여기까지 왔다고 믿었다면 오해라고 말씀드리고 싶군요. 당신들이 여기까지 올 수 있었던 건 우리가 허용을 했기 때문에 가능했던 일이었습니다.

비웃는 것 같은 남자의 말에 긴 사시미 칼을 꺼내든 윤삼식이 으름장을 놨다.

"씨발! 혓바닥을 잘라 버린다!"

윤삼식의 말에 남자는 행사의 시작을 알리는 아나운서 같은 말투로 자신의 등 뒤를 가리켰다.

"못 믿으실 것 같아서 데려왔습니다. 제 뒤쪽을 보시죠."

남자의 등 뒤로 나타난 괴물들을 본 김원섭이 절망어린 말투로 내뱉었다.

"젠장, 오십 마리는 되는 것 같은데요."

"제 손짓 한 번이면 이 괴물들은 당신들을 갈가리 찢어 버릴 겁니다."

허공에 치켜든 남자의 손에서 딱 하는 소리가 나자 괴물들이 일제히 으르렁거렸다.

나정현은 당장이라도 사시미 칼을 들고 덤벼들려고 하는 윤삼식을 손짓으로 만류했다. 그리고 여유 만만해하는 남자에게 물었다.

"원하는 게 뭐요?"

"역시, 말이 통할 거라고 믿었습니다. 우리의 요구조건은 간단합니다. 지금이 4시 반이니까 앞으로 2시간 반 후에 이곳의 문이 열릴 겁니다. 그때 당신들과 함께 우리들 중 일부가 함께 나갈 겁니다. 그렇게만 약속해 주시면 여러분들의 안전은 이 신원기가 책임지겠습니다."

나정현은 신원기라고 자신의 이름을 밝힌 남자에게 말했다.

"미안하지만 여기서도 당신 피부랑 눈동자가 다르게 보여."

나정현은 신원기와 대화를 하는 와중에도 계속해서 괴물들이 늘어나는 걸 느꼈다. 위층에서 만났던 괴물들보다는 더 작고 허약해 보였지만 숫자는 어마어마해 보였다.

"그건 뭐 우리들이 알아서 하겠습니다. 부상을 입어서 얼굴에 온통 붕대를 두를 수도 있고, 피를 발라서 가릴 수도 있으니까요."

여전히 여유 만만한 신원기에게 나정현이 물었다.

"여길 나가서 뭘 할 생각인데? 설마 사람들 속에서 섞여 살려고 그러는 거야?"

"우린 나가서 할 일이 있습니다."

그때 옆에서 듣고 있던 김슬기가 끼어들었다.

"이제 기억난다. 서해 유전 개발한답시고 사람들한테 사기 쳤었지. 인터넷에서 봤어."

그러자 신원기의 얼굴이 처음으로 굳어졌다.

"물론 서해 제3대륙붕에서 석유는 나오지 않았습니다. 하지만 전 실패할 수도 있다고 분명히 투자자들에게 말했고, 그들도 그걸 수긍했습니다. 아쉬운 일이지만 사업이라는 건 원래 도박과 비슷해서 전문가조차 결과를 예측할 수 없습니다. 뭐 인생과 비슷하다고 할까요."

신원기는 괴물들을 쓱 둘러보고는 사람들에게 말했다.

"전 나쁜 사람은 아닙니다. 피를 볼 생각도 전혀 없습니다. 하지만 여러분들이 제 부탁을 들어주지 않는다면 뭐 어쩔 수 없습니다. 한두 명을 시범케이스 삼아서 갈가리 찢어버릴 겁니다."

"아까 증오가 매개체라고 했는데 좀 더 구체적으로 말해줄 수 있어?"

나정현의 물음에 신원기는 약간 얼굴을 찡그렸다.

"나정현 씨 맞죠? 시간을 끌 생각이라면 어리석은 짓이라는 걸 말씀드리고 싶군요."

"정말 궁금해서 그래."

"좋습니다. 전 원래 친절한 사람이니까요."

기둥에 한쪽 팔을 기댄 신원기가 다른 쪽 손으로 옆머리를 톡톡 두드렸다.

"아, 그러니까 제가 들은 얘기를 종합해 보면 액체 형태로 추출된 엑토플라시즘은 다양한 방법으로 실험되었습니다. 동물에게 주입시켰다가, 죽은 시신에 주입시켜도 보았고, 심지어는 산 사람에게도 주입시켜 봤지만 모두 실패로 돌아갔답니다. 기억을 주입시키는 실험은 우연히 발견된 것 같은데 엑토플라시즘을 추출해 낸 당사자의 기억이 어떤 형태로든 영향을 미친 것 같습니다."

"그게 왜 하필 증오였을까?"

"그건 저도 모르겠습니다. 확실한 건 그 증오가 강렬하면 강렬할수록 엑토컬쳐로 재생되는 시간이 단축되는 건 물론 독특한 능력까지 지니게 되더군요."

"독특한 능력?"

거듭된 의문에 신원기의 얼굴은 점점 굳어져 갔다. 손가락을 까닥거린 신원기가 덧붙였다.

"이번이 정말 마지막입니다. 그러니까 부활한 엑토컬쳐들 중 일부는 초능력이라고 불러야 하는지 염력이라고 불러야 하는지 모르는 능력을 가졌습니다. 물론 본인들도 그걸 어떻게 써야 할지 잘 몰라서 제가 가끔 조언을 해 주고 있습니다. 자 이제, 질문은 그만 받겠습니다. 이제 어떻게 하실 겁니까?"

"너희들이 햇빛을 볼 자격이 있다고 생각해?"

나정현의 말에 미소를 머금고 있던 신원기의 표정이 일그러졌다.

"죽은 사람들이 되살아나니까 마음이 불편하신가? 우리가 징그럽고 역겨워? 우릴 똑똑히 보라고, 죽은 우릴 되살린 것도 너희들이야."

신원기의 분노는 어둠속에 쩌렁쩌렁 울렸다. 그의 손가락이 나정현을 향했다.

"우리가 햇빛을 볼 수 없다면 네 놈도 못 보게 만들어 주지."

그 순간 나정현의 머릿속에 한 가지 생각이 떠올랐다. 죽이라는 신원기의 외침에 괴물들이 움직이기 시작했다. 김슬기가 다급하게 외쳤다.

"어서 도망쳐요."

그러자 나정현은 김슬기의 팔을 잡아당기며 외쳤다.

"더 좋은 방법이 있어요. 다들 난간 위로 올라가요. 어서!"

사람들은 어리둥절해 했지만 나정현의 재촉에 하나둘씩 난간 위에 올라섰다. 한 뼘 정도 되는 대리석 난간은 물기 때문에 미끄러웠지만 버틸 만했다. 신원기가 난간 위에 올라 비틀거리며 균형을 잡는 일행을 비웃었다.

"뭘 하려는지 모르겠지만 아무 소용없어."

나정현은 신원기의 비웃음을 무시하고 옆에 올라선 윤삼식에게 소리쳤다.

"전기 충격봉 좀 빌립시다."

그러자 윤삼식이 허리춤의 전기 충격봉을 건넸다.

"받아요."

윤삼식이 던져준 전기 충격봉은 생각보다 묵직했다. 가죽이 감겨진 손잡이 위쪽의 버튼을 누르자 삼단봉처럼 펼쳐진 전기 충격봉에는 황금색 코일이 뱀처럼 감겨 있었다. 윤삼식이 나정현에게 소리쳤다.

"빨간 버튼이 작동 스위칩니다. 근데 그걸로 뭐하게요?"

"두고 보면 압니다. 떨어지지 않게 조심해요."

그 사이 괴물들은 신원기를 지나쳐 접근해 왔다.

"뭘 하려는지 모르겠지만 빨리 좀 하면 안 될까요."

두 팔을 벌린 채 간신히 균형을 잡고 있던 최민우가 울상이 된 채 외쳤다. 나정현은 괴물들이 다가오는 걸 보면서 빨간색 버튼을 눌렀다. 전기 충격봉은 빠지직거리는 소리를 내며 은색 불꽃을 만들어 냈다. 그때서야 나정현의 의도를 알아챈 신원기가 괴물들에게 소리쳤다.

"얼른 잡아!"

나정현이 물속으로 전기 충격봉을 떨어뜨리자 신원기는 외마디 비명을 지르며 기둥에 매달렸다. 전기 충격봉이 빠지자 물의 표면으로 하얀 빛의 테두리가 퍼져 나갔다. 다가

오던 괴물들은 온몸을 부르르 떨다가 물속으로 끌려들어 갔다. 녹아들어가는 괴물들의 애처로운 비명이 도미노처럼 멀리 퍼져 나갔다. 괴물들이 거짓말처럼 사라져 버리고, 그들의 비명소리마저 사라져 버렸다.

"거시기, 좋은 생각이기는 한데 우린 언제 내려갈 수 있을까?"

뒤뚱거리던 이무생의 물음에 김슬기가 대신 대답했다.

"제게 좋은 방법이 있어요. 혹시 권총 남은 거 있어요?"

이무생이 옆구리에 끼고 있던 작은 가방에서 사제 권총을 꺼내주며 물었다.

"여기 있어. 근데 이걸로 뭘 어쩌게."

김슬기는 앞쪽을 턱으로 가리키며 말했다.

"쟬 떨어뜨려 보면 알 수 있잖아요."

그리고는 곧장 기둥에 매달려 있는 신원기를 겨냥하고는 방아쇠를 당겼다.

탕!

묵직한 총성이 울리고 이를 악물고 기둥에 매달려 있던 신원기는 옆구리에서 형광색 피를 흘리며 물속으로 떨어졌다. 물에 삼켜진 신원기를 본 김슬기가 어깨를 으쓱거렸다.

"괜찮은 것 같은데요?"

김슬기가 난간에서 뛰어내리자 다른 사람들도 하나둘씩 난간에서 내려왔다. 물에서 풍겨오는 미지근한 악취에 사람들은 하나같이 코를 막았다.

맨 먼저 물속에 뛰어내렸던 윤삼식이 곧장 신원기에게 달려갔다. 옆구리를 붙잡고 물속에서 간신히 몸을 일으키던 신원기는 윤삼식에게 머리채를 붙잡히자 비명을 질렀다.

"살, 살려 줘."

김슬기는 신원기의 비명은 아랑곳하지 않고 단단히 머리카락들을 움켜쥐고는 일으켜 세웠다.

"갈가리 찢어 줄까?"

"아까 그 말은 농담이었어. 너무 심각하게 받아들이지 말라고."

신원기는 겁에 질린 표정으로 손을 내저었다. 나정현은 떨고 있는 신원기의 멱살을 잡았다.

"환자들이랑 가족들 어디 있어?"

"그들이 아직 살아있을 거라고 생각해?"

표정이 바뀐 신원기의 말에 윤삼식이 머리채를 뒤로 당겨서 물속에 넘어뜨렸다. 그리고 한참 동안 허우적거리던 그를 다시 일으켜 세웠다. 나정현이 다시 물었다.

"중앙 실험실이 어디야?"

"몰라. 사실은 나도 여긴 처음이라 말이야."

신원기가 모른다는 말만 되풀이하자 윤삼식이 난간에 그의 손가락을 올려놓고 사시미 칼로 새끼손가락을 잘랐다. 잘린 새끼손가락과 함께 형광색 피가 물속으로 주르륵 쏟아졌다. 찢어질 듯 비명을 지른 신원기에게 윤삼식이 말했다.

"너는 이제부터 우리를 가족들이 있는 곳으로 안내하는 거야. 시키는 대로 하면 남은 손가락은 안 건드리지."

형광색 피가 섞인 기침을 쿨럭거린 신원기가 말했다.

"난 사기꾼이고 비겁한 놈이었지만 배신자는 아니야. 그러니까 차라리 여기서 날 죽여."

윤삼식이 손가락을 하나 더 자르려고 하자 김슬기가 말렸다.

"잠깐만요. 길안내는 못 시켜도 방패막이는 시킬 수 있을 거예요."

김슬기가 가방에서 꺼낸 로프를 흔들어 보였다.

"이걸로 결박하면 허튼짓하지 못할 거예요."

김슬기와 김원섭이 신원기의 양손을 등 뒤로 묶는 와중에 코를 훌쩍거린 이무생이 말했다.

"어서 갑시다. 어찌되었건 끝을 봐야지."

김원섭이 손을 들어 남쪽 통로를 가리켰다.

"확장된 공간은 저쪽 통로로 연결되어 있을 겁니다."

그쪽을 바라보던 나정현에게 김슬기가 다가왔다.

"아까부터 누가 지켜보고 있는 것 같아요."

나정현은 고개를 돌려서 주변을 바라봤지만 지긋지긋한 어둠뿐이었다. 나정현은 여전히 어둠속에서 눈을 떼지 못하는 그녀에게 말했다.

"일단 천천히 움직입시다."

그때 어둠속에서 서걱거리는 소리가 들려왔다. 흠칫 놀란 나정현이 몸을 낮추고 주변을 둘러봤다. 이무생의 비통한 목소리가 어둠속에 울려 퍼졌다.

"아이고! 형주야!"

사람들의 시선이 일제히 그에게로 향했다. 이형주는 고통으로 얼룩진 얼굴로 천천히 무릎을 꿇었다. 그 뒤로 그림자가 보이자 최민우가 비명을 질렀다.

"저 놈이 위층에서 우릴 공격한 놈이에요."

사시미를 뽑아들고 덤벼들려던 윤삼식은 상대방의 손에 들린 창을 보고는 멈칫했다. 김슬기가 던져준 창을 받아든 나정현은 이형주를 내려다보던 괴물에게 소리쳤다.

"이 망할 괴물 녀석아! 이쪽이다!"

헤드램프의 빛을 뒤집어 쓴 괴물의 모습이 똑똑히 보였다. 트레이닝복 차림의 괴물은 신원기만큼이나 창백하고 기분 나쁜 피부와 눈동자를 가지고 있었다. 나정현은 창을 들고 괴물을 기둥 쪽으로 몰았다. 그 사이 김슬기와 김원섭이 물속에 쓰러진 이형주를 뒤쪽으로 끌고 갔다. 쓰러진 아들을 본 이무생이 욕설과 함께 권총을 겨눴다.

"이 쌍놈의 새끼가 감히 내 아들을 건드려!"

바로 옆에서 총성이 터지자 나정현은 움찔하고 말았다. 그 사이 괴물은 기둥 뒤로 숨었다. 총알을 다시 장전하려는 이무생의 앞을 가로막은 나정현이 소리쳤다.

"뒤로 물러서세요. 위험합니다."

"걱정 마. 아까 위에서는 뭣도 모르고 당했지만 여기선 아녀."

기둥 반대편으로 튀어나온 괴물이 길게 창을 뻗었다. 창을 든 윤삼식과 김슬기가 가세하자 괴물은 다시 기둥 쪽으로 밀려 나갔다. 윤삼식의 창을 피하던 괴물이 기둥을 등졌다. 나정현과 김슬기는 양쪽으로 갈라져서 다시 기둥 뒤로 숨지 못하게 막았다. 그 사이 장전을 마친 이무생이 의기양양하게 소리쳤다.

"이 놈! 맛 좀 봐라!"

이무생이 괴물에게 권총을 겨눴다. 끝났다고 생각한 순간 놈이 기둥을 붙잡고 위로 기어올라 갔다. 그 틈을 노려서 나정현이 창으로 찌르려고 했다. 하지만 괴물과 눈빛이 마주친 순간 창이 엿가락처럼 휘어 버렸다. 순식간에 기둥 끝에 도달한 괴물은 바로 오 미터쯤 떨어진 옆의 기둥으로 몸을 날렸다. 기둥을 옮겨간 괴물이 어리둥절해 하면서 바라보는 일행에게 괴성을 질렀다. 권총을 겨누고 있던 이무생이 중얼거렸다.

"스파이더맨이여, 뭐여?"

괴물은 다시 몸을 훌쩍 날려서 사람들 머리 위를 지나서 서쪽 통로 입구에 내려앉았다. 그리고 일행을 한 번 노려본 후에 서쪽 통로의 어둠속으로 몸을 숨겼다. 그러자 김원섭이 외쳤다.

"쫓아요. 서쪽통로는 기계실이랑 물탱크가 있어서 방이 없습니다."

여기서 놈을 잡지 못하면 두고두고 괴롭힘을 당할지도 모른다는 두려움이 사람들을 움직이게 만들었다. 통로로 조심스럽게 들어서자 어둠속에서 으르렁거리는 소리가 들려왔다. 윤삼식과 나정현의 뒤를 따라온 이무생이 어둠을 향해 권총을 발사했다. 어둠속으로 날아간 탄환이 통로 어딘가에 맞는 소리가 들려왔다. 괴물의 모습은 헤드램프에 잡히지 않았지만 소리는 분명이 들렸다. 김원섭까지 가세해서 창에 달린 플래시로 통로를 뒤지자 구석에 숨어 있는 괴물을 발견할 수 있었다. 나정현을 비롯한 남자들은 조금씩 거리를 좁혀가면서 괴물을 몰았다. 이무생이 탁한 목소리로 외쳤다.

"함정일지도 모르니까. 조심들 혀!"

불빛에 쫓겨 간 놈이 벽을 더듬거렸다. 아마 열 수 있는 문을 찾는 것 같았다. 그러다 통로 끝까지 밀려났다.

"옳거니, 이제는 못 피할 거다."

침을 튀기며 소리친 이무생이 신중하게 권총을 겨눴다. 벽을 등지고 서 있던 놈은 잽싸게 비상문을 열고 비상통로 안으로 사라져 버렸다.

"이런, 쥐새끼 같은 놈!"

흥분한 이무생은 누가 말릴 틈도 없이 철문을 확 잡아당겼다. 드러난 어둠 한복판을 겨냥하고 방아쇠를 당기려던 이무생은 다리의 통증에 짧은 비명과 함께 주저앉아 버렸다. 괴물의 얼굴이 흔들리는 불빛에 잠깐 드러났다가 어둠 속으로 가라앉았다. 팔뚝을 움켜쥐고 주저앉은 이무생이 엉금엉금 기어서 문에서 벗어났다. 괴물은 계단 뒤편으로 몸을 숨겼다. 악에 바친 이무생이 손에 들고 있던 것에 불을 붙였다.

"비켜들 보셔. 이거라면 놈을 작살낼 수 있을 겨."

치직거리며 타들어가는 도화선의 불똥을 본 나정현이 물었다.

"이게 뭡니까?"

"폭탄. 얼른 피해!"

이무생은 도화선이 절반쯤 타들어간 폭탄을 놈이 숨어 있던 계단 뒤편으로 던졌다. 깡통이 굴러가는 요란한 소리가 어둠 너머로 사라졌다. 나정현과 사람들이 합심해서 통로 안쪽으로 열린 철문을 거의 닫을 찰나, 큰 폭음과 함께 충격이 느껴졌다. 문을 잡아당기던 나정현은 물론 김원섭과 윤삼식, 그리고 이무생까지 그 충격에 뒤로 벌렁 넘어지고 말았다. 윤삼식이 머리를 털어대면서 욕설을 퍼부었다.

"아우, 망할 영감탱이 같으니라고…."

나정현과 윤삼식 사이에 쓰러져 있던 이무생은 검은 연기를 꾸역꾸역 토해내는 비상문을 쳐다보면서 중얼거렸다.

"이 정도면 죽었것제?"

겨우 정신을 차린 나정현이 이무생에게 물었다. 확인해 보는 게 맞지만 겁이 나서 아무도 들어갈 엄두를 못 냈다. 결국 문을 닫고 창으로 빗장을 질러두는 것으로 만족해야만 했다.

"그 폭탄이라는 건 뭘로 만드신 겁니까?"

"원래는 사제 권총을 몇 자루 더 맹글려고 했는데, 시간이 너무 촉박해서 도저히 안 되더라고, 그래서 차라리 수류탄처럼 만들어 버렸지. 깡통에 폭약 넣고 주변에 쇳조각이랑 스프링 쪼가리 꽉꽉 채우고 도화선을 박아서 만든 겨. 이거까지 꺼내면 무식하다고 할까 봐 그냥 냅두고 있었던 겨."

"몇 개나 남았습니까?"

옆구리에 낀 가방을 툭 친 이무생이 대꾸했다.

"가만 있자. 다섯 개 만들어서 하나 썼으니까, 네 개 남았네. 그나저나 이제 어찌할 건가?"

"끝을 봐야죠. 환자들은 그렇다 쳐도, 간병하던 가족들은 구해야 하지 않겠습니까?"

"하긴, 송자야 오늘내일했지만 아직 새파란 은혜는 어떡하든 구해내야제."

네 사람은 연기가 피어나는 비상계단을 등 뒤로 하고 중앙정원 쪽으로 걸어나왔다. 나정현은 넘어지면서 발목을 접질렀는지 오른쪽 발에 통증을 느꼈다. 절룩거리는 그의 모습을 지켜보던 윤삼식이 말없이 한쪽 어깨를 들이밀었다. 그의 어깨에 한쪽 손을 얹자 걷기가 한결 수월해졌다. 여유를 찾은 나정현이 물었다.

　"그나저나 형님 만나러 왔다고 했죠?"

　"달호 형님이랑 같이 조직을 재건하자고 했는데 이제는 뭘 어떡해야 할지 모르겠어요. 달호 형님도 돌아가신 것 같고…."

　중앙정원에서 김슬기가 다친 이형주를 돌보고 있었다. 신원기는 그 틈을 타서 도망치려고 했는지 좀 떨어진 구석에 최민우의 감시를 받은 채 쪼그리고 앉아 있었다. 김슬기가 다가오는 나정현을 향해 말했다.

　"오른쪽 옆구리가 찔렸는데 다행히 깊진 않아요. 하지만 빨리 치료를 받는 게 좋을 것 같아요."

　이형주의 옆구리에 감겨진 붕대에는 피가 배어 나왔다. 그녀의 말을 들은 이무생은 고개를 숙였다.

　"계집에 눈이 멀어서 멀쩡한 자식새끼를 다치게 하다니, 볼 면목이 없구나."

　그러자 이형주가 고개를 저었다.

　"많이 안 다쳤으니까 너무 염려 마세요. 빨리 은혜 찾으러 가요."

"움직일 수 있겠냐?"

"네."

짤막하게 대답한 이형주는 안간힘을 쓰며 일어났다.

"어서 가요. 아버지…."

창을 쥔 나정현이 일행과 함께 물을 헤치고 남쪽 통로로 향했다. 그때 뒤따라온 김슬기가 손목시계를 내밀었다.

"이제 아저씨가 차고 다니세요."

시간은 새벽 4시 50분이었다. 어둠속으로 들어온 지 13시간이 되어가는 중이었다. 시계를 들여다보던 그에게 김슬기가 낮은 목소리로 말했다.

"방금 그 엑토컬쳐요. 어디서 봤던 놈 같아요."

"어디서?"

나정현의 물음에 김슬기는 피식 웃었다.

"기억이 날 듯 말 듯해요. 이런 상황에서 그런 생각이나 하다니, 저도 참 웃기죠?"

김슬기의 이야기를 들으며 이대백의 시계를 손목에 차던 나정현은 알 수 없는 느낌에 붙잡혀 뒤를 돌아봤다. 흐릿한 어둠뿐이 없다는 사실을 깨달은 후에도 누군가 있는 것 같다는 생각은 지워지지 않았다. 사제 권총을 꺼내든 김슬기가 물었다.

"엑토컬쳐예요?"

"아뇨. 잘못 봤나 봅니다."

지친 탓에 예민해진 것 같다고 생각한 그는 고개를 저었다. 그리고 일행을 따라잡기 위해 발걸음을 재촉했다.

─ 붕괴 후 12시간 50분 경과, 지하 7층

남쪽 통로는 다른 곳보다 조금 더 길었다. 그리고 통로 끝에는 불투명한 유리로 된 두꺼운 유리문이 보였다. 냉큼 앞장선 최민우가 유리문 옆에 있는 검정색 버튼을 눌렀다.

"이거 누르면 열리는 거죠?"

낮은 기계음과 함께 문이 열리면서 문 앞에 대롱대롱 매달린 사람들의 발과 마주쳤다. 바람 한 점 없음에도 불구하고 발들은 좌우로 천천히 흔들거렸다.

"으아아악!"

멋도 모르고 유리문을 연 최민우의 숨넘어가는 비명을 시작으로 사람들은 구역질과 욕지거리를 뱉어냈다. 두 손이 등 뒤로 묶여 있던 신원기만이 통로 한복판에 서서 낄낄거릴 따름이었다.

"어때? 악인은 심판을 받고, 가련한 자들은 구원을 받을 것이니…!"

신원기는 말을 끝맺지 못했다. 이형주가 김슬기가 들고 있던 창을 빼앗아 괴성을 지르며 등을 찔렀기 때문이었다. 신원기는 허공에서 대롱거리던 스타킹을 신은 다리에 형광색 피를 뿜으면서 앞으로 꼬꾸라졌다. 이형주는 창을 내동댕이치고 울부짖었다.

"은혜야! 은혜야!"

천장의 철제 구조물에 목이 매달린 시신들은 모두 여섯 구였다. 두 명의 남자와 두 명의 여자는 의사 가운과 간호사 복장이었다. 남은 두 여자의 시신 중 하나는 이형주가 은혜라고 부르는 여인이었다. 검은 원피스를 입은 다른 여인의 시신 앞에는 윤삼식이 우뚝 섰다.

"형수님….."

윤삼식은 믿을 수 없다는 눈으로 하얀 물방울 무늬가 점점이 찍혀 있는 물방울 원피스를 입은 여인을 바라보았다. 뒤에서는 이무생이 웩웩거리며 속을 게워내는 소리가 들렸다. 죽음의 장벽에 막혀 버린 일행은 어찌할 바를 모른 채 시신들 앞에서 서성거렸다. 눈물을 훔친 윤삼식이 나정현에게 말했다.

"뭐합니까? 어서 시신들을 내려야지요."

"그, 그럽시다."

주변을 둘러봤지만 시신을 끌어내릴 만한 사다리나 발판이 보이지 않았다. 두리번거리던 윤삼식이 나정현에게 다가와서 사시미 칼을 건넸다.

"내가 태워드릴 테니까 밧줄을 자르세요."

나정현의 다리 사이로 머리를 들이민 윤삼식이 끙 하는

소리와 함께 일어났다. 시신의 목을 옭아맨 링거줄을 사시미 칼로 잘라내면 김슬기와 김원섭이 조심스럽게 시체를 받아 문 옆에 차례로 눕혔다. 환자들은 그렇다 쳐도 간호를 하던 가족들은 무사할 것이라는 희망이 무너져 버린 사람들의 마음은 증오로 가득했다.

"이 망할 잡것들 같으니라고, 싸그리 잡아다가 씨를 말려버려야 이 분이 풀리것어."

이를 바득바득 간 이무생이 축 늘어진 아들을 토닥거리며 말했다. 검은 원피스를 입은 여인 곁에 무릎을 꿇고 있던 윤삼식 역시 독이 오른 표정을 짓고 있었다.

"이제 모든 희망이 다 사라져 버린 셈이군요. 대충 짐작하고 있기는 했지만 말입니다."

반면 좀 더 냉정할 수 있었던 김원섭은 차분한 표정으로 나정현에게 다가왔다.

"좀 이상하지 않습니까?"

"뭐가 말입니까?"

"차재경 씨가 보낸 안내장에는 병원이 붕괴되는 시간이 정확히 기재되어 있었습니다. 무너질 본관에 있을 사람들은 다 대피시켜 놓고 정작 이곳에서는 환자 가족들은 대피시키지 않았어요."

나정현도 같은 생각이었다. 아들은 그렇다쳐도 왜 아내에게는 피하라는 말을 하지 않았을까? 그나마 불행인지 다행인지 아내는 목매달려 죽은 사람들 틈에 없었다.

"그 모든 것의 결론은 저기 있을 겁니다."

김원섭이 손을 들어 어둠을 가리켰다. 기둥들이 촘촘히 세워진 공간 안쪽에는 붉은 벽돌로 가려진 또 다른 공간이 보였다. 차재경이 이야기한 중앙 실험실인 것 같았다. 나정현은 그쪽을 바라보다가 중얼거렸다.

"아마도 그렇겠죠."

한참 구역질을 하던 이무생이 숨을 헐떡거리면서 말했다.

"고만들 울고 어서 어서 움직입시다. 어떤 놈이 우리 송자를 죽였는지 쌍판을 봐야 쓰겄어."

검은 원피스를 입은 여인의 시신에게서 멀어진 윤삼식의 눈은 붉게 충혈되었다. 품속에서 사시미 칼을 꺼낸 윤삼식이 어둠을 향해 소리를 질렀다.

"어떤 놈이든 나와! 모조리 담가 버릴 거야."

사람들은 제각각의 마음을 품에 안고서 희미해진 어둠 속을 더듬어갔다.

**

첫 번째 살육 이후 두 번째 목소리에 사로잡힌 그는 아래층으로 내려갔다. 그리고 침입자들이 남겨놓은 무자비한 살육의 흔적들을 발견했다. 마침내 맨 아래층에서 이제 막 살육을 끝낸 그들을 찾았다. 타오르는 분노에 사로잡힌 그는 어둠속으로 훌쩍 뛰어내려서 틈을 노렸다. 처음 마주쳤던 침입자들보다 더 잔인해 보였기 때문이다. 그러다가 마침내 좀 떨어져 있던 살인자의 등 뒤로 돌아가는 데 성공했다. 그리고 아까 집어온 창을 가지고 옆구리를 찔렀다. 쓰러진 상대방의 숨통을 끊으려던 그에게 다른 살인자들이 덤벼들었다. 창을 가지고 덤벼드는 그들과 맞서 싸우다 기둥을 타고 올라간 그는 반대편 통로로 훌쩍 뛰어내렸다. 그리고 쫓아오는 그들을 피해 계단 아래로 숨었다. 깡통이 굴러오는 소리에 본능적으로 몸을 피하려 했지만 그럴 곳이 없었다. 고개를 돌린 그는 불붙은 깡통을 노려봤다. 그러자 방향을 바꾼 깡통이 문 쪽으로 굴러가서 터졌다. 제법 거리가 되긴 했지만 날아드는 파편과 열기는 적지 않았다. 구석에 몰려서 의식이 사라져가던 그의 귓가에 사라졌던 첫 번째 목소리가 들려왔다.

　―사명을 기억해.

　사라졌던 첫 번째 목소리가 다시 들려왔다.

　"뭐라고?"

　―아버지를 기다려, 그분이 널 인도해 주실 거야.

　새로운 의문이 그를 일으켜 세웠다. 주변을 두리번거리던 그의 귀에 비상문이 열리는 소리가 들렸다. 그가 고개를 돌리자 어둠을 등진 그림자가 보였다.

　"아버지?"

"따라오너라."

그림자는 그의 대답을 기다리지 않고 몸을 돌렸다. 그는 멀어져 가는 그림자를 쫓아 절름거리는 다리를 움직였다. 그는 통로로 나와서 재차 물었다.

"당신이 아버지입니까?"

그러자 그림자가 고개를 끄덕거렸다.

"그런 셈이지."

"제가 누구죠? 저 살인마들은 왜 우리 동족들을 무자비하게 죽이는 겁니까?"

의문들을 쏟아낸 그에게 아버지가 통로 너머의 어둠을 바라봤다.

"모든 건 다 저기에 있지."

그는 아버지가 가리킨 어둠을 노려보았다. 그리고 대답했다.

"그렇다면 가겠습니다."

"사명을 잊지 말게."

"어떤 사명 말씀이십니까?"

"우리들의 꿈."

아버지는 어둠을 향해 성큼성큼 걸어가는 그에게 말했다.

"이 어둠을 벗어나면 내 무덤을 찾아주게. 모든 건 거기서부터 시작될 테니까 말이야."

"그럼 지금 이건 뭡니까?"

걸음을 멈춘 그가 묻자 아버지가 말했다.

"이건 단지"

잠시 숨을 고르는 것 같던 아버지가 덧붙였다.

"어둠일 뿐이야."

제6장

진
실

진 실

시신들을 수습하고 난 일행은 잠깐 휴식을 취한 후에 실
험실로 보이는 공간을 향해 움직였다. 이곳에서 구출할 수
있다고 생각했던 가족들이 왜 죽었는지, 그 원인이라도 밝
혀야 하지 않느냐는 분위기 탓이었다. 옆구리를 다친 이형
주까지 창을 지팡이 삼아서 묵묵히 따랐다. 시신들이 발견
된 이후 나정현과 다른 일행 사이에는 묘한 벽이 생기기 시
작했다. 힘들게 마지막 지하까지 내려왔는데 가족들의 죽
음만을 확인해야 했던 그들과 아직 희망을 놓을 수 없는 그

의 간극은 컸다. 가족들을 찾으러 온 것이 아닌 김슬기만 그와의 거리를 두지 않았다. 유리문 안쪽의 공간은 연구소나 실험실보다는 사원이나 성당 같은 분위기를 풍겼다. 몇 개의 계단 아래 자리 잡은 넓은 어둠은 둥근 기둥과 하얀색 타일이 붙은 벽으로 구성되었다. 천장을 살펴보던 김슬기가 중얼거렸다.

"스탠드글라스만 있으면 딱 중세 성당이라고 해도 믿을 것 같아요."

"그 실험실인가 뭔가는 대체 어디 있는 거야."

거울에 비춰지는 것처럼 계속 같은 공간이 반복되자 극도로 신경질적이 되어 버린 윤삼식이 거칠게 말을 내뱉었다.

"저쪽! 뭔가 있어요."

안전모에 매달린 헤드램프를 만지작거리던 김슬기의 외침에 사람들의 시선은 일제히 한곳으로 몰려들었다. 붉은 벽돌을 쌓아올린 벽들이 기둥과 기둥 사이를 가로막고 서 있었다. 아버지의 부축을 받은 이형주가 김원섭에게 물었다.

"저게 뭘까요?"

그러자 고개를 갸웃거린 김원섭이 대답했다.

"글쎄요. 설계도에는 없던 겁니다. 일단 가 봅시다."

벽은 기둥과 기둥 사이를 붉은 벽돌을 차곡차곡 쌓아올려서 만들어진 형태였고 출입문은 보이지 않았다.

"그냥 벽인가?"

"다들 여기로 좀 와봐요. 게이트 같아요."

최민우가 뒤쪽에서 아치형으로 된 유리문을 발견하고 소리쳤다. 우윳빛 유리문은 센서로 작동되는 듯 사시미 칼을 뽑아든 윤삼식이 앞에 서자 스르륵 열렸다. 갇혀 있던 어둠들이 일행을 반겼다. 유리문 안으로 성큼 들어선 김원섭이 중얼거렸다.

"센서가 작동되는 걸 보면 전원이 들어온다는 뜻인데, 스위치를 찾아봅시다."

사람들의 시선들이 흩어지고 잠시 후 스위치를 찾았다는 윤삼식의 말과 함께 천장의 전등들이 일제히 켜졌다.

"으흐음⋯."

오랫동안 어둠속에 익숙해져 있던 사람들은 갑작스러운 빛을 감당하지 못하고 일제히 손으로 눈을 가리면서 신음소리를 냈다. 갑자기 잠에서 깬 사람들처럼 눈을 비비던 일행은 빛이 보여준 무시무시한 광경을 보고 말았다. 얼굴을 찡그린 이형주가 믿을 수 없다는 듯 내뱉었다.

"맙소사, 이게 다 뭐야?"

방 안은 온통 죽음뿐이었다. 지하 1층에서 봤던 거대한 나무 탁자들 위에는 벌거벗은 시신들이 눕혀져 있었다. 벌거벗겨지고 머리카락과 체모가 모두 깎여져 나간 시신들에게서는 짙은 소독약 냄새가 풍겼다. 얼굴을 찡그린 김슬기가 배가 남산만한 중년남자의 시신 앞에 멈췄다.

"여긴 뭐죠? 실험실이라고 하더니 시체 안치실이잖아요."

부상을 당한 아들을 부축한 이무생이 시신들 사이를 지나쳐 가면서 중얼거렸다.

"이게 다 뭐시여."

횡설수설하는 이무생이 덜덜 떨면서 시신들 사이를 지나쳐 갔다. 내부는 생각보다 넓었고, 시선이 닿는 끝까지 시신들뿐이었다. 대부분의 시신들은 꽤 시간이 경과한 듯 살갖이 푸르스름했지만 방부처리가 되었는지 썩는 냄새는 나지 않았다. 시신은 아이들부터 늙은 노인까지 다양했고, 남자와 여자가 모두 골고루 나눠져 있었다. 나정현은 아들 또래의 남자 아이 시신을 보고 가슴이 털컹 내려앉았지만 다행인지 불행인지 아들 휘는 아니었다.

"맙소사, 형님!"

한쪽에서 윤삼식의 울부짖음이 터져 나왔다. 체구가 커 보이는 중년 남자의 시신 곁에 무릎을 꿇은 윤삼식이 통곡했다.

"형님을 뵐려고 내려오다가 달호 형님까지 돌아가셨는데…."

윤삼식은 말을 잇지 못했다. 저쪽에서는 이무생이 송자라는 여인의 시신을 발견했는지 통곡을 했다.

"아이고, 송자야. 여기 있었구나."

시체들 사이를 둘러보던 최민우도 또래의 젊은 여자가 누워 있는 곳에 멈춰섰다. 그리고 떨리는 목소리로 중얼거렸다.

"하, 한나야."

사방에서 슬픔이 넘쳐나는 가운데 허리를 굽히고 시신들을 유심히 살펴보던 김슬기가 나정현에게 외쳤다

"정현씨, 잠깐만 와 보실래요."

어찌할 바를 모르던 그는 시신들 사이를 지나쳐 그녀에게 다가갔다. 나정현을 기다리고 있던 그녀가 키 큰 젊은 남자의 사타구니를 가리켰다.

"저기 한 뼘쯤 절개된 거 보이시죠?"

김슬기의 말대로 남자의 회음부에 잘려진 흔적이 보였다. 그가 고개를 끄덕거리자 김슬기는 다시 시신의 목젖을 가리켰다. 그곳도 잘려져 있었다. 나정현이 말을 잇지 못하자 김슬기는 시신의 한쪽 팔을 옆으로 잡아당겼다. 겨드랑이에도 똑같이 절개된 흔적이 보였다.

"제가 살펴본 다른 시신들도 똑같은 흔적이 남아 있어요. 상태를 보면 사망 후에 난 것 같은데 대체 왜 이랬을까요?"

나정현도 김슬기의 생각과 같았다. 시신을 살펴본 그가 대답했다.

"병원장 말로는 최신 의료 실험이라고 했는데 이걸 보면 그런 것과는 거리가 멀어 보이는데요. 이건 마치…."

"이 씨발 새끼들! 다 죽여 버리고 말 거야! 다 죽여 버리고 말 거라고!"

사시미를 뽑아든 윤삼식이 눈을 희번덕거리며 소리를 질러댔다. 사람들은 눈이 뒤집힌 듯한 그의 모습을 보며 슬금슬금 물러났다. 시신이 눕혀져 있는 나무탁자를 발로 걷어차고 기둥에 주먹질을 해대던 윤삼식은 그 자리에 주저앉아 흐느꼈다. 사람들이 그렇게 죽음과 혼돈 앞에서 갈피를 잡지 못하고 있을 때 낯선 기계음이 들렸다. 다들 놀라서 주변을 살펴보는데 한쪽 벽면에서 롤스크린들이 천천히 내려왔다.

"저게 뭐여?"

영문을 몰라 하는 이무생의 시선은 롤스크린으로 향했다. 그때 또 다른 기계음이 들리면서 천장에서 빔 프로젝트가 내려왔다. 그리고 불이 들어왔다. 빔 프로젝트에서 쏘아진 먼지 섞인 빛이 아래 모여든 사람들의 시선을 가로질러서 롤스크린에 닿았다. 하얀색 롤스크린 위에 얼룩처럼 묻어나오던 빛은 곧 영상으로 변신했다.

맨 처음 화면에 나타난 건 죽은 이유리였다. 초췌하고 창백한 얼굴의 이유리는 화면을 말없이 응시했다. 단호하게 다문 입술 끝이 가늘게 떨리는 것이 보였다. 아무것도 없는 텅 빈 귓불을 매만지던 이유리는 화면 옆쪽을 비스듬하게 쳐다보았다.

"시작하세요."

이유리는 누군가의 말을 듣고는 가볍게 고개를 끄덕거
렸다. 그러고는 입을 열기 시작했다.

"네 아빠를 처음 교회에서 봤을 때는 정말 신앙심이 깊
고 착한 사람으로 보였어."

말을 잠시 멈춘 이유리는 긴 머리카락을 손으로 한 번 쓸
어내렸다.

"나? 재수에 삼수도 실패로 끝나고 우리 부모님이 창피
하다고 하와이에 있는 이름 없는 대학에 쫓아 보내셨지. 랭
귀지 스쿨만 4년을 다녔는데 보내만 놓고 관심도 없던 부
모들은 대학을 졸업한 줄 알지 뭐니? 4년 동안 정말 온갖
일들을 겪었어. 누군가 나에게 넌 남자가 없으면 한 시간도
못 넘길 거라고 말한 적이 있었어. 콜라를 마시며 그 얘길
듣던 나는 태연스럽게 대꾸했지. 반나절은 어떻게 버틸 수
있을 것 같다고 말이야. 난 섹스를 즐기지는 않았어. 내가
정말 즐긴 건 날 어찌 해 보려고 안달이 난 남자들이었어.
어떻게든 내 비위를 맞춰 주는 게 너무 재미있었지. 남자들
은 나한테 열정을 쏟아부었어. 난 집에서는 말썽꾸러기에
집안 체면 깎아먹는 막내딸이었는데 말이야."

쉴 새 없이 말을 쏟아내던 이유리는 화면 바깥을 다시 쳐
다보았다. 천천히 말하라는 이야기를 들은 듯 '알았어요'라
고 나지막하게 대답한 이유리가 다시 화면을 응시했다.

"세 번째 낙태수술을 하러 갔는데 코쟁이 의사가 그러는

거야. 더 이상 낙태를 하면 아이를 낳을 수 없다고, 난 그냥 그 말을 흘려듣고는 퇴원 기념으로 클럽에 놀러갔었지. 한국에서 온 물주들이 있어서 신나게 술 마시고, 화장실에 가서 대마초를 피웠어. 그러다가 옆에서 같이 대마초를 피우던 년이 그러는 거야. '야, 너 피 싸고 있어'라고 말이야. 무심코 내려다봤는데 바닥이 온통 피였어. 그걸 보고 그 자리에서 기절해 버렸지. 기절하기 전에 내가 뭘 봤는지 알아? 바닥을 흠뻑 적신 피가 꼭 의사가 나한테 보여줬던 초음파 사진에 나왔던 그 아기 얼굴처럼 보였어. 오 하나님…."

눈을 감고 고개를 떨군 이유리가 하나님이라는 말을 몇 번이고 되뇌었다. 다시 고개를 치켜든 이유리의 눈가는 피를 흘린 것처럼 붉어졌다.

"비로소 내가 타락과 음욕에 빠진 죄인이라는 걸 깨달았어. 그래서 병원에서 퇴원하자마자 짐을 싸서 한국으로 돌아왔어. 그리고 집보다 먼저 교회를 찾았지. 아직도 교회에 처음 발을 들여놓았을 때의 느낌을 잊을 수가 없어. 밤새 기도하면서 결심했지. 내 더러움을 씻어내기로, 깨끗한 남자와 만나서 아이를 낳으면 그 동안의 타락이 용서될 것 같았어. 그래서 네 아버지와 결혼한 거야."

롤스크린에 박힌 이유리의 말은 끝이 나지 않을 것 같은 끔찍함이었다.

"원섭 씨는 겉으로는 천사 같았어. 신앙심도 깊어 보였고, 난 그 사람과 맞추기 위해 많은 노력을 했지. 클럽에도 가지 않고 이전의 생활은 전혀 생각할 수도 없게 생활했어. 드디어 결혼을 했고, 난 아이만을 기다렸어. 그런데 아이 대신 끔찍한 걸 받고야 말았어. 연애를 할 때는 손조차 잡기를 두려워 했던 사람이 매독이라니, 남편은 결혼식 며칠 전 친구들의 강권에 못 이겨 한 게 전부라고 변명했지만 난 내 모든 게 허물어지는 걸 느꼈어. 구원을 받기 위해 노력한 모든 것을 타락시킨 건 네 아버지야."

화면을 바라보던 이유리의 표정에 노골적인 적대감이 떠올랐다.

"그런데 왜 널 가지기로 결심했느냐고? 내가 틀리지 않았다는 걸 증명하기 위해서지. 난 순결한 신자로 거듭났고, 네 아버지가 사악하다는 사실을 알리기 위해서였어. 난 새로 태어나기 위해 온갖 노력을 다했는데 내 아버지는 중요한 일을 앞두고 그걸 한 순간의 쾌락으로 무너뜨리고 말았지. 그러니 내가 네 아버지를 용서할 수 있겠니? 너 역시 마찬가지야. 더러운 종자를 가지고 태어난 넌 햇빛을 볼 자격이 없어. 넌 태어나서는 안 될 운명이었지만 내 희생을 증명하기 위해서 나온 거야. 세상의 모든 죄악을 가지고 태어난 더러운 아이야! 널 낳았다는 게 수치스러워. 네가 아프다는 걸 알고 나서는 혼란스러웠어. 한편으로는 기쁘고 다른 한편으로는 슬펐지. 아니, 솔직하게 말할게."

카메라를 똑바로 응시하던 그녀가 잠시 머뭇거렸다. 그녀가 입을 다무는 사이 조금 흔들리던 카메라가 이유리에게 다가갔다. 롤스크린을 가득 채운 이유리가 천천히 입을 열었다.

"난 네가 뒈져버렸으면 좋겠다고 생각했었어. 진심이야."

이유리의 말은 사람들을 얼어붙게 만들었다. 자식을 향한 숨김없는 분노와 원한은 롤스크린에서 이유리가 사라진 후에도 잔상처럼 남았다. 충격을 받은 사람들은 아무 말도 하지 못했다. 겨우 정신을 차린 나정현이 중얼거렸다.

"이런 식의 증오가, 이런 형태의 증오를 먹고 엑토컬쳐들이 태어났군."

간신히 입을 열 수 있었지만 잠들었던 롤스크린 위에 다시 화면이 나타났다. 바뀐 화면의 배경은 아까와 같았다. 텅 빈 의자가 보이고 여자의 목소리가 들려왔다.

"꼭 이래야만 해?"

"재미있을 거 같잖아."

익숙한 남자의 목소리가 들렸다. 화면을 바라보던 최민우의 입이 반쯤 벌어졌다. 잠시 후, 화면으로 최민우가 나타났다. 검정색 야구모자에 헐렁한 농구 셔츠와 힙합바지 차림의 그는 다리를 벌리고 의자에 앉은 다음 화면을 응시했다. 오케이라고 호들갑스럽게 이야기한 최민우가 화면을 향해 장난스러운 표정을 지으면서 말을 시작했다.

"하이! 한나. 너한테 무슨 말을 들려줄까 고민했었어. 언빌리버블해서 말이야. 그래도 너랑 썸 탔을 때가 최고였어. 그때 클럽에서 나한테 원맨 원 러브라고 했던 말 기억해? 한 남자만 사랑한다면 바로 나만 사랑할 거라는 얘기를 듣고 가슴이 진짜 째졌어. 근데 말이야."

표정을 바꾼 최민우가 힙합 모자를 고쳐 썼다. 그리고 마치 흑인 래퍼처럼 속사포 같이 말을 쏟아냈다.

"아르바이트 하는 카페 사장님이랑 그렇고 그런 사이라는 거 나한테 왜 얘기하지 않았어? 하긴 갈 때마다 대머리 사장 새끼 눈빛이 느끼하긴 했어. 그래도 그냥 넘어갔지. 선영이한테 네가 사장의 새끼 마누라라는 얘기를 듣고도 참았지. 먹고 살기가 좆나게 힘든 세상이잖아. 그런데 말이야. 내가 뚜껑이 확 열려 버린 건 네가 카페 사장 친구들이랑도 그렇고 그런 사이라는 걸 알았을 때야. 나한테 엠티 간다고 하고 사장이랑 사장 친구들이랑 강화도 놀러 간 거 다 알고 있어. 가서 하드코어하게 놀았다고 선영이에게 자랑했지? 한 번에 세 놈이랑 한 적도 있다고 했다며? 그렇게 해서 애비가 누군지도 모르는 새끼가 들어서니까 그걸 나한테 덤터기를 씌워? 선영이가 네가 어떤 놈팽이랑 어떤 짓을 하는지 실시간으로 다 알려줬어."

흥분해서 한참 떠들던 최민우가 모자를 벗어서 이마의

땀을 닦았다.

"그래서 내가 안 만나 주니까 밤에 술에 취해서 무단횡단 하다가 차에 치였다는 얘기 듣고 좆나 황당했지. 그러다 호스피탈에서 너를 위한 특별한 이벤트를 연다고 찾아왔을 때 되게 흥미로웠어. 너한테 저주를 퍼부어 달라고 해서 기꺼이 그러겠다고 했지. 이 쌍년아! 넌 잘 죽었어."

겉멋이 들어보이긴 했지만 어리버리해 보이던 최민우의 입에서 독한 말들이 쏟아져 나오자 사람들은 할 말을 잊었다. 화면 속의 최민우는 카메라를 향해 가운데 손가락을 들어올렸다. 그러고는 씩 웃으면서 말했다.

"그리고 이건 나만의 특별 이벤트야."

의자에 푹 눌러앉은 최민우가 화면 밖을 향해 손을 내밀었다. 그러자 짧은 핫팬츠에 나시 티 차림의 젊은 여성이 주춤거리면서 들어왔다. 최민우는 그녀를 잡아다 무릎에 앉혔다.

"니 친구 선영이야. 얘가 그동안 네가 무슨 짓을 하고 다녔는지 나한테 다 꼬발랐어. 그리고 지금은 내 애인이 되었지."

선영이라는 여인의 머리카락을 손으로 부드럽게 쓰다듬은 최민우가 갑자기 나시 티를 벗겼다. 화면을 향해 징그럽게 웃은 최민우가 말했다.

"잘 봐."

그리고 롤스크린의 화면이 꺼졌다. 잠시 후, 다시 불이 들어오고 화면에 잡힌 것은 김달호와 윤삼식이었다. 전형적인 조폭답게 짧게 깎은 머리를 신경질적으로 매만진 김달호가 바닥에 담배를 비벼 끄고는 화면을 향해 말했다.

"분명히 말하는데 이거 가지고 짭새들한테 장난치면 칠성판 구경하게 될 거요."

카메라 너머의 누군가가 침을 삼키는 소리가 들렸다. 큰 헛기침과 함께 의자의 등받이에 몸을 기댄 김달호가 느슨한 눈빛으로 화면을 응시하다가 입을 열었다.

"어디서부터 말씀드릴까요? 지하철에서 술 취한 놈들 상대로 아리랑치기 하던 나를 조직으로 받아들여 준 건 정말 고맙게 생각합니다. 형님 아니었으면 아직까지 그 바닥을 벗어나지 못했을 테니까 말입니다. 그래서 정말 열심히 뛰었잖습니까? 신도시 아파트 샷시 입찰 때 깝죽대던 입주자 대표 놈을 제가 곤죽으로 만들어 버린 거 기억나시죠? 그때 나 한 가오 하지 않았냐?"

시선을 옆으로 돌린 화면 속의 김달호의 말에 역시 화면 속에 있던 윤삼식이 맞장구를 쳤다.

"작살이었죠. 형님."

"그래. 요즘 것들은 말로만 조폭이지 의리니 나발이니 그런 거 없잖습니까. 전 형님이 시키면 그냥 짱구 굴리는 대신 움직였습니다. 제가 그렇게 헌신적이니까 밑에 애들도 딴 생각 안 하고 열심히 움직인 거고 말입니다. 땅벌 클

럽 때문에 법성파랑 전쟁을 벌였을 때에도 칼빵 맞을 각오
하고 앞장섰습니다. 장례식장에서 여섯 놈 담가 버릴 때에
도 제 손으로 직접 피를 묻혔고 말입니다. 그때 형님 오더
가 떨어지긴 했어도 제가 썰어 버렸으면 애들은 손가락 하
나 까닥하지 않았을 겁니다."

김달호의 말에 윤삼식이 다시 거들었다.

"형님 말이 맞습니다. 그때 다들 뒷감당 어찌 할 거냐면
서 걱정했거든요.

아랫입술을 지그시 깨문 김달호가 갑자기 화면을 향해
소리쳤다.

"무려 여섯 명이나 담가 버렸습니다. 여섯 명!"

카메라를 잡아먹을 듯이 노려본 김달호가 손가락을 쫙
펼쳐 보였다.

"그런데 형님은 형사과장이 지랄을 하니까 애들 몇 명
감방으로 보내고 일을 무마시키려고 하셨죠. 형님의 일처
리 방식에 불만을 품었던 게 아니라 현장에서 피를 흘린 애
들을 희생양으로 삼았다는 것을 이해할 수 없었습니다. 형
님이 애들을 불러 모을 때 뭐라고 하셨습니까? 서열은 있
지만 희생은 똑같다고 하셨죠. 누구나 똑같이 피를 흘리고,
그 대가도 나눠 가질 거라고 말입니다. 그런데 형님은 변하
셨습니다."

답답한 듯 가슴을 쾅쾅 치던 화면 속의 김달호가 눈물을

흘렸다. 곁에 있던 윤삼식이 겸연쩍은 표정으로 카메라를 보다가 손수건을 넘겨주었다. 넘겨받은 손수건을 꽉 움켜쥔 김달호가 눈물을 닦았다.

"재용이가 암에 걸려서 수술 받아야 한다고 했을 때 형님은 30년산 발렌타인을 홀짝거리시면서 돈이 어디 있냐고 하셨죠. 그때 형님 옆에 있던 지은이 년이 입고 있던 코트가 얼마짜리였는지 제가 모를 줄 아셨습니까? 우리가 형님을 배신한 게 아니라 형님이 우릴 버리신 거란 말입니다. 형님은 애들이 한두 명씩 법성파로 빠져나가는 걸 알면서도 그냥 있으셨습니다. 군식구들 준다고 좋아하셨죠. 형님이 지은이 년에게 돈을 갖다 바치는 동안 애들은 돈이 없어서 손가락만 빨고 있었습니다."

김달호는 눈물을 닦은 손수건을 주먹으로 움켜쥤다.

"법성파에서 형님을 보내 버리면 나와바리 하나 떼어 주고 식구로 받아준다는 얘기를 듣고 몇 달 동안 고민했는지 모릅니다. 보내기만 하면 대타로 감방갈 애도 준비해 준다고 했죠. 배신하는 건달만큼 추잡한 놈이 어디 있겠습니까? 옆에 있던 삼식이랑도 몇 날 며칠을 고민했습니다. 그때, 얼마 전부터 형님이 달라지신 걸 보고 희망을 품었습니다. 그래, 지금이라도 늦지 않았으니까 애들 다시 불러 모으고, 다시 시작하자고 말입니다. 그런데 그날 사우나에서 형님이 그러셨죠. 재산 다 정리해서 어디 필리핀 같은 데서

노후를 보내고 싶다고 말입니다. 그 얘길 듣는 순간 머리가 터져버릴 것 같았습니다. 우리가 피 흘려 번 돈을 가지고 어디로 가겠다고요? 그년이 꼬드겼다는 건 잘 알고 있었지만 정말 그렇게 마음먹은 줄은 몰랐습니다. 삼식이한테 로커에 넣어둔 연장 챙겨오라고 말하면서 착잡했습니다. 사우나 안에서 형님 옆구리를 찔렀을 때 눈물이 앞을 가렸습니다. 그런데 어이가 없게도 형님은 제가 왜 찔렀는지 끝까지 모르시더군요. 형님 장례식장을 지키고 있는데 병원장이라는 인간이 오더군요. 형님을 다시 살릴 수 있는 방법이 있다고 해서 헛소리하지 말라고 쫓아버렸더니 나중에 실험실이랑 장비를 보여주더군요. 그래서 형님을 다시 살리기로 하고 사인했습니다. 왜냐고요? 형님이 저한테 찔리셨을 때 영문을 몰라 하던 게 짜증이 나서 그랬습니다. 그래서 다시 살아나면 제 입으로 똑똑히 말씀드리려고 했던 겁니다. 그러니까 반드시 살아나십쇼. 그래야지 제가 맘 편하게 지낼 수 있을 것 같습니다. 그리고 그거 아십니까? 형님 사십 구제 끝나자마자 지은이 년이 절 찾아온 거 말입니다. 가슴 깊게 파인 짧은 원피스를 입고 와서는 제 품에서 훌쩍거리더군요. 돌아가신 형님이 동생처럼 생각했으니 자기를 돌봐 달라나요? 자기한테 애들이 이를 갈고 있는 걸 듣고는 먼저 선수를 친 거죠. 몸 팔던 년이라 눈치 하나는 기가 막혔거든요. 그래서 그년을 데리고 놀았습니다. 형님이 애지중지하던 그 이태리제 가죽 소파 위에서 말입니다. 제가 통쾌했을 것 같습니까? 저런 년 밑구멍에 끝도 없이 돈을 쳐 바른 형님이 불쌍했습니다. 제가 왜 형님 옆에 지은이를 보낸 줄 아십니까? 형님이 동생들보다 아낀 그년이 사실은 얼마나 걸레였는지 알려주려고 그랬던 겁니다. 형님이 깨어나시면 아마 다시 살아나신 걸 후회하실 겁니다."

잠시 말을 멈추고 어색하게 카메라를 바라보던 김달호가 호주머니를 뒤적거렸다.

"형님이 못 믿으실까 봐 증거도 가지고 왔습니다. 이거 기억나시죠?"

그의 호주머니에서 나온 것은 붉은색 끈 팬티였다.

"형님이 재작년에 그년 생일 때 사 준 속옷입니다. 손바닥도 못 가릴 팬티가 무려 육십만 원이라는 걸 알고 애들이 술깨나 마셨죠. 이제 형님 건 아무것도 없습니다. 살아 돌아오시면 제 손으로 다시 보내드리죠. 그땐 누가, 왜 찔렀는지 똑똑히 아셔야 할 겁니다."

붉은색 팬티를 손에 거머쥔 김달호가 상처 입은 것 같은 웃음소리를 냈다. 그때 시신이 있는 탁자를 밟고 올라선 윤삼식이 주먹으로 빔 프로젝트를 후려쳤다. 잠시 흔들리던 롤스크린 속의 김달호는 사라지지 않았다. 그러자 옆의 탁자로 건너뛴 윤삼식이 사시미 칼을 꺼내들고 빔 프로젝트와 연결된 전선들을 잘라낸 다음에야 김달호는 사라졌다.

그렇게 빔 프로젝트를 부순 윤삼식은 놀란 눈길로 바라보는 사람들에게 소리쳤다.

"그런 눈으로 쳐다보지 마! 안 겪어본 놈들은 우리가 사는 방식을 몰라. 눈 안 깔아? 사시미로 꽉 뽑아 버린다!"

탁자 위에 서서 횡설수설하던 윤삼식은 탁자에 놓인 시신을 밟고 그대로 아래로 떨어졌다. 떨어지면서 뒤통수를 바닥에 부딪쳤는지 뭔가 부서지는 소리가 들렸다. 놀란 사람들이 몰려들었을 때는 눈을 부릅뜬 윤삼식의 머리 주변으로 붉은 피가 채워지는 중이었다.

"아이고, 사람이 이리도 죽는구만."

너무 많은 죽음을 본 탓인지 이무생이 담담하게 말했다. 사람들이 갑작스럽게 찾아온 죽음을 물끄러미 지켜보는 가운데 천장의 전등들이 하나씩 꺼졌다. 갑작스럽게 찾아온 어둠에 놀란 사람들은 비명을 지르면서 헤드램프를 켰다. 찾아온 어둠에 놀라 두리번거리던 나정현의 귀에 낯선 아이의 목소리가 들렸다.

"대화할 준비가 되셨나요?"

놀란 이무생이 털썩 주저앉는 소리가 들렸다. 사람들이 아무 말도 하지 않자 아이의 목소리가 다시 들려왔다.

"진실을 받아들일 준비가 되셨나요?"

그러자 지치고 짜증난 이형주의 목소리가 터져 나왔다.

"진실? 진실 좋아하네. 너 대체 누구야!"

"이 세상에는 많은 균열들이 존재해요. 사람들은 그걸 범죄, 살인, 광기, 증오라는 이름을 붙이죠. 우리들도 그런 균열들 중 하나에요."

어둠속에서 들려오는 목소리는 차분하고 담담했다.

"우리들이 겪는 마지막 고비가 뭔 줄 아세요. 갑자기 눈을 뜨면 기억들이 밀물처럼 몰려와요. 너무 거세게 몰아치는 바람에 제대로 눈을 뜨지도 못한 채 사라지는 일이 종종 발생해요. 우습죠? 죽음에서 다시 돌아왔는데 삶을 미처 알아차리기도 전에 도로 돌아가야 한다는 게…"

"닥쳐! 사람들을 이렇게 죽여 놓고 그런 말이 나와? 너희들은 태어나지 말았어야 할 괴물일 따름이야. 은혜를 죽인 것도 너희들 짓이지?"

악에 바친 이형주의 다그침에 어둠속의 목소리가 대답했다.

"우릴 만든 것도 당신들이고, 우릴 괴물이라고 멋대로 이름 붙인 것도 당신들이에요. 우린 스스로를 지키고자 하는 나약한 존재들에 불과해요."

조용히 듣고 있던 김슬기가 끼어들어서 어둠을 향해 말했다.

"너희들이 나약하다고? 그럼 우릴 공격한 괴물들은 대체 뭐야?"

"우릴 지켜 주기 위해서 그들이 희생한 거예요. 당신들이 처음 어둠속에 발을 들여놨을 때부터 알고 있었어요. 당신들은 우릴 죽이기 위해서 왔다고요."

"맞아, 우리들은 일을 마무리하려고 들어온 거야."

어둠과 대화하던 김슬기의 입에서 마무리라는 말이 나오자 나정현은 깜짝 놀랐다. 그러는 와중에도 대화는 계속 이어졌다.

"창조자들은 우릴 단순한 실험체로 인식했어요. 하지만 우리들은 인간들처럼 생각하고, 고민하고 판단할 수 있어요. 그래서 왜 우리가 이미 죽은 자의 기억을 가지고 돌아왔는지, 그리고 이곳에 갇혀 지내야 하는지 궁금해 했어요. 아무도 그 질문에 대답해 주지 않아서 우리들의 의문은 더욱 커져 갔죠. 특히 신원기 씨는 우리도 밝은 빛을 보면서 살 권리가 있다고 했어요."

이야기를 들은 김슬기는 혀를 찼다.

"너희들은 죽은 사람들의 외모를 가지고 증오스러운 기억만 가지고 있어. 그런 너희들이 세상에 나오게 되면 큰 혼란이 벌어질 수밖에 없을 거야."

김슬기의 이야기에 잠시 침묵을 지키던 목소리가 잠시 후 입을 열었다.

"우린 가족들 곁으로 돌아가고 싶은 생각이 없어요."

"뭐라고?"

놀란 김슬기의 외침을 뒤로 하고 어둠속의 목소리가 말

을 이어갔다.

"물론 우릴 이 세상에 돌아오게 만드는 데 결정적인 기여와 노력을 했다는 점은 인정해요. 하지만 우리가 당신 가족들의 기억과 외모를 가지고 있다고 해서 이전의 삶을 살 필요는 없다고 믿어요."

"뭐시여? 그러니까 기껏 살려 놨더니 인연을 끊고 딴 데 가서 살겠다. 이 말이여?"

코웃음을 친 이무생의 말에 목소리는 진지하게 대답했다.

"당신들은 사랑과 그리움으로 우리들을 재생시킨 게 아니라 증오와 복수심 때문에 우리들을 불러냈습니다. 여기 있는 우리들 모두 그걸 두려워 해요. 우린 이미 죽었던 사람이니까 법률적으로도 보호받을 수 없고, 최소한의 권리조차 주지 않을 거예요. 이 실험이 성공한다면 더 많은 엑토컬쳐들이 태어나서 아마 당신들처럼 복수의 대상을 찾으려는 사람들 손에서 죽음보다 더한 고통을 겪으면서 지내겠죠."

"그래서 돌봐 주던 사람들을 그렇게 한꺼번에 죽여서 매달았나? 살고 싶어서?"

이형주의 이죽거림에 어둠속의 목소리는 머뭇거리다 대답했다.

"당신들의 의견이 갈리는 것처럼 우리들 역시 의견이 갈렸어요. 거기다 당신들이 계속 아래층으로 내려오는 걸 보고는 다들 겁을 집어먹은 거죠. 우리 부탁은 간단합니다. 우릴 막지 말아 주세요. 그럼 우리도 여러분을 해치지 않겠습니다."

이야기를 듣던 나정현이 불쑥 끼어들었다.

"이유리, 김진수, 주희섭, 김달호, 이정자, 이대백, 그리고 윤삼식."

숨을 고른 나정현이 말을 이어갔다.

"이곳에 들어왔다가 너희들 속에 목숨을 잃은 사람들이야. 알고 있었니?"

"이름이 있었군요. 우린 이름 대신 숫자로 불려요. 17호, 57호, 58호, 59호, 61호, 62호, 79호, 81호…"

어둠속의 목소리가 들려주는 숫자는 끝없이 이어졌다. 그러는 사이 생존한 사람들이 모여서 이야기를 주고받았다. 김원섭이 제일 먼저 말했다.

"정체는 모르겠지만 무슨 수작을 부리려고 하는 게 분명합니다."

"맞아요. 시간을 벌려는 게 틀림없습니다."

이형주까지 맞장구를 쳤다. 나정현은 다른 생각을 가지고 있었지만 섣불리 말했다가는 가족들이 살아 있을지 몰라 그런 말을 한다는 오해를 받을까 봐 입을 다물었다. 그 사이 김원섭이 의견을 내놨다.

"아까 그 괴물이 숨어들어 갔던 서쪽 통로에는 물탱크와 기계실이 있습니다. 이무생 씨가 가져온 폭탄으로 물탱크를 폭파시키면 적어도 제일 아래층은 잠기게 할 수 있습니다."

"맞아. 아예 저것들 씨를 말려 버리자고…."

흥분한 이무생이 떠들다가 들을지 모르니까 조용히 하라는 눈총을 받고 입을 다물었다. 김원섭이 나정현을 바라보면서 말했다.

"어차피 저것들도 아침 7시가 되면 문이 개방된다는 사실을 알 겁니다. 분명 그때까지 버텨보자는 수작이겠죠. 얼마나 남은 거죠?"

나정현은 물방물이 묻어 있는 시계를 들여다보고는 대답했다.

"한 시간 조금 넘게 남아 있어요."

"어차피 송자 아줌마랑 은혜도 다 죽고 없는데 이 징글징글한 곳을 싹 날려버려요."

이형주의 이야기에 다들 눈빛으로 동의를 했다. 그러자 이무생이 겨드랑이에 바짝 낀 가방을 내려다보면서 중얼거렸다.

"근디 물탱크라고 허면 겁나 두꺼울 텐디 이거 가지고 될까?"

그러자 김원섭이 자신 있게 대답했다.

"물탱크 두께는 이 센티미터의 강판으로 만들어져서 힘

들 겁니다. 대신 물탱크를 지탱하는 받침대를 폭파시켜서
물탱크를 굴러가게 만들면 됩니다."

"옳거니, 그래서 물탱크가 어디 부딪쳐서 부서지게 만들
면 되겠군."

김원섭의 말에 맞장구를 친 이무생이 사람들에게 말했
다.

"놈들이 눈치 채기 전에 어서 서두릅시다."

사람들은 시체들의 방을 우르르 빠져나갔다. 사람들 틈
에 섞여 나정현은 혹시나 하는 마음에 걸음을 늦췄지만 아
무런 목소리도 들리지 않았다.

"미련을 버려요. 놈들은 대화를 할 상대가 아니라 없애
야 할 존재들입니다."

흥분에 찬 김원섭의 목소리가 그의 귓가에 들렸다. 나정
현은 걸음을 빨리하는 김원섭의 팔을 움켜잡았다.

"왜 저들을 미워합니까?"

"날 망가뜨렸으니까요."

가지런한 하얀 치아를 드러내며 웃은 김원섭이 덧붙였다.

"엑토컬쳐인가 뭔가가 없었다면 아내는 나에 대한 증오
를 거뒀을 겁니다. 돌파구가 보이니까 발버둥을 친 거죠.
원래 계획을 말해 줄까요?"

사람들과의 거리가 어느 정도 떨어진 것을 확인한 김원
섭의 눈빛이 반짝거렸다.

"실험이 성공해서 아이가 돌아오면 아내와 아이 모두 죽일 작정이었소. 먼저 애지중지하는 아이를 아내 앞에서 도륙을 내고 그 다음에는 아내를 죽이고 나도 뒤따라갈 생각이었지."

김원섭은 얼이 빠진 나정현을 두고 발걸음을 재촉했다. 그는 이제 이곳에서 정상인 사람은 아무도 없다고 생각했다. 중앙 실험실이 있던 공간에서 나와서 서쪽 통로까지 가는 데 대략 십 분 정도가 걸렸다.

- 붕괴 후 13시간 5분 경과, 지하 7층

서쪽 통로의 기계실 앞에 도달한 시간은 이곳에 들어온 지 13시간을 조금 넘긴 새벽 5시 5분이었다. 이쪽은 다른 곳보다 지대가 높은 탓인지 중앙정원이나 남쪽통로처럼 물에 잠겨 있지 않았다. 사람들이 일사불란하게 움직이는 가운데 오른쪽 발을 접질린 나정현은 뒤에 처졌다. 김원섭을 선두로 이무생과 이형주가 안으로 들어갔고, 김슬기는 밖에 남아서 통로를 지켰다. 처음부터 별 존재감이 없었던 최민우도 자연스럽게 통로에 남았다. 주저하던 나정현은 들어가 보라는 김슬기의 눈빛에 기계실 안으로 들어갔다. 헤드램프의 빛들이 어둠에 잠들어 있던 기계들을 스쳐 지나가는 것이 보였다. 기계실 안을 뒤지던 일행은 엑토컬쳐가 없다는 이야기를 주고받았다. 그때 어둠속에서 김원섭의 외침 소리가 들렸다.

"비상조명을 찾았습니다. 불을 켜겠습니다."

탁탁거리는 소리와 함께 군데군데 설치된 비상 조명등이 켜졌다. 기계실 안의 복잡한 내부 구조가 한눈에 들어왔다. 잠시 후, 이쪽이라는 외침이 들리자 나정현은 그쪽으로 향했다. 그곳에는 이미 세 사람이 옹기종기 모여 있었다. 눈길도 주지 않고 가방 속의 폭탄을 꺼내는 모습을 본 나정현은 절룩거리며 도로 통로 밖으로 나왔다. 사제 권총을 든 채 통로 바깥을 감시하던 김슬기는 뭔가에 넋이 빠진 표정이었다. 나정현이 곁으로 다가오자 그녀는 잠에서 깬 것처럼 머리를 부르르 털었다.

"왜 그래?"

나정현의 물음에 고개를 돌린 그녀의 얼굴은 심하게 헝클어져 버렸다. 사제 권총이 폭발하면서 얻은 상처의 통증이나 나갈 수 없다는 불안감 때문으로 짐작한 그가 위로의 말을 건넸다.

"어찌되었든 금방 끝날 겁니다. 그러니까 아파도 조금만 참아요."

그러자 씁쓸한 미소를 지은 그녀가 말했다.

"방금 목소리가 들렸어요."

"그게 무슨 소립니까?"

"기다렸다는 얘기요. 아마 이곳에서 희우 씨와 만날 것 같아요."

보이지 않는 존재를 느낀다는 공포감에 빠져든 그녀의 이야기에 나정현은 잠시 할 말을 잊었다. 기운을 낸 그가 말했다.

"걱정 말아요. 우린 반드시 나갈 수 있을 겁니다."

"이 어둠을 뚫고 말인가요?"

김슬기는 통로 쪽을 쳐다보면서 흐릿하게 대꾸했다. 헤드램프의 빛은 중앙정원의 거대한 어둠을 관통하지 못했다. 물끄러미 어둠을 바라보던 그녀가 오른손 넷째 손가락에 낀 반지를 바라봤다. 나정현은 분위기를 바꾸기 위해 말을 돌렸다.

"반지 예쁘네요."

그러자 김슬기가 살포시 웃었다.

"희우 씨가 선물로 준 거예요. 다른 건 다 버려도 이건 못 버리겠더라고요."

그렇게 이야기를 주고받던 중 기계실 안에서 비명소리가 들렸다. 좀 떨어진 곳에서 서성거리던 최민우가 깜짝 놀라서 주저앉았다. 김슬기가 기계실 쪽을 바라보면서 나정현에게 말했다.

"형주 목소리 같아요."

나정현도 눈을 깜빡거리면서 중얼거렸다.

"기계실 안에 엑토컬쳐는 없었는데?"

불길한 생각이 나정현의 머릿속을 스치고 지나갔다. 그러자 김슬기가 그에게 사제 권총을 넘겨주면서 말했다.

"장전되어 있어요."

김슬기에게 권총을 넘겨받은 나정현은 기계실 안으로 박차고 들어가서 목청껏 소리쳤다.

"형주야!"

그러자 구석에서 신음소리가 들려왔다. 몸을 낮춘 나정현이 소리가 난 쪽으로 다가가자 피를 흘리는 이무생이 보였다. 바로 옆에는 형주가 지팡이 대신 쓰던 창이 널브러져 있었다. 주변에 아무도 없는 것을 확인한 나정현이 그에게 다가갔다. 피가 솟아나오는 아랫배를 움켜쥔 이무생이 숨을 헐떡거렸다.

"괜찮아요? 이게 대체…."

그러자 이무생이 신음소리를 흘리면서 말했다.

"원섭이 놈이 도화선을 너무 짧게 만들어서 이상하다 싶었어. 내가 말리는데 갑자기 아까 죽은 그 깍두기 녀석의 사시미를 꺼내더니 배를 쑤셨어."

"도화선을 짧게 만들었다고요?"

"맞아. 우릴 다 죽이고 자기도 죽겠다고 하더라고. 미친놈, 하긴 여기 들어온 사람 중에 안 미친놈이 어디 있겠어?"

허탈한 표정으로 말하는 이무생의 입에서 계속해서 피

가 흘러 나왔다. 김원섭은 엑토컬쳐들뿐만 아니라 이곳에 들어온 사람들 모두를 없앨 계획이었던 것이다.

"형주는요?"

나정현이 묻자 이무생은 피 묻은 손가락을 들어서 어둠을 가리켰다.

"내가 찔리니까 형주가 비명을 지르면서 폭탄을 가지고 도망쳤어. 그 놈은 뒤를 쫓아갔고 말이야. 가서 내 아들을 구해줘."

어서 가라는 손짓을 끝으로 이무생은 눈을 감았다. 숨을 고른 나정현은 사제 권총을 움켜쥐고 기계들 사이를 조심스럽게 지나쳐 갔다. 비상램프 등이 켜지긴 했지만 거대한 구조물 사이로는 빛이 들어오지 못했다. 철제 로커같이 생긴 기계들이 쭉 늘어선 곳을 지나자 온갖 기계들과 파이프, 전선들이 어지럽게 엉켜진 공간이 보였다. 이형주와 김원섭의 모습은 어디에도 보이지 않았다. 발소리를 죽이고 다가가던 나정현은 어둠속에 잠겨 있던 눅눅함을 느꼈다. 습기와 어둠이 결합해 만들어 낸 낯선 공간에 서자 두려움과 어지러움이 함께 몰려왔다. 두려움을 억누른 나정현은 몸을 낮춘 채 주변을 둘러보았다. 그가 있는 곳 바로 앞에는 푸른색의 거대한 물탱크가 보였다. 위쪽과 옆쪽으로 어지럽게 뻗은 파이프들은 끝을 종잡을 수 없었다.

다시 움직이기 시작한 그는 녹색으로 칠해진 온수보일러

와 캐비닛같이 생긴 배전반 주변을 샅샅이 뒤져봤지만 두 사람을 찾지 못했다. 기계가 웅웅거리며 돌아가는 소리가 그의 신경을 날카롭게 만들었다. 배전판 뒤쪽에는 거대한 상자 같은 구조물이 자리 잡았다. 앞쪽의 컨트롤 판넬에는 공조기라는 글씨가 보였다. 공조기 위로는 사각형의 철제 덕트가 뻗어 나갔다. 덕트를 살펴보고 다시 아래로 향하던 그의 시선은 공조기 모서리에 묻은 핏자국에서 멎었다. 이어서 긴장한 채 주변을 살피던 눈길이 천장에 거의 닿을 정도로 치솟아 오른 사각형의 거대한 은색 구조물에 닿았다. 가운데가 볼록 튀어나온 장난감 블록 같은 것들을 차곡차곡 쌓아올린 것 같은 구조물에는 위로 올라갈 수 있는 사다리가 하나 붙어 있었고, 그 옆에는 손가락 같은 것이 삐져나와 있었다. 손가락 사이로 고여 있던 피들이 그의 눈앞으로 한 방울씩 떨어져 내렸다. 황급히 뒤로 물러서는 나정현의 뒤에서 김원섭의 속삭임이 들려왔다.

"저놈은 아버지보다 더 멍청했어. 도망치다가 위로 도망치더라고."

마치 살인이 즐거웠다는 듯한 말투였다. 놀란 나정현은 무작정 달려 나가다 옆으로 뻗은 굵은 파이프에 얼굴을 부딪치고 말았다. 뒤로 넘어지면서 쓰고 있던 안전모가 어둠 속으로 굴러가 버렸다. 고개를 들고 안전모가 굴러간 쪽을 쳐다봤다. 데굴데굴 굴러가던 안전모는 아까 봤던 그 거대한 은색 구조물 앞까지 굴러갔다. 옆쪽으로 뻗은 헤드램프의 빛줄기가 김원섭의 다리를 잡아냈다. 곧이어 나정현의 눈앞에 모습을 드러낸 그의 몸 곳곳에는 피가 묻어 있었다.

"왜 아무 죄도 없는 형주를 죽인 거지?"

"인간은 신의 뜻에 따라 창조된 피조물에 불과해. 무슨 권리로 다른 생명을 만들고 지배할 수 있다는 거야. 난 평생 신을 섬기고 살아오면서 인간의 오만함을 수도 없이 많이 봤지만 이런 일은 혀를 차는 정도로만 끝낼 수는 없지. 신을 대신해서 내가 심판하겠어. 탐욕에 젖은 인간이나 신을 모르는 엑토컬쳐 모두 다 말이야!"

그때서야 나정현은 김원섭이 그가 아내와 아이를 잃고도 계속 일행과 함께 지하로 내려왔던 이유를 깨달았다. 김원섭은 광기에 찬 미소와 함께 계속 말을 이어갔다.

"어차피 우린 살아서 나갈 운명이 아니었어. 병원장이 우릴 불러 모은 건 가족들을 함께 구출하자고 했던 게 아니라 여기서 다 함께 죽기를 바랐던 거야."

"그 사람이 왜?"

"그래야 자신의 실험 결과가 세상에 알려지지 않을 테니까, 그자는 엑토컬쳐로 자신만의 왕국을 만들려고 했었거든."

땀방울이 달라붙은 김원섭의 두 뺨이 쉴 새 없이 떨렸다. 안전모를 발로 밟은 김원섭의 손에는 가방이 쥐어져 있었는데 그 안에는 이무생이 만든 폭탄이 들어 있었다. 그가 고개를 뒤로 돌려서 푸른색의 거대한 물탱크를 쳐다봤다.

"이 뒤에 있는 건 소방용 물탱크지. 소화전에서 쓰기는 했지만 아직 반은 남아 있을 거야. 여기에 구멍을 내서 물을 쏟아지게 하면 무슨 일이 벌어질까?"

침을 꿀꺽 삼킨 나정현이 몸을 일으키면서 사제 권총을 몸 뒤로 숨겼다. 김원섭은 한 발 뒤로 물러나면서 말을 이어갔다.

"적어도 위층까지는 잠길 만한 물이 쏟아져 나올 거야. 아! 물이 차기 전에 도망치면 된다는 희망은 버려. 저쪽 배전판에 물이 닿으면 아까 전기 충격봉이 물에 빠진 것보다 몇 배나 더 강한 전기가 흐를 테니까."

"미친 놈."

"장담하지, 고통스럽지는 않을 거야. 순식간에 일어날 테니까 말이야."

웃음을 그친 그가 다른 손에 쥔 라이터로 폭탄에서 늘어진 심지에 불을 붙였다. 나정현은 몸 뒤에 숨기고 있던 사제 권총을 재빨리 겨누고 발사했다. 총알을 어깨에 맞은 김원섭이 비명을 지르며 불붙은 폭탄을 떨어뜨렸다. 피가 흐르는 어깨를 감싸쥔 김원섭이 떨어진 폭탄을 물탱크 아래로 걷어차고는 자리를 피했다. 요란한 소리와 함께 물탱크 아래로 굴러간 폭탄은 묵직한 폭음을 내며 자욱한 먼지를 일으켰다. 먼지가 자욱하게 일어나면서 비상램프 등의 빛이 가려지고 말았다. 정신없이 주변을 살피던 그의 귀에 두 번째 폭탄의 심지가 불타는 소리가 들렸다. 소리가 난 쪽으로 더듬어 가던 나정현은 커다란 파이프 아래 쭈그리고 앉아 있는 김원섭의 모습을 발견했다. 빈 사제 권총을 망치처럼 움켜쥔 나정현은 그를 향해 뛰어가면서 소리쳤다.

"아직 내 아내랑 아들이 살아 있단 말이야!"

폭탄을 물탱크 아래 던져 넣느라 정신이 팔려 있던 김원섭은 나정현을 미처 발견하지 못하고 그대로 충돌하고 말았다. 김원섭과 바닥에 뒤엉킨 그는 사제 권총의 손잡이를 휘두르다가 비명을 지르며 옆으로 나뒹굴었다. 어느 틈엔가 사시미 칼을 움켜쥔 김원섭이 그의 옆구리를 찌른 것이다. 온몸을 흐르는 고통에 못 이겨 바닥을 뒹굴던 나정현은 김원섭의 발에 옆구리를 연거푸 걷어차였다. 몸을 뒹굴던 그는 파이프 아래로 굴러갔다. 허리를 굽혀서 파이프 아래 숨은 나정현을 바라보던 김원섭은 어디론가 사라져 버렸다.

잠시 후 폭음이 들려왔고, 뭔가 부서지는 소리와 함께 바닥에 물이 보이기 시작했다. 그걸 본 나정현은 도로 파이프 밖으로 굴러 나왔다. 한쪽으로 기울어진 푸른색 물탱크 모서리가 바닥에 닿으면서 구멍이 뚫렸고 그곳에서 폭포수 같은 물줄기가 쏟아져 나왔다. 김원섭의 모습은 보이지 않았지만 어디로 갔는지 알 것 같았다.

나정현은 어디로 사라졌는지 모를 사제 권총 대신 바지

주머니 안에 있던 폴딩 나이프를 꺼내서 손바닥 안에 움켜쥐었다. 물은 삽시간에 차올라왔다. 김원섭은 아까 봤던 배전판의 뚜껑을 여는 중이었다. 한쪽 어깨는 아까 입은 상처 때문인지 진한 피가 묻어나오는 중이었지만 아픔을 느끼는 것 같지 않았다. 배전판 안에는 손가락만한 전선들이 보였는데 김원섭이 사시미 칼로 전선의 껍질을 벗기려고 하는 게 보였다. 멈추라고 외친 나정현은 떨리는 손으로 폴딩 나이프를 꺼내들었다. 하지만 돌아선 김원섭의 손에는 더 길고 날카로운 사시미 칼이 들려 있었다. 김원섭이 여유 만만한 표정으로 다가오다가 갑자기 걸음을 멈췄다. 그리고 가슴을 뚫고 나온 창날을 내려다봤다. 상처를 입은 채 바로 뒤까지 기어온 이무생이 창에 달린 스프링을 눌러서 창날을 날린 것이다. 비틀거리던 김원섭은 사시미 칼로 배전판 안의 전선들을 마구 찔렀다. 뒤늦게 그의 의도를 알아챈 나정현이 달려들어서 사시미 칼을 발로 걸어찼지만 이미 늦은 상태였다. 희죽 웃은 김원섭은 그대로 바닥에 꼬꾸라졌다. 나정현은 쓰러진 그를 놔두고 이무생에게 달려갔다. 이무생은 핏기 없는 얼굴로 물었다.

"우리 아들. 형주는?"

나정현이 차마 대답을 하지 못하자 이무생은 눈을 감았다.

"내가 자식새끼를 죽이고 말았어."

나정현이 통곡하는 이무생에게 말했다.

"아저씨. 시간이 없습니다. 김원섭이 배전판의 전선을 망가뜨렸어요. 물이 저기까지 차오르면 큰일 납니다. 어서 일어나세요."

씩씩거리며 숨을 몰아쉬던 이무생이 고개를 저었다.

"내가 무슨 염치로다가 혼자만 돌아가겠소. 죽어도 아들 곁에서 죽겠소."

그의 처연함 앞에서 나정현은 할 말을 잊었다. 어서 가라는 이무생의 손짓에 떠밀린 나정현은 기계실 밖으로 나갔다. 그 사이에도 물은 급속도로 차올랐다. 기계실을 나서는 그의 귀에 아들 형주의 이름을 부르는 이무생의 처절한 외침과 목청껏 찬송가를 부르는 김원섭의 목소리가 함께 들려왔다. 기계실 밖으로 나오자 그를 본 김슬기가 소리쳤다.

"옆구리에서 피 나요!"

"난 괜찮으니까 어서 위층으로 올라갑시다."

"무슨 일이에요? 나머지 사람들은요?"

그를 부축한 김슬기가 다급하게 물었다. 나정현은 일단 올라가자는 말만 되풀이했다. 그 사이에 기계실 안에 고여 있던 물이 통로 밖으로 흘러나왔다. 물을 본 최민우가 기겁을 하고는 통로 끝 비상계단의 문을 열었다. 김슬기의 부축을 받으며 가던 나정현은 안에서 벌어진 일에 대해서 대략 이야기했다. 이야기를 들은 김슬기는 아랫입술을 지그시 깨물었다.

물탱크에서 빠져나온 물은 삽시간에 기계실 안에 차올랐다. 아들의 이름을 애타게 부르다 숨을 거둔 이무생과 찬송가를 부르면서 죽은 김원섭을 집어삼킨 물은 마침내 배전판의 전선에 닿았다. 그러자 갈 곳을 잃은 전류들이 물속으로 빨려들어 갔다. 물속을 흐르는 전류의 공격에 제일 먼저 당한 것은 기계실 안쪽의 기계들이었다. 압력계와 온도계가 터져 나간 온수 팽창탱크의 파이프에서 쏟아져 나온 뜨거운 물이 가세했다. 어지럽게 뻗어 있던 전선들의 피복이 녹아내리면서 갇혀 있던 다른 전기들도 불꽃을 튀며 가세했다. 그렇게 튄 불꽃들 중 하나가 우연찮게도 신나와 페인트가 올려진 앵글로 튀었다. 반쯤 열려진 신나통이 폭발하는 것을 시작으로 열기를 뒤집어쓰고 불로 변한 페인트는 앵글의 나무선반과 전선으로 옮겨갔다. 온수 팽창탱크에 이어서 옆에 있던 냉수탱크까지 터져 버리자 물은 삽시간에 불어났다. 기계실을 완전히 점령한 물과 불은 바깥으로 눈을 돌렸다.

나정현과 김슬기, 최민우까지 셋으로 줄어든 일행은 서쪽 통로의 비상계단으로 올라갔다. 지치고 상처까지 입은 세 사람은 힘겹게 한 걸음씩 올라갔다. 반쯤 열려진 문을 박차고 비상계단 통로로 흘러온 물들은 생각보다 빠르게 들어찼다. 그 광경을 본 김슬기가 그에게 물었다.

"물탱크가 얼마나 큰데 이렇게까지 물들이 차오르죠?"

"그러게 말입니다. 고작해야 기계실만 침수되는 정도로 생각했는데…."

"물이 계속 올라와요. 어서 올라가요."

몇 계단 위에 있던 최민우가 발을 동동 구르며 소리치자 두 사람은 서로를 부축하면서 힘겹게 올라갔다.

**

그를 인도하던 아버지는 중간에 사라졌다. 하지만 빛이 그를 인도했다. 절룩거리며 걷던 그는 유리문 앞에 살인자들이 서 있는 걸 보고 흠칫 놀랐다. 숨을 곳을 찾던 그에게 사라졌던 첫 번째 목소리가 들려왔다.

— 염려 마. 저들 눈에 너는 안 보이니까."

"뭐라고?"

— 너는 특별한 존재야. 너도 모르는 많은 능력을 가지고 태어났어. 내 말이 믿기지 않으면 손을 봐.

그는 첫 번째 목소리의 말대로 손을 내려다보고는 깜짝 놀랐다. 녹색 빛의 손 대신 흐릿한 빛의 음영만이 보였다. 손뿐만 아니라 몸 전체가 그렇게 변했다는 사실을 깨닫고는 깜짝 놀랐다. 자신감을 가지고 살인자들의 뒤를 따라가던 그는 뒤쳐진 남자와 여자가 돌아보는 걸 보고는 걸음을 멈췄다. 다행히 그를 발견하지 못한 남녀는 다른 일행을 따라잡기 위해 발걸음을 서둘렀다. 살인자들이 유리문을 열고 안으로 들어가자 그 역시 따라 들어갔다. 안에서 본 풍경들은 그를 충격에 빠트렸다. 그 거대한 시체들의 무리와 그걸 보고 광분하던 살인자들을 목격했다. 그들은 자신의 일행 중 한명이 우스꽝스럽게 죽고, 어둠속에 들려오는 낯선 목소리를 듣고는 혼란에 빠졌다. 그는 기회라고 생각하고는 공격할 찬스를 노렸지만 첫 번째 목소리가 만류했다.

— 기다려. 저들은 네가 싸워야 할 상대가 아니야.

"무슨 소리야? 저들은 내 동족을 죽인 살인자들이라고."

울컥한 그가 외쳤지만 첫 번째 목소리는 아니라는 말만 거듭했다. 그 사이 어둠속에서 그들을 향한 목소리가 들려왔다. 그 목소리의 주인공이 그에게 살육을 부추겼던 두 번째 목소리라는 사실을 깨닫고 나서는 온몸이 얼어붙었다. 어둠속의 목소리와 대화를 나누던 살인자들은 자기들끼리 뭔가 이야기를 나누고는 유리문 밖으로 나갔다. 구석에 숨어 있던 그는 아버지라는 존재와 첫 번째 목소리가 왜 자신을 여기로 데리고 왔는지 갈피를 잡지 못했다. 그때 살인자들과 이야기를 나눴던 두 번째 목소리가 그를 불렀다.

— 아직 늦지 않았어.

그는 주위를 두리번거리면서 목소리의 주인공을 찾아보려고 애썼다. 하지만 어디에도 보이지 않았다.

— 나는 이 어둠 어디에나 존재해. 그러니까 생각을 버리고 나를 따라. 그럼 잃어버린 기억을 찾게 해 주지.

"잃어버린 기억?"

그는 자신도 모르게 중얼거렸다. 그러자 두 번째 목소리가 달콤하게 파고들었다.

— 그래? 네가 재생되기 전의 기억 말이야. 누구의 남편이었고, 누구의 아버지였는지 알고 싶지 않아? 아! 왜 엑토컬쳐가 되었는지도 알려줄 수 있어.

그는 갈등했다. 그러자 사라졌던 첫 번째 목소리가 들려왔다.

— 명심해. 저 아이가 원하는 건 오직 살육과 파괴뿐이야. 사명을 잊지 마.

— 나를 따라. 그럼 너에게 복수할 기회를 주지

— 저 아이가 진짜 살인자야. 아버지를 따라.

"아버지가 누군데?"

그의 물음에 두 번째 목소리는 침묵을 지켰고, 첫 번째 목소리가 대답했다.

— 이 연구를 시작한 최초의 연구자, 그리고 우리들의 진정한 아버지이지.

첫 번째 목소리의 대답을 듣고 고민하던 그가 말했다.

"일단 여기서 나가야겠어."

몸을 일으킨 그가 유리문 쪽으로 나가려고 했다. 그러자 두 번째 목소리가 쩌렁쩌렁하게 울려퍼졌다.

"복종하지 않는다면 죽음뿐이다."

유리문 쪽으로 뛰어가던 그의 눈에 탁자 위에 누워 있던 시체들이 하나둘씩 일어나는 게 보였다.

조용히 일어난 시체들은 유리문 앞을 가로막았다. 그리고 천천히 그에게 다가왔다. 숫자도 너무 많았고, 같은 동족이라는 생각에 섣불리 손을 쓸 수 없었다. 그러다 그중 몇 명이 위협적인 소리를 내면서 두 팔을 휘둘렀다. 훌쩍 몸을 날려서 뒤로 피한 그는 등 뒤에서 벌떡 일어난 젊은 여인의 시신이 두 팔로 목을 감싸버리는 바람에 바닥에 뒹굴고 말았다. 옆으로 쓰러진 그의 눈에 쿵쿵대며 다가오는 시체들의 발이 보였다. 빠져나가기 위해 몸부림을 치던 그는 발로 시체들이 누워 있던 나무 탁자를 걷어찼다. 허공을 날아간 나무 탁자는 다가오던 시체들을 강타했다. 나무탁자에 깔린 시체들이 허수아비처럼 쓰러지는 사이 목을 감싸고 있던 팔을 뿌리치고 일어난 그에게 첫 번째 목소리가 들려왔다.

— 기둥 위로 올라가.

"뭐라고?"

괴성을 지르며 다가오는 뚱뚱한 대머리 시체를 발로 걷어찬 그가 반문하자 첫 번째 목소리가 재촉했다.

— 어서 올라가!

더 이상 피할 곳도 없었기 때문에 그는 기둥을 붙잡고 위로 올라갔다. 그러자 시체들은 그가 있는 기둥 밑에 모여들었다. 그때 유리문 쪽에서 이상한 소리가 들렸다. 불길한 느낌에 고개를 든 그는 유리문을 부수고 밀려드는 물을 봤다. 쏟아져 들어온 물은 삽시간에 시체들을 휩쓸어 버렸다. 괴성을 지르던 시체들은 물살에 떠밀려 벽에 부딪치거나 탁자에 세차게 들이받고는 부서져 나갔다. 눈 아래에서 벌어지는 광경에 할 말을 잊은 그에게 첫 번째 목소리가 재촉했다.

—어서 빠져나가!

아래 상황을 살피던 그는 나무 탁자를 발판 삼아 유리문 쪽으로 훌쩍 뛰었다. 물속에 널브러져 있던 시체들이 그를 잡기 위해 아우성을 쳤지만 가볍게 피한 그는 부서진 유리문 밖으로 빠져나오는 데 성공했다. 그 사이 물은 헤엄을 쳐야 할 정도로 불어났다. 통로를 따라 끝없이 흘러 들어오는 물을 거슬러서 헤엄친 그는 중앙정원까지 도착하는 데 성공했다. 점점 거세지는 물살을 피해 기둥을 잡고 물 밖으로 나온 그는 서쪽 통로에서 쏟아져 나오는 물들을 봤다. 기둥 위로 올라간 그는 곧바로 6층으로 올라갔다. 그리고 기다리고 있던 아버지와 만났다. 그림자만 보였던 아까와는 달리 중후한 노년의 남성 모습을 한 아버지는 숨을 헐떡거리고 있던 그에게 말했다.

—이제 그 아이의 실체를 봤느냐? 그 아이는 모든 걸 파괴하려고 하고 있다. 더 늦기 전에 그 아이를 막아야 한다. 그것이 바로 너의 사명이다.

헤엄을 치느라 지칠 대로 지친 그는 숨을 헐떡거리면서 물었다.

"어떻게 말입니까? 저는 그 아이의 실체를 본 적이 없습니다."

—나를 따라 오너라. 마지막 싸움이 기다리고 있다.

"저는 단지 무기인 겁니까? 싸우면 싸워야 하고, 죽이라고 하면 죽이는 그런 무기 말입니다."

그는 처음으로 아버지에게 반박했다. 그러자 아버지는 차분하게 말했다.

— 너는 무기가 아니라 우리의 희망이다.

"희망이요?"

— 그래, 이 지긋지긋한 어둠 밖으로 우리를 인도해 줄 희망 말이다. 이 어둠이 엑토컬쳐들을 악마로 만들었지만 우리에게도 빛이 주어지리라고 믿는다. 너는 그것을 향한 희망이다.

희망이라는 말을 되뇌인 그는 무릎을 펴고 일어서서 아버지의 뒤를 따랐다. 동쪽 비상계단의 문을 연 아버지는 계단 위로 올라갔다. 그도 말없이 계단을 밟았다.

**

지칠 대로 지친 세 사람이 5층으로 이어지는 계단 중간쯤 올라갈 무렵 천장 모서리를 지나고 있던 검은색 전선이 퍽 하는 소리와 함께 끊어졌다. 그리고 5층의 출입문 앞에 끊어진 부분이 떨어졌다. 전선은 타들어가는 도화선처럼 창백한 불꽃들을 쉼 없이 뱉어내면서 꿈틀거렸다. 그러는 사이에도 물은 시시각각 차올랐다. 물에 닿는 순간 감전이 된다는 생각에 나정현은 마지막을 각오하고 눈을 감았지만 다행스럽게도 발을 적신 물은 그를 집어삼키지 않았다. 김슬기가 안도의 한숨을 쉬면서 말했다.

"누전 차단기가 작동한 모양이에요."

그 때문인지 모르겠지만 물속으로는 더 이상 전류가 흐르는 것 같지 않았다. 일단 위기를 넘겼지만 앞을 가로막고 있는 전선이 문제였다.

눈에 띄게 차오르던 물은 다행스럽게도 전선이 있는 비상문 앞 계단을 몇 개 남겨 놓고는 눈에 띄게 불어나는 속도가 줄었다. 나정현은 물속에 발을 담근 채 통로를 바라보았다. 어찌할 바를 몰라 하던 나정현과 최민우를 보던 김슬기가 가방에서 로프를 꺼내 허리에 묶었다. 그리고 안전모의 헤드램프를 벗겨서 이마에 둘렀다.

"김슬기 씨. 뭐하는 거예요?"

나정현의 물음에 그녀는 물을 응시하면서 대답했다.

"이래뵈도 철인 3종 경기 선수였어요. 수영은 자신 있다고요."

"안 돼요."

그의 이야기를 무시한 김슬기가 허리에 묶은 로프의 반대쪽 끝을 내밀었다

"중앙정원에 있는 나선계단에 로프를 묶어 놓을게요. 그걸 잡고 나가요."

나정현은 김슬기의 어깨를 잡으면서 말했다.

"너무 위험해요. 차라리 세 명이서 함께 갑시다."

그러자 김슬기는 차오른 물을 바라보면서 대답했다.

"좁은 데다가 물살이 어디로 흐를지 몰라요. 잘못했다가

는 셋 다 위험해져요."

김슬기는 안심하라는 듯 살짝 미소를 지어보였다.

"계단에 로프를 묶고 세게 당길게요. 그럼 로프를 잡고 오세요."

"도중에 위험하면 지체 없이 돌아와요."

나정현은 주머니에 넣어 두었던 폴딩 나이프를 건네주면서 말했다. 나이프를 넘겨받은 김슬기가 가볍게 웃으며 대답했다.

"계단에서 기다리고 있을게요. 조심해서 건너와요."

천천히 몸에 물을 끼얹은 김슬기는 심호흡을 하고는 물속으로 들어갔다.

눈을 감고 물속에 들어간 김슬기의 귀에 요동치는 물소리가 들렸다. 침입을 허용하지 않겠다는 격렬한 으르렁거림이었다. 김슬기는 천천히 어깨를 움직이면서 눈을 떴다. 소리와 빛이 사라진 세상이 굳게 입을 다문 채 그녀를 맞이했다. 밤보다 더 어두웠지만 헤드램프 탓에 어느 정도는 앞을 볼 수 있었다. 통로는 삼십 미터, 넉넉하게 잡아봤자 사십 미터는 넘지 않아 보였다.

박희우는 그녀에게 항상 물속에서는 물고기가 된다는 상상을 하라고 했다. 김슬기는 두 다리로 힘껏 물을 찼다. 천천히 가라앉던 그녀의 몸이 앞으로 쭉 나갔다. 물속은 희뿌연 찌꺼기들이 제멋대로 떠돌고 있는 중이었다. 그녀는 온

몸의 감각으로 물의 흐름을 느껴가면서 앞으로, 앞으로 나아갔다. 몇 번의 발길질 끝에 통로를 거의 절반쯤 넘어선 김슬기는 호흡을 채우기 위해 천장 쪽으로 올라갔다. 한 뼘 정도 남은 공간에 입을 내민 김슬기는 연거푸 숨을 들이켰다. 그러면서 중앙정원 쪽을 쳐다보던 그녀는 뭔가에 떠밀려오는 물살을 보았다. 놀란 김슬기는 숨을 들이마시고 물속을 들여다봤지만 아무것도 보이지 않았다. 물안경을 가져올걸 하는 후회가 짧게 그녀의 뇌리를 스치는 순간, 물속에 고여 있던 작은 물거품들이 부서져 나가는 것이 보였다. 부릅뜬 김슬기의 눈앞에 물거품과 물살이 만들어 낸 사람의 형상이 모습을 드러냈다. 물이 만들어 낸 사람의 얼굴은 두툼한 입술을 움직여서 그녀에게 속삭였다.

"안녕, 베이비"

온몸에 힘이 쭉 빠진 그녀는 천천히 가라앉았다. 물을 껍질처럼 뒤집어쓴 박희우 역시 천천히 그녀처럼 내려앉았다.

"우리 다시 만날 거라고 했지."

눈썹도, 눈동자도 없는 흐릿한 윤곽의 박희우가 말했다.

"난 잘못한 거 없어. 나한테 이러지 마."

김슬기는 손으로 물을 떠밀면서 조금씩 뒤로 물러났다.

"물속에서 죽는다는 건 아주 고통스러운 일이야. 폐에 가득 찬 소금물 덕분에 더 이상 숨을 쉴 수 없다고 받아들일 때까지 몸은 끊임없이 숨을 갈구하지. 내가 물속에서 마지막으로 본 게 뭔 줄 알아. 바닷물에 반사된 햇빛이야. 정말 눈부시더군."

"그건 사고였어. 네 고집 때문에…."

김슬기는 자신을 둘러싼 물들이 천천히 돌고 있는 걸 눈치챘다. 그녀를 벽처럼 둘러싼 물들은 박희우가 안으로 들어오자 점점 더 빨라졌다.

"멀어져 가는 널 보고 슬펐어. 내가 널 부르는 소리 못 들었어? 애타게, 간절히 널 불렀는데 말이야."

온화한 말투였지만 주변을 휘돌던 물들은 점점 더 거세졌다. 그녀는 뒤로 물러나려 했지만 거센 물살의 벽이 그녀를 놓아주지 않았다.

"널 만나기를 갈망했어. 다시 만나면…."

숨이 차오른 김슬기는 박희우를 떨쳐버리고 물 위로 박차 올랐다. 세탁기처럼 윙윙대는 소리를 내며 바짝 조여든 물살이 그녀의 어깨를 잡아당겼다. 겨우 물 밖으로 머리를 내민 그녀는 헉헉대며 숨을 몰아쉬었다. 한층 거세진 물살이 만들어 낸 작은 소용돌이가 그녀의 주변을 떠돌았다. 숨을 몰아쉬던 그녀는 발목을 잡아당기는 힘에 이끌려 도로 물속으로 끌려갔다.

김슬기는 발목을 움켜잡고 있던 박희우의 손에 발길질을 했다. 서너 번의 발길질 끝에 박희우의 손길을 뿌리친 김슬기는 갈퀴처럼 내뻗은 손길을 피해 옆쪽으로 돌아갔다. 박희우를 제치고 중앙정원 쪽으로 도망치려고 했지만 허리에 묶은 끈을 붙잡히고 말았다. 그녀를 잡아당겨서 두 팔을 움켜쥔 박희우가 속삭였다.

"나와 함께 있어 줘. 바다 속은 혼자 있기에는 너무 춥고 외로워."

"이거 놔! 난 할 일이 있단 말이야!"

박희우의 팔을 뿌리치려고 했지만 소용없었다. 그녀를 움켜쥔 박희우의 푸른 눈동자가 타오를 것처럼 이글거렸다.

"넌 날 벗어날 수 없어!"

김슬기는 박희우에게 붙잡혀 있던 두 팔을 뽑아내려고 안간힘을 썼다. 겨우 뿌리쳤다고 생각하려는 찰나 물속에 늘어진 로프가 그녀의 목에 감겼다. 그녀의 목에 로프를 감은 박희우가 물속의 바닥을 박찼다. 발버둥을 치던 김슬기는 박희우를 따라 끌려갔다. 물에 젖은 로프가 목을 꽉 움켜잡자 눈과 얼굴이 뜨겁게 달아올랐다. 박희우는 사람이라고는 믿겨지지 않을 정도의 속력으로 헤엄쳤다. 바닥을 등지고 끌려가던 김슬기의 귀에 주변을 흘러가는 물의 부글거림이 환청처럼 들려왔다. 단숨에 중앙정원까지 헤엄친 박희우는 나선형 계단의 난간에 발을 딛고 로프를 끌어당겼다. 속력이 떨어지자 호주머니의 나이프를 꺼낼 틈이 생긴 김슬기는 목에 감긴 로프를 끊으려다가 멈칫거렸다. 지금 로프를 끊어버리면 비상계단 쪽에 남아 있는 두 사람이 넘어올 수 있는 방법이 사라져 버린다. 목과 로프 사이에 손을 비집어 넣은 김슬기는 박희우처럼 난간을 밟고 섰다. 찰랑거리는 물에서 빠져나오자마자 고갈되었던 공기를 채우느라 가슴이 풍선처럼 부풀어 올랐다. 물에 젖어 머리에 달라붙은 머리카락이 눈가를 찔렀다. 남은 한 손으로 머리카락을 쓸어넘긴 김슬기는 박희우에게 소리쳤다.

"이런 짓을 한다고 내가 잘못했다고 빌 줄 알아? 넌 죽어서도 살아있을 때랑 똑같아. 아니 지금이 더 잘 어울리네. 원래 시체처럼 차가운 성격이었잖아."

박희우가 로프를 잡아당기는 바람에 겨우 균형을 잡은 그녀의 몸이 다시 앞으로 쓰러졌다. 손으로 만들어 낸 자그마한 공간 탓에 로프가 주는 고통이 많이 줄기는 했지만 목이 뽑혀져 나갈 것만 같았다. 김슬기는 이를 악물고 박희우를 쳐다보았다. 박희우는 중앙정원의 난간을 따라 올라가며 김슬기를 끌고 가고 있었다. 끌려가던 김슬기는 박희우가 보지 않는 틈을 타서 로프를 힘껏 잡아당겼다. 그녀의 갑작스러운 반격에 박희우는 로프를 놓친 채 균형을 잃고 물속으로 떨어졌다.

허리에 감긴 로프를 푼 김슬기는 나선계단을 딛고 5층 중앙정원의 난간에 발을 디뎠다. 안도의 한숨을 쉬는 사이, 갑자기 물 밖으로 튀어나온 손에 발목을 잡히고 말았다. 미끈거리는 물처럼 축축한 손아귀는 자물쇠처럼 그녀의 발목에 채워졌고, 난간을 잡고 버티던 그녀는 결국 물속으로 빠지고 말았다. 물에 떨어지기 직전, 호주머니 속의 폴딩 나이프를 쥐고 있던 김슬기의 눈앞에 박희우가 보였다. 겁을 먹은 것처럼 뒤로 물러나는 척하던 그녀는 폴딩 나이프의 칼날을 펼쳐서 다가오는 박희우의 왼쪽 갈비뼈 사이를 힘껏 찔렀다. 질긴 살갗을 뚫고 들어간 칼날은 손잡이만 남기고 빨려들어 갔다. 박희우의 입에서 푸른 거품들이 쏟아져 나왔다. 칼날을 비틀어서 뽑아낸 김슬기는 같은 곳에 두 번 세 번 칼날을 꽂아 넣었다.

요동치던 박희우는 어느 순간 움직임을 멈췄다. 텅 빈 푸른 눈동자를 바라보면서 김슬기는 그날의 일을 떠올렸다. 아마 저런 눈으로 멀어져 가는 나를 바라봤겠지. 힘없이 늘어져 있던 박희우의 한쪽 팔이 움직이자 김슬기는 다시 목에 칼을 겨눴다. 하지만 더 이상 증오는 없었다. 박희우는 푸른 눈동자를 반짝거리면서 말했다.

"날 기억해 줄 거지?"

그녀가 고개를 끄덕거리자 박희우는 폴딩 나이프를 쥔 김슬기의 손 위에 자신의 손을 얹었다. 그리고 있는 힘껏 칼날을 향해 몸을 던졌다. 서걱거리는 절단음과 함께 칼날에 박힌 박희우의 몸이 쪼그라들어 갔다.

"안 돼!"

김슬기의 외침을 마지막으로 박희우는 천천히 물에 녹

아내렸다. 마지막 남은 미소까지 천천히 물속에 녹아내리
자 김슬기는 또 다시 홀로 남았다.

"아무래도 무슨 사고가 난 것 같지 않아요?"

여전히 지직거리는 전선줄에서 불과 일 미터도 안 떨어
진 계단에 쪼그리고 앉아 있던 최민우가 중얼거렸다. 나정
현 역시 불길한 생각이 들었지만 애써 지워냈다.

"조금만 더 기다려 보자."

잠시 조용했던 물은 다시 차오르기 시작해서 이제 절단
된 전선이 있는 비상계단으로 착실하게 접근하는 중이었
다. 불안감이 심하게 부풀어 오를 무렵 물속에서 불쑥 김슬
기가 나타났다. 물에 젖은 그녀의 눈이 반짝거렸다.

"늦어서 미안해요. 로프를 걸어둘 만한 곳을 못 찾아
서요."

나정현이 제일 앞이었고, 최민우가 두 번째, 김슬기가 세
번째였다. 세 사람이 로프를 양손으로 잡고 물이 가득 찬
통로를 헤엄쳐 가는 내내 물이 울부짖었다. 파이프와 케이
블이 어지럽게 뻗어 있는 천장이 손에 잡힐 듯 가까웠다.
영원히 계속될 것 같은 통로를 벗어나자 옅게 희석된 어둠
이 세 사람을 반겼다. 로프가 묶여 있는 나선계단의 난간을
잡고 올라간 나정현은 뒤따라오는 두 사람을 차례로 끄집
어냈다. 그리고 눈가로 흘러내리는 물을 훔쳐내며 두 사람

에게 소리쳤다.

"어서 올라갑시다."

— 붕괴 후 14시간 5분 경과, 지하 3층

나선계단은 끝없이 이어진 것 같았다. 지칠 대로 지친 세 사람은 젖은 신발 탓에 몇 번이고 미끄러져야만 했다. 겨우 두 층 위로 올라간 세 사람은 누가 뭐랄 것도 없이 계단에 걸터앉아서 숨을 몰아쉬었다. 지금까지 메고 온 가방을 미련 없이 버린 김슬기가 옆구리를 감싸 쥔 그에게 시간을 물었다.

"6시 4분, 아니 5분이네요."

"여기 들어온 지 무려 14시간이나 지난 셈이군요."

두 다리를 오들오들 떨고 있던 최민우의 표정에는 안도감이 서려 있었다.

"이제 한 시간 후에 문이 열리면 이 지긋지긋한 곳도 바이바이겠죠. 나가면 아버지한테 얘기해서 다시 미국으로 돌아갈 거예요. 그리고 할리우드에다가 이 얘기를 팔 거예요."

살았다는 기쁨인지 아니면 두려움이 한계를 넘어섰는지 최민우는 다른 사람에게 이야기하는 것처럼 횡설수설했다. 그런 최민우를 바라보던 김슬기가 문득 생각났다는 얼굴로 말했다.

"누군지 기억났어요."

무슨 뜻인지 제대로 알아듣지 못한 나정현이 반문했다.

"뭐가 기억났는데요?"

"제일 아래층에서 형주를 찌르고 우릴 괴롭힌 엑토컬쳐요. 어디서 봤던 얼굴이었는데 저를 찾아온 형사였어요. 맞아요. 송기수라고 했어요."

"그런데 왜 저렇게 엑토컬쳐가 되어 있는 거죠? 저 사람도 죽었던 건가요?"

"마지막으로 본 게 석 달 전이었어요. 박희우 씨 시신이 안치된 이 병원에 대해서 꼬치꼬치 물어서 왜 그러느냐고 물어봤던 게 기억나요. 혹시 실험에 대해서 아는 게 아닌가 하고 병원장한테 연락했더니 안 그래도 다른 가족들에게도 연락이 왔다면서 곧 조치를 취한다고 했어요. 그리고…."

그녀가 마른 침을 삼킨 후에 이야기를 이어갔다.

"연락이 없었어요."

침묵은 한동안 이어졌다. 이곳을 들어온 이후로 영문을 알 수 없는 일들이 연달아 터졌다. 평범한 가족들인 줄 알았던 일행은 사실 돈과 복수심에 눈이 멀어서 실험에 동의했고, 자기 손으로 직접 없애기 위해 이곳까지 내려왔다. 실험을 둘러싼 차재경의 비밀도 적지 않은 것 같았지만 영문을 알 수 없는 일들 투성이였다. 나정현은 이곳에서 살아나간다면 반드시 파헤치리라 마음먹었다. 아내도 아들의 생사도 알 수 없는 상황에서 나정현에게 남은 건 없었다.

휴식을 마친 세 사람은 다시 나선계단을 타고 위로 올라갈 차비를 했다. 그동안 내내 할리우드에 대해서 떠들던 최민우는 엉거주춤 일어나다가 인기척이 들리자 고개를 돌렸다. 그리고 다가오는 뭔가를 발견했지만 그게 왜 눈앞에 있어야 하는지 미처 깨닫지 못했다. 그리고 총성이 울려 퍼졌다. 가슴을 움켜쥔 최민우는 나선계단에서 떨어져 호수로 변한 중앙정원으로 떨어졌다. 놀란 두 사람은 총성이 들린 통로 쪽을 쳐다봤다. 뚜벅거리는 발자국 소리와 함께 권총을 든 차재경이 두 사람에게 다가왔다. 당혹스러운 두 사람의 시선을 받은 차재경은 히죽 웃었다.

"정말 대단하군요. 이 엉터리 구조대가 이렇게 맹활약을 할 줄은 몰랐습니다."

"당신!"

김슬기의 외침에 차재경은 싱긋 웃었다.

"안녕. 남자 친구는 잘 만났나?"

"이런 개새끼가!"

김슬기가 버럭 고함을 지르면서 덤벼들려고 하자 차재경은 그대로 방아쇠를 당겼다. 앞으로 달려가던 김슬기는 그대로 바닥에 꼬꾸라지고 말았다. 나정현이 쓰러진 김슬기에게 다가가려 하자 차재경이 말했다.

"당신까지 죽이고 싶지는 않습니다. 마지막에 할 일이

있으니까요. 그러니까 얌전히 절 따라오세요."

"싫어! 나도 쏴 버려!"

흥분한 나정현이 외치자 차재경은 혀를 차면서 말했다.

"아내와 아들을 만나고 싶지 않으십니까?"

아내와 아들이라는 말에 나정현은 할 말을 잊었다. 넋이 나간 그에게 차재경이 옆으로 물러서면서 북쪽 통로로 가라는 손짓을 했다. 나정현이 머뭇거리자 바닥에 쓰러진 김슬기가 말했다.

"아, 아저씨. 가서 꼭 가족들 만나요."

나정현은 무릎을 꿇고 김슬기의 피 묻은 손을 꼭 잡았다.

"꼭 돌아올 테니까 기다리고 있어요."

그녀는 대답 대신 고개를 끄덕거리고는 눈을 감았다. 몸을 일으킨 나정현은 차재경이 시키는 대로 북쪽 통로로 걸어갔다. 엘리베이터 문이 있는 통로 끝까지 그를 앞장세운 차재경이 말했다.

"진실을 받아들일 준비가 되어 있습니까?"

"진실? 아들이 엑토컬쳐로 환생했다는 것 말이야?"

"그것 말고도 남아 있는 진실이 꽤 많답니다."

"남아 있는 진실이라는 게 또 있다고?

"아주 많이 있죠."

짧게 대답한 차재경은 권총을 고쳐 잡고는 벽을 눌렀다. 그러자 벽이라고 생각했던 곳이 천천히 열렸다.

"여긴 어딥니까?"

"특별한 사람을 위한 특별한 공간입니다."

아수라장이 된 바깥과는 달리 문 안쪽은 고요했다. 전기도 제대로 들어오는지 천장의 조명은 환했고, 심지어 가습기까지 작동 중이었다. 한쪽 구석에는 계절에 어울리지 않는 온풍기도 놓여 있었다. 방 안은 흔하게 볼 수 있는 병실의 모습 그대로였는데 어딘가에서 썩는 냄새가 풍겨왔다. 안으로 들어가자 오른쪽 벽에 작은 모니터들이 촘촘히 박혀져 있는 게 보였다. 몇 개는 꺼져 있었지만 대부분은 살아 있어서 실험센터 안 곳곳을 비췄다. 중간에 사라진 차재경은 여기에서 일행의 일거수일투족을 살펴봤던 것이다.

그를 안으로 들어오게 한 차재경이 방 맞은편을 바라봤다.

"저쪽에서 가족들이 당신을 기다리고 있을 겁니다."

맞은편에는 다인용 병실에서 쓰는 가림막 같은 것이 쳐져 있었다. 그리고 가림막 너머에 누군가가 쪼그리고 앉아 있는 것이 희미하게 보였다. 나정현은 그 사람의 정체를 단박에 알아차렸다.

"여보!"

그러자 가림막 너머의 그림자가 고개를 살짝 드는 게 보였다.

반가운 마음에 한걸음에 달려가서 가림막을 젖힌 나정현은 그녀의 모습을 보고 할 말을 잊었다. 벽에 기댄 채 쭈

그리고 앉아 있는 아내의 목에는 이유리처럼 철사가 감겨 있었다. 얼굴도 상처투성이였다. 아내의 처참한 몰골을 본 나정현은 아까 방 안으로 들어왔을 때 느꼈던 썩은 냄새의 정체를 깨달았다. 아내의 목에 감긴 철사 주변의 썩어가는 살에서 풍겼던 냄새였다.

"어떻게 된 거야? 누가 이런 짓을 했어? 가만 있어 봐"

놀란 나정현은 철사를 끊을 만한 것을 찾아봤지만 아무 데도 보이지 않았다. 미친 듯이 주변을 두리번거리는 나정현을 본 아내가 힘없이 말했다.

"이러지 마. 끊어내도 소용없어. 휘가 가만 두지 않을 거야."

아내의 목소리는 두려움에 흠뻑 젖어 있었다. 그때서야 아들의 존재를 떠올린 그는 고개를 이리저리 돌려 아들 휘를 찾으려 했다.

"그게 무슨 소리야? 그러고 보니까 휘가 안 보이네."

아내는 아무 말이 없었다. 대답은 어느 틈엔가 등 뒤로 다가온 차재경의 몫이었다.

"당신 아들은 올 봄에 죽었소."

흠칫 놀란 나정현은 고개를 돌려서 차재경을 바라봤다.

"한 달 전에도 분명 살아있는 걸 봤는데 그게 뭔 헛소리야!"

차재경은 대답 대신 아내가 기대고 있던 벽을 향해 눈짓을 했다. 벽 한쪽은 유리로 만들어져서 건너편 방이 보였다. 무균실처럼 꾸며진 방 안에는 아들 휘가 보였다. 방사선 치료를 하느라 머리를 모두 밀고 일상복보다 더 많이 입은 환자복 차림의 휘는 그가 몇 년 전에 사 준 인형을 만지작거리는 중이었다. 하지만 아들의 모습에서 이질감을 느낀 그는 선뜻 아들의 이름을 부르지 못했다. 그러는 사이 차재경의 말이 이어졌다.

"폐렴 때문이었소. 폐렴은 패혈증으로 이어졌고 아이는 가쁜 숨을 몰아쉬다 결국 죽고 말았소. 당신 아내는 아들을 살리겠다는 마음에 내가 제안한 엑토플라즘 실험에 휘를 참여시켰소. 당신 아들은 내가 했던 실험체 중에서 가장 완벽하게 재탄생되었소. 피부와 눈 색깔도 정상이었고, 무엇보다도 기억이 온전했지. 거기다 내가 의도하지 않았던 능력까지 갖추게 되었답니다."

"의도하지 않은 능력?"

나정현의 반문에 차재경은 고개를 끄덕거렸다.

"정확한 원인은 모르겠지만 엑토컬쳐들 중 극히 일부, 특히 어린 아이들에게서 특별한 능력이 발견되었답니다. 아마 아이의 순수한 분노가 원인일 수도 있다고 짐작하고 있지만 정확한 원인은 나도 알지 못합니다. 여하튼 당신 아들은 그중에서도 유별나고 특출한 능력을 지녀서 염력 같은 걸 써서 물건을 옮기거나 사람을 날려 보내는 건 물론이고 이 실험센터 안의 엑토컬쳐들 모두를 조종할 수 있었습니다. 얼마 전부터는 실험센터 안의 의사와 간호사, 그리고 다른 환자 가족들도 마음먹은 대로 움직이게 만들었지요."

"그럼…."

"엑토컬쳐들이 이곳에 들어온 당신들을 공격하고, 이유리가 자기 손으로 목을 자른 것, 그리고 부서진 롤스크린을 켜서 인터뷰 영상을 보여주면서 설득시키려고 했던 것 모두 당신 아들 휘가 한 짓입니다. 아! 중앙실험실에 있던 생존자들에게 스스로 목을 매라는 염력을 건 것도 당신 아들이 한 겁니다."

차재경의 이야기를 들은 나정현은 더 이상 견디지 못하고 무릎을 꿇고 말았다.

"내 아들이 이런 짓을 저질렀다는 겁니까?"

"맞소. 당신 아들이 엑토컬쳐와 사람들 사이의 원초적인 두려움을 이용해서 서로 싸우게 만든 거요. 당신들은 엑토컬쳐들이 무자비하게 공격을 한다고 믿었고, 엑토컬쳐들은 당신들이 이 보금자리를 파괴하기 위해서 왔다고 생각하게 만든 것이죠. 아! 마지막에 김원섭 씨가 이상해진 것도 휘가 조종한 겁니다. 물론 그런 생각이 없지는 않았지만 그렇게 극단적인 행동을 하게 된 건 휘의 몫이 컸죠."

눈물을 애써 참으며 이야기를 듣던 나정현은 침대 모서리에 놓인 가위를 발견했다. 무릎걸음으로 가서 가위를 집어 든 나정현은 아내에게 다가갔다.

"아파도 좀만 참아."

그러자 아내는 손을 휘저으면서 말했다.

"그러지 마. 휘가 싫어해."

등 뒤에서 문이 열리는 소리가 들려왔다. 무균실 밖으로 나온 휘의 한 손에는 작은 칼이 들려 있었다. 그걸 본 아내의 얼굴에는 두려움과 슬픔이 묻어 나왔다. 휘가 다가오는 걸 막으려고 하던 나정현은 알 수 없는 힘에 떠밀려 구석으로 던져졌다. 나정현을 치워 버린 휘는 아내의 몸에 무자비하게 칼질을 해댔다. 아내의 고통스러운 신음소리를 들으면서 정신을 차린 나정현이 외쳤다.

"그만 해. 네 엄마잖아."

하지만 휘는 칼질을 멈추지 않았다. 고함을 지른 나정현은 아들에게 덤벼들었지만 이번에도 보이지 않는 힘에 떠밀려 주르륵 밀려났다. 꼼짝 못하게 된 나정현은 우두커니 서 있던 차재경에게 소리쳤다.

"내 아들에게 무슨 짓을 한 거야!"

"알아차렸을 때는 너무 늦었답니다. 나조차도 당신 아들에게 지배당하고 있으니까 말입니다."

"뭐라고?"

차재경의 얼굴에 서글픔이 비춰졌다.

"엑토컬쳐들은 바깥에서의 삶을 꿈꿨소. 하지만 나는 아직 실험이 끝나지 않았기 때문에 안 된다고 말했죠. 실험에 동의한 사람들은 가족들이 돌아오는 것을 원했지 그들이 다른 삶을 사는 걸 바라는 것은 아니었다오. 이 사실이 알려져서 온갖 간섭과 압력들이 들어오는 것도 싫었고 말이오. 역설적으로 실험이 성공에 가까워질수록 위험해졌지요. 엑토컬쳐들은 당신 아들의 영향으로 나날이 반항하는 정도가 심해졌소. 견디다 못한 내가 실험센터를 폐쇄시킨다고 했을 때 당신 아들이 뭐라고 한 줄 아십니까?"

"설마…."

나정현은 편의점에서 TV를 통해 봤던 아저씨의 말이 기억났다. 어린 사내애가 무너진 병원 위를 날아다녔다는 말은 사실이었다. 그것도 바로 그의 아들 휘였다. 그 사이 아내의 신음소리가 끊어졌다. 고개를 돌리자 아내가 꼼짝도 하지 않는 게 보였다. 목과 온몸에서는 붉은 선혈이 쏟아지고 있었다. 그걸 본 차재경이 씩 웃었다.

"당신 아들이 이제 어머니를 가지고 노는 데 질렸나 봅니다."

"왜 환자 가족들을 데리고 이 지옥 같은 곳으로 들어온 겁니까? 대체 왜!"

나정현의 울부짖음에 차재경은 어깨를 으쓱해 보였다.

"시간을 벌기 위해서였죠. 엑토컬쳐들이 복수를 위해서 기다리는 동안은 당신 아들도 어쩌지 못한다는 걸 알고 있었으니까요."

"그럼 우리들은 모두 미끼였다는 말입니까?"

그러자 흥분한 차재경이 가까이 다가와 외쳤다.

"이건 내 세계고 내 연구였소. 그런데 나조차도 당신 아들의 꼭두각시가 되고 말았지. 그래서 당신을 보고 싶다는 명령을 꼼짝없이 수행했던 것이고 말이오."

이야기를 마친 차재경이 권총을 쥔 손을 천천히 들어올렸다. 이를 악문 차재경이 외쳤다.

"이봐! 얘기가 틀리잖아. 아버지를 데려오면 날 살려준다고 했잖아."

차재경은 머리 쪽으로 점점 다가오는 총구를 보면서 땀을 뻘뻘 흘렸다. 아들 휘는 무표정한 얼굴로 그 모습을 지켜봤다. 마침내 권총의 총구가 관자놀이에 닿자 차재경이 외쳤다.

"네가 이긴 줄 알지? 천만에."

이야기를 마친 차재경은 체념한 표정으로 눈을 감았다. 방아쇠가 당겨졌고, 그의 머리가 터져 나갔다. 코 위쪽이 사라진 차재경의 몸통은 그 자리에 풀썩 쓰러졌다. 매캐한 화약 냄새가 나정현의 코끝을 찔렀다. 주춤주춤 일어난 그가 휘를 향해 말했다.

"이제 내 차례니?"

그러자 그를 향해 돌아선 휘가 차가운 눈으로 응시했다. 그러자 가슴이 짓눌리는 느낌이 든 나정현은 그 자리에 주저앉고 말았다. 거대한 손이 가슴을 누르는 것 같은 압력에 숨이 제대로 쉬어지지 않았다. 가슴을 쥐어뜯은 나정현은 피를 꾸역꾸역 쏟고 있는 차재경의 옆에 쓰러졌다. 마지막이라고 생각하는 순간, 갑자기 압력이 사라졌다. 바닥에 누워서 가쁘게 숨을 몰아쉬던 나정현은 방 문 앞에 누군가 서 있는 걸 보았다.

**

아버지가 그를 인도한 곳은 지하 3층의 북쪽 통로였다. 중앙정원이 보이는 곳에서 멈춰선 아버지는 손에 들고 있던 십자가 목걸이를 그의 목에 걸어 주었다.

─ 내 무덤으로 올 수 있는 열쇠란다. 잘 간직하여라.

"이제 전 뭘 해야 합니까?"

아버지는 미묘한 미소와 함께 어둠속으로 사라졌다. 어둠을 꿰뚫어 볼 수 있는 그의 눈으로도 사라진 아버지를 찾을 수 없었다. 아버지가 사라진 자리에는 빛이 대신했다. 통로 끝부분에서 비춰지는 빛을 따라 걸어간 그는 빛 안의 모습을 볼 수 있었다. 가운데 서 있는 남자가 자신의 머리를 스스로 날려 버렸고, 그걸 지켜보던 또 다른 남자는 구석으로 날아갔다가 고통에 몸부림을 쳤다. 그리고 구석에 서 있는 아이가 보였다. 아이를 본 그는 저도 모르게 중얼거렸다.

"두 번째 목소리?"

그러자 아이가 반응을 보였다. 귀엽게 깎은 머리와 알록달록

한 아이용 환자복과는 달리 얼굴은 더 없이 차가워 보였다. 그 옆에는 피범벅이 된 여인이 침대에 기댄 채 미동도 하지 않고 있었다. 저도 모르게 방 안으로 들어간 그에게 아이가 말했다.

　— 드디어 왔군. 아버지가 나를 없애라고 시켰어?

　"아니, 빛을 찾아가라고 하셨어.

　그의 대답을 들은 두 번째 목소리의 주인공인 아이가 코웃음을 쳤다.

　— 빛? 내가 바로 엑토컬쳐들을 인도해 줄 빛이야.

　아이의 이야기를 들으면서 그는 확신했다. 그리고 단호한 목소리로 대답했다.

　"천만에, 넌 모든 걸 파괴하는 파괴자야."

　발끈한 아이가 입을 벌리고 괴성을 질렀다. 그러자 방금, 자기 머리를 권총으로 박살낸 시체가 꿈틀거리면서 일어났다. 코 윗부분이 모두 날아간 머리가 마치 살아있는 것처럼 좌우를 두리번거리다 그를 향해 권총을 겨눴다. 그때 첫 번째 목소리가 들렸다.

　— 정신을 집중해! 그러면 이길 수 있어.

　첫 번째 총성이 울렸다. 어깨를 스치고 지나간 탄환에 움찔한 그는 첫 번째 목소리의 말대로 정신을 집중했다. 그러자 시체의 손가락이 권총의 방아쇠를 당기는 이미지가 머릿속에 그려졌다. 그가 집중하자 방아쇠를 당기던 손가락이 점점 풀어졌다. 그러는 찰나에 머릿속으로 다른 생각들이 밀고들어왔다. 그러면서 시체의 손가락이 방아쇠를 당기는 것을 막지 못했다.

두 번째 탄환은 오른쪽 가슴에 틀어박혔다. 형광색 피가 뿜어져 나오면서 고통을 못 이긴 그는 한쪽 무릎을 꿇었다. 다시 집중해야 한다는 첫 번째 목소리가 들려왔지만 고통 때문인지 집중하기가 어려웠다. 그때 쓰러져 있던 남자가 손에 잡히는 걸 닥치는 대로 집어던지고 소리를 치면서 아이의 시선을 끌었다. 방해를 받은 아이가 그쪽으로 시선을 돌리는 틈에 그는 정신을 가다듬었다.

양쪽의 정신력이 충돌한 시체의 팔이 기괴하게 꺾이면서 세 번째와 네 번째 총탄은 엉뚱한 곳으로 발사되었다. 네 번째 탄환이 벽 쪽에 서 있던 온풍기에 명중하면서 불길이 확 일었다. 등 뒤로 슬금슬금 다가오는 열기를 느끼면서 그는 온 정신을 집중했다. 양쪽의 정신력이 엉킨 시체의 팔이 제멋대로 구부러지면서 뼈가 부러지는 소리가 들렸다. 한동안 팽팽하던 균형은 다시 아이에게 넘어갔다. 등 뒤에서 다가오는 열기 때문에 집중할 수 없었던 것이 원인이었다. 그러자 첫 번째 목소리가 다그쳤다.

— 집중해. 그렇지 않고서는 이길 수 없어.

"대체 나보고 어쩌라는 거야!"

가슴에서 느껴지는 고통과 등 뒤에서 다가오는 열기 사이에 갇힌 그는 허공을 향해 소리쳤다. 하지만 첫 번째 목소리는 집중하라는 소리만을 남겼다. 갇혀 있던 그는 눈을 감았다. 그러자 온풍기에서 뿜어져 나온 열기가 그를 집어삼켰다. 온 몸의 살이 타는 고통이 찾아왔지만 그는 정신을 집중해서 아이와 맞서 싸웠다. 그러자 그를 향해 휘어져 있던 시체의 팔목이다시 뒤로 꺾여 나갔다. 총구가 자신에게 다가오자 아이는 비명을 질렀다.

　—안 돼!

　그 순간 그의 정신력이 아이의 것을 뛰어넘었다. 시체의 손가락이 방아쇠를 당겼다. 총구를 박차고 나간 탄환은 아이의이마를 꿰뚫었다. 충격으로 벽까지 날아간 아이는 축 늘어졌다. 탄환을 맞은 이마에서는 형광색 피가 흘러나왔다. 끝났다는 기쁨을 채 느끼기도 전에 온몸이 불탄다는 고통이 엄습해왔다. 그는 바닥을 뒹굴면서 비명을 질렀다.

**

　차재경의 시체에서 발사된 탄환이 아들의 이마를 꿰뚫었을 때 나정현은 눈을 감고 말았다. 아이가 쓰러지고 정체불명의 엑토컬쳐는 온몸에 불이 붙은 채 바닥을 뒹굴었다. 고통스러워하는 엑토컬쳐의 모습을 본 나정현은 구석에 놓인 소화기를 들어서 안전핀을 뽑고 레버를 움켜쥐었다. 소화기의 하얀 분말을 뒤집어쓴 엑토컬쳐는 짐승 같은신음소리를 내면서 꿈틀거렸다. 나정현은 소화기를 내려놓고 아내와 아이가 있는 곳으로 갔다. 아내의 몸에서는 여전히 피가 흘러나오는 중이었고, 아들의 이마에서는 형광색 액체가 쏟아졌다. 아직 눈을 감지 못한 아내와 아이의 눈을 감겨준 나정현은 차재경의 시체 옆을 지나서 엑토컬쳐에게 다가갔다. 신음소리를 내면서 이리저리 뒹굴던 엑토컬쳐는 마치 죽은 듯이 꼼짝도 하지 않았다.

불현듯 그가 아들을 죽였다는 생각에 분노가 치밀어 오른 나정현은 차재경의 시체가 움켜쥐고 있던 권총을 뺏어 들었다. 그리고 누워 있는 엑토컬쳐의 머리를 겨눴다. 아무리 염력이 세고 다른 능력이 있다고 해도 결국 엑토컬쳐들의 육체는 인간과 다를 바가 없거나 더 허약했다. 잠시 고민하던 그는 방아쇠를 당겼다. 총구에서 불꽃이 튀면서 탄환이 튕겨 나갔다. 두 번 정도 발사된 권총은 더 이상 탄이 없는지 찰칵거리는 소리만 냈다. 나정현은 빈 권총을 버리고 문 밖으로 비틀거리며 걸어 나갔다. 통로를 지나쳐서 중앙통로 쪽으로 나오자 낯익은 어둠이 그를 기다렸다. 몇 걸음 걷다가 지친 그는 더 이상 움직이지 못하고 풀썩 쓰러졌다. 홀로 살아남았고, 아내와 가족도 잃었다는 상실감이 엄습해 온 것이다. 그렇게 바닥에 누워서 숨을 헐떡거리는 그의 귓가에 낯익은 목소리가 들려왔다.

"아저씨! 거기서 뭐하고 있어요?"

김슬기의 목소리였다. 놀란 그가 고개를 들고 좌우를 두리번거리자 중앙정원의 난간에 기대 있던 김슬기가 힘없는 미소를 짓고 있는 게 보였다.

"괜찮아요?"

벌떡 일어난 그의 물음에 김슬기는 왼쪽 겨드랑이를 움켜쥔 피투성이 손을 보여줬다.

"갈비뼈를 스치고 지나갔어요."

"움직일 수 있겠어요?"

"어떻게든 움직여야죠. 여기서 얼마나 많은 사람들이 죽어 나갔는데…"

그녀는 말을 잇지 못하고 울먹거렸다. 나정현은 그것이 총알을 맞은 고통 때문만은 아니라는 사실을 알고 있었다. 그녀를 부축한 나정현은 난간을 발로 걷어차고 나선형 계단의 발판에 발을 디뎠다. 부축을 받은 채 계단을 오르던 그녀가 물었다.

"아들이랑 아내는 만났어요?"

방금 전 방 안에서 봤던 광경들을 떠올린 나정현은 침을 꿀꺽 삼켰다. 그리고 눈물을 머금은 채 말했다.

"모두 죽어 있었어요. 병원장이 총으로 쏘고 나도 죽이려고 했는데 운 좋게 살아났죠."

이야기를 들은 김슬기의 표정에 안타까움이 묻어나왔다. 나정현은 그런 그녀에게 말했다.

"이제 다 왔으니까 힘내요."

- 붕괴 15시간 경과, 지하 1층

겨우 지하 1층에 올라온 두 사람은 출입문 쪽으로 천천히 다가갔다. 그때 나정현의 손목에서 시계 기계음이 들렸다. 그 무수한 죽음과 혼돈의 와중에서도 시계는 고스란히 자리를 지키고 있었다.

"뭐예요?"

부축을 받으며 가던 김슬기가 묻자 나정현은 시간을 확인했다.

"7시 정각이에요."

어둠속에서 실험센터의 출입문이 열리는 소리가 들려왔다. 어둠 너머에서 비상계단 바깥쪽에서 쏟아져 들어온 빛이 보였다. 그걸 본 김슬기가 울먹거렸다.

"빛이에요."

살짝 열린 출입문의 틈을 비집고 수십 개의 빛줄기가 뚫고 들어왔다. 지글거리는 말소리와 무전기 소리까지 들려오자 두 사람은 비로소 문 너머의 바깥세상을 실감했다. 거칠고 탁한 음성이 두 사람을 향해 쏟아졌다.

"두 사람은 즉시 손을 머리 위로 올리고 무릎을 꿇어라!"

나정현과 김슬기가 시키는 대로 무릎을 꿇고 두 손을 들자 방독면에 전투복 차림의 군인들이 들어와서 두 사람을 바닥에 눕혔다. 온 몸을 뒤진 군인들이 케이블 타이로 손목을 뒤로 묶은 다음 밖으로 끌고 나갔다. 문 밖에는 경찰과 군인, 그리고 구급대원들로 가득했다. 두 사람은 곧장 구급차에 실려서 삼엄한 경비를 받으며 간단한 응급조치를 받았다. 구급대원이 군인에게 소리쳤다.

"심전도, 맥박 모두 정상입니다만 자세한 건 병원에 가서 살펴봐야겠습니다."

그러자 군인이 잠깐만 기다리라고 하고는 무전기로 상황을 보고했다. 그 사이 구급대원이 나정현에게 안정제를 놓자 그의 의식은 차츰 가라앉았다. 꺼져가는 의식 사이로 잡음이 잔뜩 섞인 무전기 소리가 들려왔다.

"지하 3층, 지하 3층 복도에서 생존자를 한 명 더 발견했습니다. 30대 중반의 남성이고 검정색 트레이닝복을 입고 있는데 온 몸에 화상과 타박상이 심하고 총상까지 입었습니다. 즉시 이송하겠습니다. 반복합니다. 즉시 이송…"

- ENDcollapse

· 작가의 말 ·

작가는 책의 제목을 정할 때마다 고통에 휩싸입니다. 자칫하다가 제목을 잘못 지어서 애써서 쓴 글이 묻히지 않을까 하는 두려움 때문이죠. 하지만 이번 작품은 아주 쉽게 《붕괴》라는 제목이 정해졌습니다. 그것은 이 책이 가야 할 방향과 주제가 명확했기 때문입니다. 저는 인간이 내면에 가지고 있는 공포와 고통에 관심이 많습니다. 그리고 타인에 대한 뿌리 깊은 질투심과 증오 역시 마찬가지입니다. 평소에는 억눌러야만 한 그런 감정들을 마음껏 폭발시킬 수 있다면 어떤 모습을 보일지 정말로 궁금하기 때문이죠.

이 작품에서는 다양한 인물들이 다양한 이유로 붕괴된 병원의 지하로 내려갑니다. 그리고 그곳에서 자신의 붕괴된 마음과 마주치게 됩니다. 저는 그들의 마음을 붕괴시킴으로써 우리 마음속의 공포와 고통을 마주보고 싶었습니다.

저는 살인과 범죄를 즐겨 다뤘습니다. 서울에 핵폭탄이 떨어지고 사람들이 좀비로 변하는 이야기도 써 봤죠. 이 작품에서도 영생을 꿈꾸다가 괴물이 되어버린 사람과 그들이 만들어 낸 괴물이 등장합니다. 그들은 자신들이 착하고 상대방이 나쁘다면서 서로를 증오합니다. 두려움이 두려움을 만들어 낸 셈이죠.

이 작품은 아주 오래전에 생각을 하고 조금씩 썼다가 〈다음 7인의 작가전〉 연재를 계기로 완성하게 되었습니다. 이 작품이 여러분에게 선보이게 되어서 더없이 기쁩니다. 이 작품이 너무 어두워서 빛을 보지 못하는 건 아닌가 하고 두려워했던 적이 있었으니까요.

신춘문예와 거리가 멀었던 저는 장르작가로 분류됩니다. 하지만 그런 것에 상관없이 저는 이야기는 재미가 있어야 한다고 믿습니다. 문학의 가장 큰 힘은 독자로 하여금 내 책의 다음 페이지로 넘길 수 있느냐에 달려 있기 때문입니다.

《붕괴》는 병원의 갑작스러운 붕괴와 그 안에 갇힌 가족과 친구들을 구하기 위한 사람들의 사투를 담고 있습니다. 그래서 재난물이냐고요? 정확하게는 재난물이 아니라 우리 안의 악몽을 다루고 있습니다. 동명의 웹툰 때문에 안 쓰긴 했지만 이 책의 제목 후보 중 하나는 바로 〈심연〉이었습니다. 저는 인간이 깊고 어두운 곳에 들어가게 되면 어떻게 변할지 궁금합니다. 더구나 그곳에 남들에게 말할 수 없는 은밀한 비밀을 품은 채 들어가게 된다면 말이죠.

끝으로 이 이야기를 만드는 데 결정적인 도움을 준 〈K〉에게 깊이 감사드립니다.

정명섭

collapse

붕 괴

1판 1쇄   2017년 12월 15일
지은이   정명섭
펴낸이   손정욱
펴낸곳   도서출판 답
출판등록   2015년 2월 25일 제 312-2015-000063호
주 소   서울시 마포구 합정동 433-28 2층
전 화   02 324 8220
팩 스   02 3141 4934

이 도서는 도서출판 답이 저작권자와의 계약에 따라 발행한
것이므로 도서의 내용을 이용하시려면 반드시 저자와 본사의
서면 동의를 받아야 합니다.

이 도서의 국립중앙도서관 출판예정도서목록(CIP)은
서지정보유통지원시스템 홈페이지(http://seoji.nl.go.kr)와
국가자료종합목록시스템(http://www.nl.go.kr/kolisnet)에서
이용하실 수 있습니다.

ISBN 979-11-87229-11-7 03810

* 책값은 뒤표지에 있습니다.